新诗评论

NEW POETRY REVIEW

CSSCI 来源集刊

谢 冕　孙玉石　洪子诚
主编

2017年
总第二十一辑

北京大学出版社
PEKING UNIVERSITY PRESS

图书在版编目（CIP）数据

新诗评论.2017年：总第二十一辑/谢冕，孙玉石，洪子诚主编.—北京：北京大学出版社，2017.10

ISBN 978-7-301-28438-4

Ⅰ.①新… Ⅱ.①谢… ②孙… ③洪… Ⅲ.①新诗评论—中国 Ⅳ.①I207.25

中国版本图书馆CIP数据核字（2017）第142758号

书　　名	新诗评论2017年（总第二十一辑） XINSHI PINGLUN 2017 NIAN（ZONG DI-ERSHIYI JI）
著作责任者	谢　冕　孙玉石　洪子诚　主编
责任编辑	黄敏劼
标准书号	ISBN 978-7-301-28438-4
出版发行	北京大学出版社
地　　址	北京市海淀区成府路205号　100871
网　　址	http://www.pup.cn　新浪微博：@北京大学出版社 @培文图书
电子信箱	pkupw@qq.com
电　　话	邮购部62752015　发行部62750672　编辑部62750112
印　刷　者	三河市国新印装有限公司
经　销　者	新华书店
	660毫米×960毫米　16开本　17.75印张　250千字 2017年10月第1版　2017年10月第1次印刷
定　　价	42.00元

未经许可，不得以任何方式复制或抄袭本书之部分或全部内容。
版权所有，侵权必究
举报电话：010-62752024　电子信箱：fd@pup.pku.edu.cn
图书如有印装质量问题，请与出版部联系，电话：010-62756370

目 录

问题与事件

"成为同时代人"六人谈
　　　　……夏可君　周伟驰　姜涛　冷霜　张定浩　王立秋（2）
从"异质时间"到"同时代人"……………………………一　行（16）
有关诗歌的"当代性"问题
　　——对"成为同时代人"的讨论………………………张伟栋（45）

戈麦研究专辑

青年意义危机与精神裂变
　　——戈麦与1980—1990年代转型期诗歌……………吴　昊（58）
冷的诗学与孤悬的时刻
　　——戈麦论……………………………………………王辰龙（80）
戈麦诗歌的语言试验与意象集成……………………………周俊锋（102）
异端的火焰
　　——北岛研究……………………………………………戈　麦（117）

台湾新诗研究

论杨牧《十二星象练习曲》，兼及现代性 …………… 郑慧如（154）
试论台湾新诗史回归期（1972—1983）的特征、
　　成因与起点 ……………………………… 杨宗翰（177）

诗人研究

"画梦"的"符号"
　　——废名新诗理论中的新诗本体及语言问题 ……… 王静怡（200）
吴兴华诗论研究
　　——以诗的想象力为中心 …………………… 周小琳（220）
"转变"的心路
　　——关于穆旦诗歌《春》的版本考辨 ………… 包　晗（240）

新诗史资料

爱伦堡的《〈玛琳娜·茨维塔耶娃诗集〉序》及其他 …… 洪子诚（254）

本辑作者简介 ……………………………………………（275）
编后记 ……………………………………………………（278）

问题与事件

  21世纪以来，国内诗歌界创制了不少概念，试图清理和描述当代汉诗写作的基本态势、倾向和征状，但这些努力几乎难以恰切有效地为当下作者揭示现代时间逻辑下的紧迫任务、提供反思自我的命运知识并提出直面复杂精神现实的犀利追问。基于此，北京青年诗会发起了一场名为"成为同时代人"的主题研讨会，以期在青年诗人群体中谋求默契和感应，尝试建立稳定的写作尺度，开拓健康的诗学方向。无疑，这还只是一个正在成长的精神议题，其面目和标准并不清晰，观念和立场也较含混，审美主体性和艺术法则还有待明朗。

"成为同时代人"六人谈[①]

夏可君　周伟驰　姜涛　冷霜　张定浩　王立秋

夏可君：成为同时代人，这是一个不可能的可能性，经验历史上的同时空，并不意味着就是精神上共契的同时代人，形成了一个"理想的星丛"。本次讨论的主题，由哲学问题引发出来，大家提及阿甘本和德里达，阿甘本文章中的核心词汇"不合时宜"与"不可能性"的经验，就揭示了我们讨论主题的困难，要成为同时代人，必须让这不可能成为可能。而在西方语言里面，"同时代"是没有"代际"的意思的，它应该翻译成"同时性"，当我们翻译成"同时代"的时候，汉语可以增补一种"代际"的经验。如同汉语里喜欢说"三代人"，一般来讲，一个时代都是三代人同时参与的。

我的第一个关于时间的经验，关涉"同代"却不"同时"，或"同时代"又"不同代"，就是有着代际的差异与隔膜。比如我这个从八九十年代之交过来的一代人，就无法与50年代出生并且在"文化大革命"中让生命彻底暴力化的人展开令人信任的交流，也当然难与80后、90后这批在网络时代出生的一代人深入交流，这是三种不同的经验与语汇，中国社会也根本无法整合这三代人。

它们在中国当代就是混杂起来的，是一种"混杂现代性"的独特形态，这三种不同的语汇同时存在，那么对诗歌写作如何可能克服暴力，又有理想，同时又有这个时代的时尚？如何达到一种新的整合？它的缝

[①] 此为2015年10月24日在北京举行的"成为同时代人"主题研讨会的实录。

隙有多大？它以什么方式来抽取，既能保证时间的参差不齐，又能够提取出一个高贵的语言形态？这个工作远没有完成。这是第一个我说的"同代"但并不"同时"。

第二点是"同现代"的经验。当西方讨论这个"同时代"的时候，他有相对性的背景，中国是晚生的现代性，是迟到者，基本上一直处于一个模仿西方的思维模式中。就我们总是来得太晚而言，以阿甘本的话说，就是我们无力创造，无力去经历，我们没有能力去经验别人经验过的东西，我们只是属于被动的、不可能的经验当中。但是有多少诗人写作能够把不可能的经验转化成可能的经验？所以，如果说在技艺上面有一个"同时代"的写作，它应该有几个纬度的压缩，它能够把这几个不同的时间性压缩在一起。比如说，一个是个体的绝对经验，一个是历史文化传统的重构经验，第三个则是个体宇宙感的经验，最终还是要建立一个个体宇宙感的整体感或永恒感，如同里尔克在诗中所做的，如同绝望的策兰试图去融入的。

回到汉语的诗歌写作上，过去三十年的汉语写作，恰好是经历过1980年代的农业时代的青春抒情，1990年代的叙事与中年写作，到了21世纪之后，则是晚岁写作。对80后、90后的人谈晚年写作似乎不合时宜，但时间的压缩恰好是艺术的技艺，对记忆的语言提炼与感知，怎么可能在当下的诗歌写作里面同时重叠这三种时间性？这是敢于经验的勇气，不是说你应该到老了才去经验晚岁，因为汉语是和年岁的经验紧密连在一起的。古代汉语的发生，古典诗歌的发生，是跟自然的节奏，即春夏秋冬的循环变化相关，并跟年岁的经验内在相关。

关于中国诗歌汉语的生成，阿甘本提出"同时代人"有西方基督教的背景，我们没有这样一个时间的末世论经验。在我们现在的生活里面，比如在大都市的生活里面，在首都的生活，有着代际的经验，但还有自然的经验吗？比如雾霾，比如无归宿感，比如缺乏自由感，但总体上是被敷平了的，我们一般处在一个地方化的、工作劳动化的时间感之中，怎么可能生发出诗意的经验。在这里，我主要是把时间性的困难和经验说出来，如何基于一个个体的绝对孤独经验，在孤独的夜晚，那种旷世的孤独之心，如何可能重新找回与这个世界的关系？我们或许只有在世界的外围才能重新找到跟这个世界的关系，在这个世界的里面我们是找不到同时代关系的。

那么，这些参差不齐的时间怎么构成一个形态呢？我想到的是"心的同时代性"这个概念。当"同时代人"形成一个精神共通体的时候，如同星星一样：当我们看星星的时候，它是如此的近，但当你靠近星星的时候，星星之间是如此之远，这个远与近的关系如何形成？中国传统的"以心传心"就是为了回应这个困惑。但我们已经丧失了"心"，如何"回心"，并且彼此"心感"，以"心"来言说，成为新的诗言志，新的艺文志。且如果时代是断裂的，是打断的，你们怎么去缝合？对现代汉语而言，要缝合两种语言，一个是古代的韵文，一个是翻译西方的散文。怎么可能把古代韵文和西方翻译体结合在一起，怎么连接？这种"缝隙的玫瑰"如何形成？怎么形成一个诗歌的印记，怎么"强硬地"连接起来，这连接怎么形成一个节奏？而实际上来自于时间的经验才可能赋予时间以节奏，这实际上是对现代汉语诗歌写作的巨大挑战。但有多少人在面对这个挑战呢？

最后想说一下我个人的一个经验。如果有不同时代，对我而言，则是一颗"心"的经验。诗言志的传统离不开心，要超越这个二流时代，与这个时代不合时宜，那是去经历从来没有经历过的经验，这只能通过"以心传心"的方式。比如惠能他根本不懂文字，这"以心传心"的传递方式，怎么可能在现代有一个重新的激活？如果这不仅是一个中国人的经验，而是面对时代的断裂与不合时宜，是重建汉语的文心，如同策兰说"心的岁月"，以大屠杀余存者的经验来写诗，"以无花果来喂养心"，以"心"的时间回忆起死者的杏仁眼。那么，中国诗人以什么来喂养自己的"心"？来回忆那死者的眼睛或亡灵的注视？

周伟驰：我今天感觉好像回到了大学哲学系。大家写诗很累，但是在这里还得写哲学论文。我觉得诗是诗，观念是观念，讨论的这些观念在实践操作上跟诗歌本身没有多大的关系。一些流行观念带来的讨论已经很多了，我就不多说了。

首先，阿甘本的书我没有读过，从几位讨论者的只言片语中，我感觉到它们背后是有一个基督教的知识背景。他是有很多的预设，他对这个现时代有一种疏离，然后又有一种总体的批判，在这个背后有基督教所谓的"在世但不属世"（in the world but not of the world），你是生活在这个世界里面，但是你的精神并不属于它。那你的精神属于什么呢？在基督教里，你可能会说，你的精神应该属于上帝，和圣徒一体，你和古往今来以及未来的圣徒属于一个精神或者价值共同体，就是所谓"无形教会"，你跟他们心意相通。可能阿甘本的背后有这样一种价值观，有这样一个价值共同体、精神共同体，有这样一种趋向。你有了这种价值取向之后，就可以从彼岸来观察此岸，从神圣的角度来观察世俗，从总体的立场来观察现在这种破碎的生活，因为你是站在一个末世的时间纬度上来反观现在这个时间的，以末世来观察现世，它给你提供一种理想，一种批判的角度，实际上是一种"双重视野"。基督教的末世论使得基督教注重将来，基督教的时间观是一种线性的时间观，它跟希腊和中国的循环时间观是不一样的。线性时间的背后有一个末世论，也就是所谓的末日审判，它里面有一种紧迫感。我不知道阿甘本是不是有紧迫感，要马上行动起来。为什么基督教有这个紧迫感，是因为它有这个末世的时间，因为他在等弥赛亚或基督重新回来，重新回来意味着末日审判，意味着这个最终的结局：好人上天堂，坏人下地狱。在这里会有一种紧迫感，它要求你在当前就悔改，让你行动起来，做出选择，在精神上要有一种"重生"。我猜阿甘本背后有潜在的理论预设，大概是把千禧年主义跟现实政治连在了一起。

夏可君刚才说到"以心传心"，就是所谓的圣贤传统，儒家一直在提的"尧舜禹汤文武周公孔孟"道统，实际上也类似于基督教里的"无形教会"。这个观念要是用在诗歌写作上，就是说彼此找到知音，成为一个共同的价值团体，诗歌精神共同体，可以共同做一些事。但这个东西强调过头后会不会又形成一种排外的共同体呢？这个也是需要反思的。

第二，我也想要说一下所谓"同时不同代"或"同代不同时"的现象。在中文里面，"时"与"代"确实是有区别的。举个例子，当年毛泽东看不起赫鲁晓夫，因为对于苏联共运来说，赫鲁晓夫已经是第二代了，但是对于中国共运来说，毛泽东还是第一代，他们虽然在同一个"时"里面，但是"代"是不同的。那么诗歌的写作是不是也有这种情况。比如，同样是现代主义的写作，或者后现代主义的写作，或者一种浪漫主义的写作，虽然都在现时产生，但是大家进展的阶段不一样，你还是象征主义第一代，但我已经是第三代了，我们同"时"但不同"代"。虽然同属一个运动，但是一些人走得稍微远一些，一些人近一些，你在第一代的时候，他已经走到第五代、第六代了，他在写作上就可能不被同"时"但不同"代"的人所理解，所以他会有一种"被活埋"的感觉。

在这种情况下，欲要"成为同时代人"，就需要彼此之间的阅读和理解。特别在我们当代中国，同代人之间的阅读反而是比较少的，因为大家都在不断地引用西方理论，实际上是处于一种文化殖民地的状况。我们虽然都在中国，但彼此之间的思想交集是很少的，彼此之间的阅读和有共同交集的文本很少，反而从理论到诗歌都把目光放在别的地方，放在西方，成为阿甘本或德里达的同时代人，跟他们属于一个精神共同体，跟身边的同时代人反而疏远，跟身边的现实反而抽离。我们虽然是"同时"而且"同代"，但是彼此之间交集很少，无疑这是非常不正常的。其实我们同在一处，面临相同的问题，就是"同时"且"同代"的人，不必天天引外国的理论家来代替自己的思考。外国理论家是有杰出的，但是他们面临的是他们的问题，不一定他们的药能医我们这里的病，更不必把他们的病说成我们的病，所以不必过分迷信进口理论，言必称阿甘本、德里达、福柯，要清楚它们的适用范围。

在我们这个时代，中国诗人们彼此之间的阅读和批评，特别是一种理性的、开放的批评是特别重要的。在这一方面，现在是有很大欠缺的，我们虽然"同时"且"同代"，但是没有交集，我觉得大家以后可以加强这一方面，比如说，彼此之间有一些善意的、友好的，同时又健康的诗歌观念和诗歌文本上的批评。就诗人来说，我同情有人有"被活埋"的感觉，因为近些年来我也写一点评论，我觉得很多很好的诗人被遮蔽了，就是同样很好的诗人，处在聚光灯下的其成就被放大了，同样好的另一些诗人却是处于被遮蔽的状态，或者被缩小了，或者没有被发现。那么，在这个时代，需要我们做一些发掘式的批评，扩大和深化对当代人的阅读，这样才能成为这里所谓的"同时代人"，就是找到一些精神上的共鸣、交集，相互理解，相互交往。我就讲这么多。

姜涛：我接着伟驰的话，简单说说。其实，来参加这个活动之前，我也没太搞清状况，不知道"成为同时代人"这个命题的具体内涵。听了刚才的讨论，我大致明白了这个命题背后的脉络、线索。虽然"成为同时代人"来自阿甘本的文章，有些表述也比较哲学化，但大家关注的可能还是一个非常现实的问题，那就是在一个多元的、自由的、推崇差异的时代，能找到什么样的紧张性或迫切感，找到一个什么样的问题框架，来凝聚某种群体意识。我觉得这种讨论在今天很重要，包含了大家特别的问题意识，而且与一般社会学意义上的"代际"讨论，也不是特别矛盾。按照社会学的逻辑，"代际"不是一个年龄的问题，不是靠自然的时间来划分的，一代人往往是由于特定的历史事件、历史感受来凝聚的，像我们常提到的"五四"一代、"一二·九"一代等，都和历史的进程、运动相关。另外，即便是面对同样的事件，不同的群体在不同位置上的反应也是不一样，同一群体、同一位置还有态度的差异，有人激进、有人保守，有左有右，这些多种多样的位置、态度，构成了共同体感受的来源。这种社会学式的理解，可能跟大家的讨论有一点相关性。当然，今天外在的历史事件似乎是缺乏的，要"成为同时代人"，那个共同体的感受是需要发现、创造的，可能有一些散乱的、包含可能性的感受，需要去整合，讨论这个问题也需要更多回到当下、本地的脉络中去，因为如果仅把"同时代人"放在一个非常哲学化、抽象的体系里面去论述，可能反倒阻碍感受的澄清。其实，我特别想听到一些具体的东西，比如今天面对的"同时代"的问题是什么？判断是什么？对现实的理解是什么？刚才大家提到阿甘本背后的基督教背景，相对于这一参照性的知识脉络，本地的问题脉络也很错综，本地的风景也不错，而且本地的写作早已不能由既成的现代理论所完全说明。所以我很同意刚才伟驰的观点，讨论"成为同时代人"，确实应更多关注同代人的写作。

我想说的还有一点，谈到"同时代人"，有朋友提到了一个不合时宜的个人形象，他在历史现场之中又似乎不在这个现场，这可能与基督教的传统有关，我想这样一种不合时宜的个人形象，也是一个20世纪的现代人的形象。如果将"五四"看成20世纪中国现代文化的某种起点的话，五四时代就讲"个人"的发现，被发现的"个人"往往有点不合时宜的色彩，他首先要从周遭的社会关系和网络中抽离出来，无论是家庭的还是地方的网络，由此他才能有一个相对超越、独立的判断位置，才发展出一套自我的理解，与时代、社会形成反抗、反思、批判的关系。20世纪的文化本身已形成了一种传统，这种传统中也就包含了这一不合时宜的个人前提。我觉得今天讨论"同时代"时，对这样的前提是应该有所觉知甚至是警惕的，比如我们往往会在个人和时代或社会之间，建立一种对抗性的二元关系，一边是庞然大物一样压抑性的或腐败的社会，一边是真纯的、富于独创性的个人，这样的逻辑恰恰是最需要警惕的。按照中国传统的看法，个人的位置是显现在差序格局之中的，从个人到社会、家国有一种不断从内向外层层推出去的关系，但20世纪现代文化对个人的安排，往往是让个人去孤立地面对自然、社会、人类、历史，比较倾向于在大结构之中或与大结构的对抗中看待个人，那些中介性的伦理层次，往往是被忽略的。我举个例子，前两天我和光昕一道去香山开了个会，我的一个朋友在会上发表了一篇关于冯至的文章，后来我和他就冯至在40年代的文学姿态有一些讨论，谈到冯至观察世界的一种方法，就是先把世界从身边推开，使世界和我疏离开来，成为一个陌生化的存在，像看待山水、风景那样，然后我再从内部建立更深层的关联。这种观物的方式、将世界当作风景去处理的方式，在现代诗中其实比较多见，但可能也是存在问题的，因为所谓更深内部的关联，恰恰可能掩盖了人与世界具体的多层次的关联。冯至在一篇散文中写到，他在一处林场见到一个放牛的老人，这个老人就像牛马、树木那样默默操劳,好像置身于这个时代之外,他在这个老人身上似乎看到恒常的东西,但认识了两年的时间,和他没有说过一句话,连他的名字也不知道。这个细节我读的时候,很在意,两年中你和这个老人没有交谈,也并没有说话的意愿,这说明你对他其实没有兴趣,只将老人看成牛马、树木一样的风景,就像对待眼前的时代一样,这种伦理姿态是否有问题,是需要考虑的,包括我们怎么进入"同时代"的方式。我的一点感想吧,就说这么多。

冷霜:从去年的"桥与门"开始,我就觉得"北京青年诗会"不是一般性的诗歌活动,而更像在形成一个文学事件,这个事件不是媒体意义上的事件,而是指有真正新的事物从中发生的那种意义上的事件。尽管眼下诗歌活动很多,但可以称之为事件的却非常稀少。刚才好几位发言的朋友都讲到,希望在这中间形成新的共同体的可能,那么这种新的事物的发生有赖于一些写作的共识的建立。

阿甘本这篇文章我几年前读过,是一篇很有吸引力的文章,不过,我当时读的印象,觉得似乎里面有一些比较文学化的东西,无论它对曼德尔施塔姆诗歌的解读,还是所谓"凝视黑暗"的表达,对于我们这些文学人的认知习性很容易构成一种诱惑,容易在一种警策的格言的层面上去接受,却并不真正挑战我们的既有认识,而只是成为我们言说和书写的装饰。进一步,还可能带来一种自我良好的感觉,认为自己正是文章中所说的"同时代人"。在他的文章中,我比较感兴趣的是他对"当代性"或"同时代性"的阐述,显然,他试图赋予这些概念一种哲学化的内涵。而这种努力对于我们的写作也可能构成某种启发。在诗歌写作和批评中,这些年大家讨论得比较多的概念是"现代性",这个概念的能量和解释效力似乎正在逐渐耗尽,那么,"当代性"这样的概念,与我们今天所面对的问题之间会构成怎样的关系,就是一个值得思考的命题。但坦白地说,读了阿甘本的文章,它的表述虽然非常有魅力,却并没有使我感到一种认识方向上的实实在在的突破。

在这篇文章中有一个词,我倒觉得跟这次讨论有更直接的相关性,就是"紧迫性"。我想，在这么忙碌的状态下，这么多的诗人从各自的写作中起身，凑拢到一起，并且纷纷写下了讨论文章，显然不是为了要来讨论阿甘本，不是要来做哲学的思辨，而是源于一种迫切感，希望辨明自身写作的处境。这种处境也许可以从阿甘本所使用的这个概念的两层含义来理解。当下的诗歌写作，是一个非常活跃也相当混乱的状况，对于较年轻的写作者来说，它可能构成一种困扰，就像刚才诗人昆鸟说的，一上来就是扎进"一锅粥"的状态。这个"一锅粥"的状态，就是"同时代性"的消极一面，它会带来一种迫切的愿望，让我们思考怎样才能使自己的写作卓然自立，有一个清晰的面貌。从这个角度说，"同时代"这样的概念只是一个轮廓性的东西，对于写作方向上的自我厘清和写作观念上的成熟，它并不能提供具体的内容。在阿甘本的文章里，提到了勇气，如果要从同时代性的消极面中挣脱出来，确实需要勇气，因为在这个自我厘清的、挣脱的过程中，一些表层的共识会失去它的意义，而在各自写作中呈现出难以轻易沟通的差异。

而这个处境的另一方面，是阿甘本与我们所共同面对的，他的这篇文章写于当代，与我们处于一个"同时代"的境况中，而不是来自已经逝去的时代中的声音。他在文章中那种试图把"当代性"铸造为一个哲学化范畴的努力，之所以对我们构成召唤，正是由于这种共同面对的境况。它提醒我们，尽管我们的写作都有着各自具体的起点，并且自觉展现为写作上的差异性，但如果把眼光从文学的内部伸展出来，就会看到我们所面对的一些共同的东西，不仅仅是诗歌的写作，哲学的思考，也不仅仅是中国，而是在一个更大的范围内的写作和思考，都在面对着这个共同的处境，好像一种转折点似的状况。在这个意义上，"当代性"可以说仍是一个未来的概念，有待于今天的写作者为它提炼和贡献出更实在的内容。而只有在以这种实在的内容确定了我们共同处境的具体性时，才能构成我们写作的真正的、共识的基础。这是我的一些感想。

张定浩：在阅读诸位诗人提交的主题文章的过程中，以及今天在现场所听到的诸位发言，种种这些感受，如果用一个词来形容，那就是

"精神撕扯"。在场的诗人与不在场的诗人之间，阿甘本的一篇文章和其面目各异的读者之间，以及一个词的本义和引申义乃至歧义之间，都正在发生着各种精神撕扯。

如果具体到文本乃至文本呈现的思想层面，那么这种撕扯又很明显地体现在三方面。一是"成为"这个词呈现的双重性，一些诗人如苏丰雷，会强调在这个词中体现的积极能力，是一种激励自己成为更优秀者的"上升"；而另一些诗人，如高岭，在意识到这个词所蕴含的精神自觉的同时，会更强调一种消极意义上的"成为"，即"不可能主动成为同时代人，他要么是，要么不是"。二是在集体（共同体）和个人之间，如赵晓晖和木朵都比较注意一种诗人的归属感，提请诗人注意重建对公共生活的兴趣。而在王志军那里，他会对"集体"这个概念警觉，首先更强调"诗人就是他自己"。第三点撕扯，发生在精英和人群之间。不少诗人在文本中都提到"精英"或"人杰"这个词，成为同时代人，在他们那里，就是进入一个人杰和精英的少数人之中，而反过来，也有诗人会对此质疑，他们会强调要回到人群之中。

这三方面的精神撕扯，反映出年轻诗人相对前几代人更为成熟和严苛的反省精神，在面对一个主题的时候，他们更为谨慎，更为认真，他们中的很多人，是将这样的主题作为激发自己思想的一个动机，而非口号或结论。

很多与会诗人在提交的文本和发言中都提到一些最为著名的中西经典诗人，并以他们作为典范。在这个层面我稍有保留。我有点倾向于相信艾略特在《什么是次要诗歌》中的意见，"如果一个诗歌读者对某个在历史上不太重要的诗人及其作品不具备一种或多种个人的感情，而只喜欢历史书中认可的那些最重要的诗人，我怀疑这种人可能只是一个认真的学生，对他本人的鉴赏助益甚微"。一个诗歌写作者不仅要知道哪些诗人值得阅读，更要清楚哪些诗人值得"我"来阅读。在文学史的重要性和个人趣味之间，一个写作者要建立起自己对于热爱作家的谱系，而不能简单盲从于所谓最著名的大作家序列。所以我会比较重视戴潍娜在发言中谈到的对于维多利亚博物学者的喜爱，这种喜爱里慢慢会形成她自己的谱系。而这样的和我们个体生命切实有关的"次要作者",可能也恰恰正接近于阿甘本《何为同时代人》里面提到的"黑暗",那黑暗不是丑恶和污浊,而是一种尚未抵达我们眼睛的光。

王立秋: 谢谢大家,其实我没有底气发言,因为我本人不写作,也不太做文学类的翻译,这里我想大概总结一下"同时代"这个概念,根据我翻译的经验提出一两点大家可以讨论的东西。当然这里只能做一个简单的梳理,并不是很全面。

如果用惯常的理解来看的话,对于什么是"同时代"一般有这两种看法。一个就是把同时代理解为一个容器性的东西,这种理解下,同时代的,就是在这个时代中发生的一切。在这个意义上,只要是我们时代生产的文学作品都是同时代的,只要是我们时代的作家也都是同时代的,都属于我们这个时代。第二个概念有点近似于柏拉图所说的理念,在这种情况下,我们会区分什么东西更"同时代",什么东西最"同时代",这种理解也很常见,因为我们总是会比较说某些人更属于这个时代,而另一些人则可能更执着于古代,或领先于他的时代。其实这两种观点都是基于一种线性、阶段性的时间观,通常文学史上的时代划分所应用的,在某种程度上说,就是这种时间观。比如唐代的一切文学都称唐代文学,只要是唐人写的文字,我们都可以说它属于那个时代;而如果我们把词作为宋代的时代特性的话,那么宋诗就不如宋词那么"同时代"了。

但如果再进一步理解的话,我们会发现,"同时代"这个概念包含着多个维度,比如说,我们可以把这个概念拆分出三种含义:

第一种就是用我们的生命长度去衡量的那个时间,也就是我们所在的那个时代,历史地说,它也就是当代史所说的当代。对我们来说,这个时代在现代之后,是21世纪早期的,我们刚好生活其中的那个时代。

第二个意思在中文中比较难表达,在英语中,"同时代"这个词还表达一种关系,指两个事件、人、现象等等之间的彼此同一个时代、共一个时代、同时发生、在时间上契合的关系。

第三种理解则认为，凡是与我们同时的，凡属于当下的，都是同时代的，这种理解更强调"同时代"这个概念所蕴含的与当下此刻的关系。

这三种理解是一直都有的，而阿甘本在阐发这个概念上所作的贡献或者说他对这个概念的发展，就是用一种比较吊诡的方法综合了这三个维度。在他看来，"同时代"不是一种完全契合的关系，而是一种不合时宜，一种脱节，一种有距离的"同"。这个距离给了我们凝视的可能，而"同时代人"就是要通过这个距离，去看时代之光照不到的地方，在黑暗中发现于当下在场的过去，他通过去与那个于当下在场的过去同时代，而真正地与当下同时代，进而与过去乃至一切时代同时代。

在阿甘本之后，有一个学者叫佩德罗·厄尔伯（Pedro Erber），对阿甘本进行了批判。他把阿甘本的这个理解总结为一种有犹太—基督教弥赛亚色彩的时间，在他看来，阿甘本所说的同时代，就是本雅明那里的"弥赛亚时间"和保罗那里的"现在的时间"。他认为，阿甘本虽然强调了我们要看到黑暗的东西，但是他看的那个黑暗还是从一个欧洲人的角度来看的，仅限于自身传统内的黑暗；通过距离外的凝视，阿甘本是不可能越过这个距离去真正与生活世界同时代的。而只着眼于自身幽暗的过去，身为欧洲人的阿甘本的同时代人，实际上也是在对身边的、在真实世界中与之共在的人视而不见。厄尔伯强调的是，真正的同时代，可能更多还是一种参与性的同时代，而不只是一个可以在距离外凝视的客观的时间，在这里，他引入了一个人类学的概念，我把它翻译成共时代（coevalness），它指的是通过行动、互动和交流形成的、主体间共享的时间。他认为，真正的同时代，也应该是一种共时代。同时代人不能像在田野之外躲到书桌后静观田野现场的人类学家那样假装通过凝视就可以与他观察的对象同时代（已经有学者论证过，伏案写作的人类学家永远无法消除这个距离），同时代人应该是在田野现场，与他周围的主体通过行动、互动和交流而共享一个时间的人。厄尔伯认为，这样的理想虽然在过去不太可能，但在全球化的今天却是切实可行的。因为全球化使我们真正地共住一个全球村。而在这种情况下，再像阿甘本笔下的欧洲人一样拒绝把目光投向邻人，而只去凝视自己的传统，是不恰当的，也不符合我们今天所处的这个时代。

其实我要谈的是，从这方面来看，我觉得我们现在的文学翻译也是有些不足的，因为有好多相关的东西，可能因为我们自己关注太少，就不曾进入过我们的视野。比如在读到阿甘本描述同时代是一种不合时宜的吊诡方式的时候，我第一个想到的例子就是博尔赫斯，他曾写过在《一千零一夜》中看到的那个故事：一个人为了躲避自己的命运逃到另一个地方，却恰恰在那里遇到了如果他不跑的话本来也不会遇到的，在那里等待他的死神。这种悖谬和吊诡，与阿甘本理解同时代的方式是极为相近的。我想到的另外一个例子，是波斯诗人阿塔尔的《百鸟朝凤》，他用鸟来比喻苏菲的修行，一群鸟前往卡夫山寻找传说中的凤凰，在过程中不断有鸟放弃，但是最后飞到的鸟发现，那里并没有凤凰，然后它们发现，在坚定的求索后，它们自己就是凤凰。这种吊诡关系，在伊斯兰文学中是很常见的。再者，是阿甘本所说的那个黑暗，在文学翻译中，我们确实也面对着相同的黑暗，因为我们总是根据当代人的兴趣来决定翻译什么作品。而且也像厄尔伯批评的那样，我们同时还共享着另一种黑暗：因为在某种程度上，我们确实也是在根据欧洲人的眼光在遴选一些世界文学作品的。我再举个小例子，比如说大家都知道歌德的《西东诗集》，那个诗集的写作灵感其实是来自于当时欧洲人对阿拉伯诗人哈菲兹诗集的翻译。事实上《西东诗集》里边"诗集"（divan）这个词，就直接取自《哈菲兹诗集》。所以歌德的这部诗集在某种程度上可以说是对哈菲兹的回应。不过故事到这里还没完，在歌德写了这个作品之后，阿拉伯世界也有所回应。巴基斯坦著名诗人阿拉玛·伊克巴尔就写过一本回应歌德《西东诗集》的诗集《来自东方的消息》。

另外再举个例子，比如说，拉什迪的《午夜之子》不是刚出版么？对于拉什迪，我们最熟悉也最关注的，可能还是《撒旦诗篇》。其实在阿拉伯世界也有与《撒旦诗篇》类似的作品。埃及作家优素福·泽丹（Youssef Ziedan），就有一本叫做《阿扎齐尔》的书，阿扎齐尔也被翻译成"魔"，它原意就是试探基督的那个荒野恶魔。因为泽丹本人在图书馆工作，深谙古代手稿，他在这本书中也以手稿的形式重述了早期基督教的历史（据宗教学的朋友说，他的叙述不仅文字优美，在学术上也是相当扎实的）。这部书出版之后，引发了一个大风波，因为它被三个宗教同时宣告为渎神。不过这本书依然拿到了 2009 年的阿拉伯语布克奖。泽丹这本书的声誉很高，影响也很大，在阿拉伯世界引起的风波也可以说是现象级的，但就这样一个和我们同时代的作家，却不曾被我们关注过。

　　我提这些可能还是想强调，我们在谈论"同时代"时，也不能就纯粹按西方人谈论"同时代"的方式来谈论，他们毕竟是从自己的传统出发，从自己的立场来凝视时代的。其实我们身处第三世界，本身就有一些更多的资源和优势——如果说西方人是在书桌背后凝视的人类学家的话，那么我们中国人，天生就站在田野的现场了；而且我们对传统意义上的东方世界的关注，可能本来就比他们多，我们从事多语种翻译的人也比他们多——这方面的一些资源都是可以为文学所用的。在这些资源的基础上，我们再有意识地去多一些"共时代"的自觉，就更好了。谢谢！

从"异质时间"到"同时代人"

一 行

一、引 言

在对"诗"这个汉字进行的各种训诂和解释之中,有一种方式是将"诗"与"时"关联在一起。"诗言时"是这一解释的论旨所在。[①] 对于中国古典传统来说,"诗"以某种方式映现着邦国兴衰、朝代气运和天道定数,这是对诗进行理解的基本前提;同时,具体的诗作又被理解为在时机中涌现的产物,如同"踏正时辰"的花开或"知时节"的好雨那样在长久的蓄力和潜隐中发生。而在注重历史意识和时间感的当代语境中,"诗言时"这一论题可能获得了更加多样的、新的意义维度。诗歌不仅以无意识的方式受到时代状况的规定和塑造,而且应该以主动、自觉的姿态来直面和回应其所在的历史处境;诗歌不仅可以包含对一般意义上的"自然时间"和"社会—历史时间"的连续性的感受,而且包含着对溢出这一连续性的"断裂瞬间"或"时间的生成性"的感受;诗歌不仅显示着作为 Kairos 的"时宜"或"好时机",而且从根本上显示出

[①] 如叶燮在《原诗·内篇》中,既"以时言诗"又"以诗言时":"且夫风雅之有正有变,其正变系乎时,谓政治、风俗之由得而失、由隆而污。此以时言诗,时有变而诗因之。时变而失正,诗变而仍不失其正,故有盛无衰,诗之源也。吾言后代之诗,有正有变,其正变系乎诗,谓体格、声调、命意、措辞、新故升降之不同。此以诗言时,诗递变而时随之。"丁福保编:《清诗话》下册,上海古籍出版社,1978 年,第 569 页。

诗人自身的绵延或生命时间的独异性。在某种意义上，诗歌通过自身的形式、边界和潜能，在外部世界的物理时间和社会时间之中创造出了一个相对独立的、专属于诗歌场域的时间。这一"诗歌的时间"从内部来说仍然是异质性的，它包含着每一位诗人，甚至每一首诗作的诸单子般的多样时间形式，并从中产生出某种调协或和谐。

在我看来，"北京青年诗会"就是要创造出一个专属于诗歌的时间—空间场域的努力。这一场域的活力，取决于它在多大程度上能够召唤和聚集诸种具有真正异质性的时间维度，并将这些异质性置入一种激发性的对话、争辩和调协之中，以此打开通往历史、现实、个体生命、行动与事件的"多向通道"。要做到这一点，既要求参与这一场域之会的诗人们在作品中呈现出其个体独有的生命特质，又要求组织者有能力将这些不同乐器般发出的声响汇集成开放性的合奏曲调。从迄今为止的两届活动来看，它们的基本理念可以说绘制出了这一场域的时空地图："桥与门"侧重于从空间或地形学的角度来命名诗会；而"成为同时代人"则侧重于从时间或历史性的角度来命名诗会。本文主要聚焦于后一个命名角度，并试图通过对若干诗人作品的细读和阐释来说明"成为同时代人"这一理念所包含的多重意蕴和现实性。

二、对虚假"同一性"的抵抗

对于大多数人来说，"成为同时代人"这一说法是多余的、毫无意义的。我们本来就是"同时代人"（或"当代人"）嘛，何必还要多此一举去"成为"同时代人呢？这样一种意见植根于对时间的通行领会之上，在其中，那种被建构起来的物理时间或社会时间的同质性支配着大众的日常生活。他们从来不能反思这种同质化的线性时间究竟是如何可能的，也从来没有在自身中经验到某些从同质性中逃逸或出离的瞬间。但是，对诗人来说，他/她们的时间经验却并非如此——尽管他/她们也生活在物理时间或社会时间之中，然而他/她们在自身的身体、灵魂和语言之中却包含着一个专有性或本己性的领地，其中的时间经验并不同步于外部世界和他人，而总是快于或慢于、先于或后于外部世界，总是在自身中折叠着更多的"已经"和"尚未"、"曾在"和"将来"，也总是更剧烈或更松弛、更完整或更破碎。需要说明的是，这个专有性的时间领地并不是"心理时间"，而是生命自身的存在、绵延及其节律。在这个专有性的领地之中，诗人得以开始写作。

因此，诗，从来就是生命自身对世界/时间的同质性或"虚假同一性"的抵抗。那些与时代完全同步、沉浸在线性时间的同质性之中的人，不可能成为真正意义上的诗人，他们写下的也不可能是"当代诗"。"北京青年诗会"的发起者们，试图通过援引阿甘本《什么是当代人？》来说明这种抵抗的"不同步"和"不合时宜"的性质：

> 那些真正的当代的人，那些真正地属于时代的人，是那些既不合时代要求也不适应时代要求的人。所以，在这个意义上，他们是不合宜的（inattuale）。但恰恰是因为这种条件，恰恰是通过这种断裂和时代错误，他们能够比其他人更好地感知和理解自身的时代。
> ——阿甘本：《什么是当代人？》，lightwhite 译[1]

在这一意义上，真正的"同时代人"或"当代人"恰好是那些不与时代同步、反而"将一种必要的异质性引入时代"的人，阿甘本称之为"一个知道如何目睹这种晦暗（obscurity），并能够把笔端放在现时的晦暗中进行书写的人"，或"那些眼睛被自身时代的黑暗光波击中的人"，他/她们是本雅明所说的"游荡者"、尼采笔下的"不合时宜者"。对于本文来说，阿甘本对"当代人"的界定中包含的西方文明背景（主要是犹太—基督教传统）可以暂时悬置，我们只需要将关注点集中于"必要的异质性"之上就够了。这种"异质性"从根本上说就是每一个体的生命时间的绝对差异性。诗人要成为"不合时宜的同时代人"，一方面需

---

[1] 见"豆瓣"网站上的"lightwhite 的日记"，网址：https://www.douban.com/note/153131392/。

要返回到自身的绵延之中并从那里获得异质性，另一方面也需要对时代的虚假同一性进行凝视和抵抗。构成我们时代之黑暗或"同一性"之渊薮的，主要是两个相互缠绕勾连的机制："大一统帝国"的集权机制，和"全球化"的资本—技术机制。它们共同塑造了我们所处的"现实"（=意识形态幻觉）。在"北京青年诗会"的诗人中，有不少人对这两种"同一性"的机制进行了批判性的书写，这里试举苏丰雷、黑女和江汀的诗为例说明。

苏丰雷的《平坡山宝珠洞上望远》是一首"望远"之作。这首诗以神话书写的方式对"大一统"帝国的时间幻象的批判，很大程度上遵循着古典诗学传统，将"诗"理解为对兴衰、气运和定数的观照。"宝珠洞"是清朝康熙—乾隆时期一位高僧海岫用双手挖出的。海岫在洞中坐化，那双眼却依然望着皇城方向。乾隆在位时，因觉得这注视着皇城的目光太不吉利，派人在洞的前方修了一座观音殿和三间阿弥陀佛殿，以阻挡、切断海岫的视线。苏丰雷这首诗，就是要沿着高僧海岫那始终凝视着帝国之黑暗的目光，去打量帝国的历史、现实与未来。诗题中的"望远"，其实是"望气"，通过观望帝国的气运来沉思历史。诗一开篇所呈现的风物辽阔、久远，将历史置于原始蛮荒的神话图景之中进行追溯。无论是作为"白色火球"的太阳，还是作为"魔女"的祖神（可能是指女娲），都是将那亲切之物妖异化、神怪化，为后面的"群魔"出场作铺垫。"魔女"的"富有繁殖力的肚腹"，既生产生命，又生产死亡——在这样一种肥沃的、繁盛的景象之中，包含着周期性的衰落和毁灭。诗中反复呈现出一种混乱、末世的景象："在那里，人祖的退化后代在它的缝隙间，在它的洞内，/以倒立、切片、正电子、群魔的方式活着，/吸着居住在空气里的各种形状的小幽灵。"这一段中包含着对某些文学文本（陀思妥耶夫斯基）和历史现实事件（雾霾等）的双重指涉。"人祖的退化后代"指向晚期帝国的费拉化，人们被各种精神和物质毒素不断侵蚀，血管里流动的是"大甲虫"这样一些让人恶心、恐惧的东西。两个多世纪以前那位高僧所不愿看到的，已经全都发生。阻挡着他视线的"障碍"（无论是"观音殿"还是"时间距离"），使这位高僧没有亲眼看到这一切。但我们今天却可以看到：

> 那里，是现在的中心，就在那片矩阵里，
> 集体的蜂王，仍执着地在发电磁波，
> ——病毒的麻醉炸弹，深深抵达广阔的疆域。
> 那里，现在的中心，被肉红色的雾障裹着，
> 被魔女生殖的矩阵挡着，我们
> 无法看见它真切地看见了外面的世界，
> 或者，即便它真切地看见了外面的世界，
> 它的行为却显示着一种目盲。

位于"现在的中心"的，是一个不断发射着"电磁波"的"蜂巢—母体"或"矩阵"。"矩阵"的说法出自《黑客帝国》，它被用来喻指庞大体制的同一性结构。"蜂巢"也是对"帝国"的出色隐喻：它既指向繁殖癖（"魔女生殖的矩阵"）、受操控（"病毒的麻醉炸弹"）和同质化的生存处境，又在形象上与现代大城市的建筑格局和迷宫性质非常契合。许多群居动物的行动依据的是身体对磁场的感应，"电磁波"正是从中心操控群体行为的方式。整个国土的"广阔疆域"都被这种操控术支配，人们生活在一个由"肉红色雾障"组成的"蜂巢"之中。躺在蜂巢中心的"蜂王"其实是"目盲"的：它根本看不到"外面的世界"，或者看到了却视而不见。苏丰雷在诗的最后一段，连用了五个"仍然"来发出宿命之叹（可以与《李尔王》中著名的五个"永不"进行对照）：我们一直活在这个"蜂巢帝国"之中，生命在"电磁波"所构建的体制中消耗着，自以为有历史，却只不过是在经历轮回和反复。整首诗通过折叠远古荒蛮、晚清帝国和现实世界这三重时空，并且引入一道异质的、让皇权感到不安的"目光"（尽管这道目光与我们的目光，都被"矩阵"以某种方式阻挡），看到了历史中的周期和宿命，也清晰地暴露出了同质化帝国的幻象性质。

陈家坪和车邻的某些诗作，也同样深入到了这一同一性的幻象机

制的内部，并试图在那里引入异质性的成分。在《我是一名信访办的官员》中，陈家坪用一位"虚构的公务员"的自述口吻，对"来访者"进行了回答。他反复说的一句话是"我也是人"，因而能理解人的申诉和要求，尽管"我"同样"受限于体制"并"被制度所设计"。在这里，陈家坪试图将"良知"作为一种异质性引入到体制的坚硬之中，使之变得柔软。车邻的《一个人的行政大厅顺从史》则以戏剧化的方式，对"国家忙碌的制式大厅"中的惯常事务进行了反讽。其中，体制同一性的展开是通过各种对目光、语气和动作的规训来进行的，人在其中必须学会"圆滚滚的妥协"，否则就会被"巨大的淤泥层层包围"。然而，在诗的讽刺口吻之中，那个隐藏的说话主体的怒火和反抗意识已经被点燃：它是在体制中被压抑之物，正等待着"被压抑物的回归"。我们看到，在这些诗作中，"公正"作为一种解构性的力量登场，它不断寻找、发明着它的载体或主体——其中一些像土拨鼠一样在任何虚假的同一性机制的内部进行运作，在那里打孔、挖洞；另一些则更像是成长中的树木幼苗，用柔软而有韧性的劲道顶开压迫其上的石块，并用扎根的力量使岩石出现缝隙。

　　与帝国—集权幻象缠绕在一起的，是资本—技术幻象，它们互为对方的支援。黑女在《村庄和高铁》中，在两种时间和速度的对照中，揭示了当代中国生活秩序中的深刻裂痕，这一裂痕既来自国家体制，又来自技术逻辑。诗开始于被扭曲的自然中"跟着跑"的景象："瞭望的天空现在飘过来／簪花的窗口，歉收的田野跟着跑"。"天空"暗指"更好的生活"，它飘来又飘走，将能生育却没有得到生活满足（"歉收"）的"田野"／"女人"拐跑。这些跟着"筑路工人"跑掉的"年轻妈妈们"，给村庄留下了"怨恨、困惑"的男人们和"单亲儿童"，他们是被遗弃的一群人，也暗指被遗弃的"村庄"本身。诗正中间的段落再次引入了自然物象：

祈求麻木的雨现在倒过来
被少年认作洗刷的雨

窗口闪过千万张面孔，没有妈妈的

"雨"对村庄来说有着双重意义："男人们"因为耻辱，渴望在雨中变得麻木；而对留守的儿童或"少年"来说，雨在他们远远望见的高铁窗玻璃上洗出的幻影，却指向母亲回来的希望。然而现实是残酷的，耻辱无法被"雨"洗刷，离去的也不会重新归来。村庄的生活，在"高铁"的飞速与自己往日的缓慢之间，被彻底撕裂：

快是因为往日的慢，二者中间
一大片撕裂的盲带
留给村庄的孩子们计算
（他们有三种称呼：留守儿童
单亲儿童　孤儿）

"村庄"的时间，是一个在伦理纽带与自然风物的互相嵌入中驻留、展开的缓慢时间；而"高铁"的时间，是一种被经济增长所催促的、消灭一切空间距离的飞掠而过的时间。后一种时间感或速度是国家体制和资本流动的需要，它把各个城市连成一片，却遗弃了乡村。被"高铁"所强暴的村庄，其撕裂和疼痛留给了"孩子们"去感受，似乎这些"孩子"就是强暴遗留的孽种。毫不奇怪，对于村里人来说，"我们村的高铁"就是"我们的敌人"，因为它作为强行插入的异物，使得伦理共同体最终瓦解。国家体制和资本逻辑对空间的征服和对同质性的追求，是以毁灭各个地方小共同体的特殊性作为代价的。这场征服留下的痕迹，那创伤一样漫长、延伸、永不愈合的铁轨，像一个耻辱的印记提示着"我们的原罪"。

与苏丰雷和黑女在一种激愤和悲哀的声调中对"同一性"机制的批判不同，江汀虽然也对当代世界进行反思，但他的声调却平静得多。在《待在荒芜的当代》一诗中，江汀以自己的方式观察着"当代"的晦暗。这首诗的语言很疏朗，处于沉稳、放松的状态，不追求精细、密集，修辞也并不繁复。诗中有一种久远、老成持重的声音，说话方式显得意味深长，不沉溺于构造精巧的比喻。江汀试图将诗中的事物往一个精神性的方向引申，这使得他与其他许多诗人区别开来。"荒芜的当代"这个短语应该来自于海德格尔关于"贫乏时代"的解说，它也是江汀对"当代"的判定：精神性的事物，在这一时代处境不妙。诗人本来并不愿意在这样一个时代生活，他梦想越过这个时代直接抵达它的终结。然而，在这一时刻，诗人听到了来自旷野中的"诗的声音"（"音律的碰撞"），似乎是在向他提示着什么。"荒芜"并非一无所有，其中也潜藏着许多不同的东西。仅仅"做梦"并不能使我们超越这个时代，相反，"梦"在我们这个时代也已经贬值："像秋日的草堆，等待焚烧。"我们真正需要的，是去观察、发现这个晦暗时代中仍然残存的光。诗人想到了一些可能还保存着的异质的部分：

　　　　也许内地深处的某个村庄，
　　　　仍有温顺的古代讽喻。

　　讽喻是"风"的一种形式，有讽喻能力是风化和德性的体现。讽喻强调温顺、节制与分寸，愤世嫉俗与狂狷都不是讽喻的精神。或许某些内地的村庄中还保留着这种德性，但城市中是荒芜的。诗人站在高处往下方观看，他看到的是："公路有如风箱，／几百辆汽车发出轰鸣，／融入永无止境的拥挤。"这是一个由技术支配的轰鸣和拥挤的时代，精神的空间受到挤压。"风箱"本来是一个很诗意的词汇，但由于跟随其后的是"拥挤"，那么"风箱"的诗意基本上被抽掉了。诗的最后一节试图思索自然与历史之间的关系，并寻求在其中克服现代性带来的焦虑和不安：

　　　　天地间仍有某种宽宥，无人认识。
　　　　星星像探照灯，嵌在黑暗中，
　　　　它们曾目睹的历史荡然无存。

在这个被卷入现代性进程之中的时代,"天地"和"星空"依然永恒地存在于那里。"星星"作为嵌在黑暗中的残存的光,似乎也在凝视着当代城市或技术世界的荒芜。"它们曾目睹的历史荡然无存"——这里出现了自然与历史的关系。星辰是永恒自然图景的一部分,任何历史也无法像星辰那样久远。历史消失了,而星辰还在那里。这种对照,构成某种"宽宥":现代世界也只是历史的一部分,技术终将消逝,而星空是永恒的。诗人在山上向下观望,与星辰在天空中向下观望,二者之间形成了对照结构:站在山顶观望的诗人,此刻仿佛变成了一颗星辰。一旦我们能够学会像星辰那样去观看尘世,就可能获得某种平心静气的眼光。尽管人们愿意去做梦,但是其实做梦也是多余的。真正的平静来自于自然。诗在开始的时候出现的是不平静的、想逃离这个时代的情绪,但到诗歌最后,当诗的目光与星辰之光重叠后,获得的却是宽宥。

可以看到,"星空"在江汀这首诗中扮演着三重角色:它作为自然图景,是技术世界中的异质成分,可以与之形成张力;"星星"射出的光线,与诗的视线发生着重合,它既是"被看到的光",又是"使看得以可能的光"和"看本身发出的光";作为历史的见证者,星空构成了一种超越历史的永恒维度的象征,诗人借此克服了历史意识的相对性及其焦虑。而在前面所引的苏丰雷和黑女的诗中,这种历史意识却构成了诗的终极背景,这使得他们无法摆脱历史宿命的诅咒和帝国现代性的原罪。尽管他们也一样凝视着时代的晦暗,却没有任何克服"仍然"和"盲带"的途径,因为他们深陷于历史之中。可以问的是:"自然"真的能够成为一种有效地克服历史意识的途径吗?谁能保证这一途径就不是一种幻觉?

三、召唤异质时间

在前文中,我将阿甘本所说的"引入必要的异质性"视为"真正进入当代"的入口。当代世界所建构起来的"总体时间"——无论是"大一统"帝国或"后极权"社会中的政治时间,还是全球资本主义的市场时间——它们对语言状况、心灵状况和居住状况(乡村与城市)都进行着笼罩性的支配。而诗人们要从"总体时间"中逃逸或抵抗它,在直面、分析和理解这种现实状况之后,仍然需要进一步的工作:引入一种专有的时间或经验方式,并将其作为一种"爆破装置"放在总体时间的薄弱节点上,在那里改变时间的性质。"北京青年诗会"的发起者们,对此有很好的理解。在对"成为同时代人"的"主题阐述"中,主要发起人之一张光昕宣称:

> 正如阿甘本所言,成为同时代人,并不简单地发生于流俗的线性时间,而是要深入到线性时间内部,用催逼、挤压的方式改变它,形成某种神秘的运作时间——一根时代椎骨的切口,正是同时代人写作的位置……我们以同时代人之名,展开一种深入时间内部的写作,在那里重建线性历史的尺度和标准。这是一种反时尚的写作,是不合时宜的行动(那些与时代步调一致的人不是同时代人),它要么以磐石的敦厚沉着地落后于自己的时代,要么以流水的温柔飞驰在未来的幻影之中。在自身与时代无法抹除的错置和缺口中,同时代人找到了古老的修远精神……同时代人,正是蘸取当下的晦暗坚持书写的人们。①

那么,究竟如何"深入时间内部"?如何打开"自身与时代无法抹除的错置和缺口"?在我看来,问题的关键在于:诗人如何返回到自身的生命之中,在那里召唤出他/她身上的异质时间。这种异质性的时间,不一定要预设阿甘本从犹太—基督教传统和本雅明思想中汲取的"弥赛亚时间观",而完全可以是从中国自身的古典经验、对当代处境的反思和个体朝向未来的想象力中获得。另一方面,我们也必须对现代汉语本身具有信心,相信她在塑造和言说异质经验方面的无限活力和可能性。

---

① 见《成为同时代人:第二届北京青年诗会朗诵作品集》。

事实上，从参与"北京青年诗会"的许多诗人的作品中，我们能清晰地看到中国当代的青年诗人们所具有的"召唤异质时间"的卓越能力。

我们可以按照"特殊性"与"个体性"之间的概念区别，对"异质时间"或"异质经验"进行划分。"从特殊性而来的异质时间"是指一直被"总体性"所压抑的"某一类"生命的时间经验，比如"信仰的时间""女性的时间""古典的时间"等等。而"基于个体性的异质时间"则侧重于个人经验的唯一性，它具有专名性质。当然，从具体写作来看，即使是那种类别化的、特殊的异质经验，也总是打上了个体专名的烙印——它在显示为"女性的经验"之前，首先是某个个体的经验。但是，这一划分仍然能够使我们看到对"总体性"进行突破的两种不同方式。事实上，"北京青年诗会"所要召唤的异质时间，首先是"青年的时间"。正如第一届诗会"桥与门"的主题阐述所言："年轻或青年，主要指的是写作者与诗歌的一种微妙关系，一种写作的年龄状态和暗藏潜力的精神面貌……"换句话说，"青年的时间"并不是一个实际年龄段，而恰好就是对异质性的渴望、打开和召唤。"青年性"，在于彼此互不相像而又能够相通。青年是决断，是对想象、理解和变革的无限热情。它包含着一种不确定性的视域，一种对复杂性、困难之物的寻求。潜能的巨大力量恰好在这种时间中才得以成长、突变、涌现，并展现为作品和行动。"青年的时间"作为诗性的异质时间，在中国历史中常常被压抑，只在某些变革时代才偶尔被激活。① 在某种意义上，所有的异质时间都可以归入"青年的时间"之中——即使是"晚年的时间"（比如某些作者强调的"晚年风格"），如果它真正要成为异质性的，它也必须在内部包含着"青年性"。

由此，我们可以进入对其他样式的异质时间的讨论。首先是"信仰

---

① 陈家坪说："青年不是指人的实际年龄，而是指我们这个民族，自五四运动以来的青年精神。这个青年精神近一百多年来，一直被强国复兴梦完全压制，不能成长。我们的政治、经济、文化，乃至文学艺术本身，都普遍失去了诗性。"陈家坪编：《桥与门：北京青年诗会诗人访谈》，银川：阳光出版社，2016年，第2页。

的时间"。对神圣的经验在任何一个时代都是罕见的，尤其是在这个无神论的国度，信仰一直被人们当成是异己的、奇怪的东西来看待。从上方降临的光，作为"事件"完全地改变了一个人的灵魂，这对多数人来说是从未遭遇过的。信仰引入了一个超越的维度，使之作为全部生活的朝向，时间也由此被改变了意义。李浩的短诗《花冠》（2009 年）虽然篇幅不长，但却深深地植根于这一改变之中：

> 暴露在地面上的石头与砖块，
> 让我亲眼看到，我里面的灵，
>
> 好像龟壳开裂。居住于尘土中的
> 时间，已经形成浩瀚的荒漠。
>
> 时间布满我们祖先的肋骨。
> 你说："地球在喝着人血。"
>
> 当一天的太阳升起，峡谷，清晨，
> 和我们，就开始了血的圣洗。

诗一开始就看 / 听到了大地之上的开裂 / 声音，这是某种痛苦和不安在通过裂缝般的伤口说话。诗人魂魄中动荡的部分，与大地进行着对话。他看到了自己的"灵"，以开裂的方式活跃在每一块石头和砖块中。"像龟壳开裂"可以引申为形成了大地之上一种深奥的、正在呼喊的文字；也可以引申为灵魂脱掉了全部的伪饰和防护，在神面前变得赤裸。诗人倾听着大地的呼声，那是该隐（加音）所听到的亚伯的血从地上向神喊冤的声音。人类历史的起点就是这次谋杀。整个尘世的时间或历史，都不过是这次谋杀的反复重现——大地就这样一次次苏醒，用古老的声音启示我们去注意血的流向，是它，凝成了书写命运的笔墨。这一荒漠般的、有罪的历史时间贯穿着我们从祖先而来的骨头与血脉。因此,"地球在喝着人血"。诗终结于对"太阳升起"这一日常和自然图景的重写,在其中,空间("峡谷")、时间("清晨")和人("我们")都在一种血的呼喊中被要求应答,这就是"血的圣洗",它让我们经验到"神的公正"。时间在经过洗涤之后,全部变成了祈祷。

可以认为,李浩在《花冠》中书写的这一经验,以各种变体一直延伸到他后来的许多作品中。无论是有着精致修辞外衣的《去衡水途中》,还是表面上混乱、浑浊的长诗《还乡》,都在倾听"大地之上的喊冤之声",都是从这种倾听而来对世界的批判和对神的祈求。信仰赋予人以某种特殊视觉和听觉,但同时也带来剧烈的疼痛,使得李浩的诗一直在紧张中承受着清醒的代价。

我们再来考察"女性的时间"。"北京青年诗会"对女性诗人的推举有目共睹,这种推举遵循了严格的专业尺度和标准,而首要的专业尺度就在于:诗人必须在语言和经验方面表现出持久、专注的创造力。"女性的时间"只在诗人创造性的书写中才被打开和生成出来。在某种意义上,这种异质的时间经验并不只属于生物学和社会学意义上的具有"女性"身份的诗人,而是一种语言中的性别、一种在写作中生成的性别。① 但是,相对于男性诗人,女性诗人要创造出这样的"女性时间"是更有优势的。因此,在下面的论述中,我将主要参考女性诗人来说明诗歌对"女性时间"的召唤。

在我的阅读中,张慧君的诗作堪称"关怀伦理"在诗歌中的范例。这种关怀及于人与事物的每一细节,她似乎是在以一种善意而微妙的感知力去体贴众生。从她的诗作中,那些跳动的、闪着微光的句子,携带着这种感知力扑面而来。她召唤出的时间,是一种在关怀和惊奇中变得饱满、圆润的时间,每一瞬间都似乎变成了自足的珍珠或露珠。例如,

---

① 正如德勒兹在《文学与生命》中所言:"在写作中,人们成为女人,成为动物或植物,成为分子……身为男人的羞愧,还有比这更好的写作理由吗?甚至当一个女人在生成时,她也要变成女人,而这种生成与她可能倚仗的某种状态毫无关系。"德勒兹:《批评与临床》,刘云虹、曹丹红译,南京大学出版社,2012年,第2页。

《群山回响》中的时间经验，就被这样一种"绵延又跌宕的爱与善意"所贯穿：

> 云雾披拂山岗，大地蜿蜒向前。
> 于是，这里惊讶地响荡着窸窣的"你好"，
> 慵懒的"你好"，轻盈的"早上好啊"，
> 诸如此类，干净柔软的问候语：
> 当聒噪的鹦鹉模拟述说太阳的光临，
> 喙嘴和对趾攀援在枝头翻身玩耍，
> 瑰丽的前襟便被编织了幻彩的花边；
> 当一汪波光粼粼的湖泊，像一叶扁舟
> 静谧地停歇在略显呆板的峰峦之间，
> 自肃穆的阴影之下，以不可谛听的汩汩声
> 渗出无数根庞大的水脉，它滋润，并刺穿
> 缠爬，也哺育，每一块坚硬的黏土，
> 每一棵树，枝干，杈桠，及瘀伤的瘿瘤，
> 连林间空地上一块蓬松的蚂蚁巢也被浇入了雾露；
> 低矮的灌木丛中，孔雀骄傲地拖曳折叠的蒲扇漫步，
> 尖嘴的小鸟在树梢排挂成了风铃，偷食发酵的浆果，
> 而蝴蝶和蜻蜓，轻盈的鳞翅昆虫，也总是
> 在雨季来临前低飞，旋绕为野沼泽的彩棉线；
> 每每这时，我都仿若新生，我蜷伏在
> 大自然富丽的乐声之中，
> 既成为缥缈的形体，又不可显影，
> 因而，也无所不在，我飞过了这些巍峨凝固的山体，
> 在弧光与陡坡的起伏中，重新变得欢畅，
> 蓬勃，神秘，树木和生灵被重新分割，
> 事物以一种古老的问候相拥，
> 沾带着绵延又跌宕的爱与善意，

> 每每，这时，我却也会不忍心，等待
> 一段美好时光的结束。

　　这些神光熠熠又清晰有序的描写背后，是一颗无微不至的、被"同感"充盈的心灵。张慧君属于有着古老渊源的"形象诗人"的序列，但她语言中感性的精微度与温润度则是新诗百年演化的结果。在这"蓬勃又神秘"的时光中，"树木和生灵被重新分割，/事物以一种古老的问候相拥"。时光洗净了视野中的植物和动物，时光自身也被它们洗净。这样一种轻盈、细腻的时间经验，毫无疑问属于"女性的时间"。但是，"女性的时间"还有其他的方式。比如，在李琬、赵晓辉、谭毅等人的诗中，"女性的时间"与反思观念融合在一起，呈现出各不相同的风格面貌。

　　李琬的《田野》是一首体现出了高度复杂的意识状态的诗作。这首诗涉及一次"田野调查"[①]，出现了一个村子、一户人家、诗人所采集的录音、她的记录和研究方法以及令她感到困惑的研究之外的世界。细读全诗，我们会发现诗所要言说的田野并不只是作为"田野调查"研究对象的"田野"。后者作为被知识—权力建构起来的、经过学科方法论调校之后的"田野"，是一种知识对象；而诗人所要写的，是一个她试图真实"触摸"的田野。不过，这首诗从外表上看仍然保持着"田野调查"的某些样式，它描述了一个村庄、一个院落之中的习俗和生存状况，类似于民俗学和人类学的观察记录。诗的开篇写道：

> 工作间歇在梯田边观看，
> 令人沮丧：无论哪个方向，
> 总有些事物在我的外面。

[①] 此诗的写作，缘于李琬在2014年夏天在湖北省丹江口市官山镇的田野调查。这次田野调查的具体情况，可详见李琬《我在官山的时候》一文中的自述。

这里出现了贯穿全诗的基本情绪("沮丧"),我们也可以将这三行视为对全诗意图的总体隐喻。"无论哪个方向,/总有些事物在我的外面",这是诗人在感受、反思自己的学科方法论和知识态度的界限。所有的学科都要瞄准一些对象,并将对象圈定在自己的方法论和问题意识当中,划定出一个领域。但诗人发现,对象之中总有一些部分会溢出这一领域。诗人试图写出"田野调查"之外的田野,一种非对象性的、溢出知识和学科边界的田野;但是她又意识到,人的眼光总是已经受到种种知识的规训。这里的"沮丧"既是对自我的沮丧,又是一种对学科方法本身的沮丧,同时也隐隐包含了想从其中脱离出来的愿望。她想看到自身惯常视线之外的事物。诗的第二节出现了"不安",不安是由于陌生感和不适应,在自我和他者之间存在着各种形态的隔阂:"智障男孩""姐妹的身世""远方的兄弟"……都在"我"的视域之外。而诗的第五节是一个极有意味的句子:"那十天里,为活人降落的雨水/分别淋湿我们,送葬的音乐/如语言的线绳被剪成单字。"在这里,"分别淋湿我们"的描述将这种区隔清晰地显示出来:"我"和"他们"其实是完全不一样的,一方是研究者,另一方是被研究者。诗人所拥有的知识方法论已经建构和确立起了"我"和"他们"之间身份上的区别,雨水也不能跨越这种区别。"如语言的线绳被剪成单字",对这句诗的一种解读是"歌声"断断续续,如同磁带卡壳;另一种解读是,当地人经验中那个连续的意义世界,在一种特定的知识构架之中被拆解、裁剪,以便进行学科内部的分析。值得注意的是,诗人不断写到那个"智障男孩",他就像一个幽灵在"我"的视野中出没。而他始终在我的研究目的和方法之外,他就是在知识之外的真正田野:

  他为自己建造了自然,并居住其中。
  他让我站立的河水刺痛,
  逼近一种失败:
  洁白的灵幡、歌谣的结构和半文盲的字符,
  像眼前几条岔路,突然失去意义。

与"我"相比,这个"智障男孩"反而置身于真正的田野之中,并让"我"的研究逼近一种失败。"我"的分析工作似乎突然失去了意义。"我不确定整理录音时,/你能否听见方言后面的嘈杂,/一些小改动、小语气,努力穿过唯一的生命习作。""嘈杂"就是真正的田野之音,它似乎像"智障男孩"一样是没有意义的,因为它越出了所有知识所确定的意义,但它自身却不见得是无意义的。这种"噪音"可能反而是真正有意义的。在诗的最后,面对风景所包含的真正的自然("群山"),我感叹它们之中"伟大的真实"——在"田野调查"的终结处,在"我"的知识态度完全放下了的时刻,"自然"显现了出来。

从"田野"一词的字面意义上来理解,《田野》一诗似乎只有最后三行里才出现了"真正的田野"。但是,那个出现在研究视域之外的"智障男孩",为自己建造了自然并居于其中,他也是自然的深奥的一部分。"我"的"知识"与男孩的"智障"之间构成了一种反讽:"我"的知识对于真正的自然和田野是无力进入的,而男孩反而能够进入自然,那么到底谁才有真正的"智障"或"知识障"呢?由此,诗引导我们对知识的边界、对知识外部的"非知"进行思考。这首诗涉及一种复杂的意识状态,一种对学科方法论本身的反思。这是受过严格方法论训练、又对自身学科的前提有反省的人才会思考的问题,诗人将这种问题转化成了一首诗。在某种意义,"诗"就是越出知识和学科规训、进入到"非知"的自然和田野之中的一种方式。诗歌所要使之显形的,恰好就是"录音"之中的"杂音"。它固然使知识遭遇到失败和沮丧,但边界之外正是诗的真正开端。它表明,好的女性诗人不仅具有与好的男性诗人同样水准的知性和思辨力,而且女性诗人在越出知性边界、进入"非知"之中的能力方面也丝毫不比男性诗人逊色。

另一个值得指出的地方是,在这首诗所呈现的"田野的时间"("非知的时间")与"田野调查的时间"("学科的时间")之间的冲突或张力,与女性特有的敏感和情绪性紧密相连。诗中的"沮丧""不安""柔软""刺痛"和"努力",都很难想象会发生在一位男性身上。这首诗由此也隐秘地包含着对这个村庄中人们的尊重和爱,正如李琬自己所说:

"我的爱依旧是无以言说的凹陷,它与被缚的想象和天然的隔阂等值,在于每一项不因我而增减的微小尘埃之中,永永迁延。"

  与上述几位女诗人主要是从现当代文学传统中汲取语汇和感受力不同,赵晓辉的写作所引入的异质经验,是一种经过创造性转换的"古典时间"。赵晓辉秉持的诗学信念是"铄古铸今",亦即在坚持现代敏感性的同时,充分借鉴古典诗词中的"声情"(刘方喜术语①)、"音势"(钟鸣术语)和"用典互文"的特征,化欧化古,以形成"精微且富于暗示性与穿透力"的新诗文体。②这样一种将"古典"作为"现代"之中的异质成分,并以之来拓展和更新"现代"之边界的理念,有其充分的理据。问题的要害在于"铄古"的转化:是"铄古"而非"复古",虽然尊重古典,但仍要在一种新的生活情境和语言趋势中赋予它新的意义关联方式。洛维特在论黑格尔时曾说:"旧的东西必须被置于同整体的一种新关系之中,以便通过更新来保持它的本质性的东西。"③ 这是"古典时间"之有效性的前提。而要真正成为一位当代诗人,就必须"能够同自己拉开距离",用"异己的和不同的东西"来教育自身,这既包括向西方学习,也包括向中国的古典传统学习。赵晓辉在自己的创作中,也确实糅合了许多古典诗、赋、词的节奏、句法、声韵和用典方式,这部分得益于前辈诗人如卞之琳、张枣的示范,但主要还是来自她个人对古典诗歌的悉心研读和揣摩。在《山洞居民疏离歌》中,赵晓辉将《碧岩录》中的禅宗公案(主要是"云门金毛狮子"和"南泉如梦相似"两个公案和雪窦禅师作的颂)以一种精致的幻象修辞融化在用典之中:

---

① 刘方喜:《声情说》,知识产权出版社,2008年。另外,刘方喜在另一本讨论新诗问题的著作《"汉语文化共享体"与中国新诗论争》(山东教育出版社,2009年)中,提出的若干论点与赵晓辉的观点不乏相通之处。但刘方喜过重的保守倾向使他忽略了新诗作为现代文体的根据与合法性所在,因而他对新诗的批评和改造意见脱离了当代写作的实际状况。相对而言,赵晓辉的"铄古铸今论"要持平、公允得多。
② 赵晓辉:《铄古铸今论》,陈家坪编:《桥与门:北京青年诗会诗人访谈》,第91—101页。
③ 卡尔·洛维特:《从黑格尔到尼采》,李秋零译,生活·读书·新知三联书店,2006年,第393页。

……只能用月之盈缺喂哺清晨的婴儿，它们面容精致
惕于尘垢，谙习寒潭照影，如同被竹木阴翳环伺的芍药花
你凝视晨光在秤，不落盘上。为了不被触及，要努力诵经
遍访可能之镜，空山，乌有之乡，以及缩微于松果的形骸
罢了！无端之剪会铰灭这歧路的灯芯。日行千里，终要折返
看见另一个你孤独成癖，再也无法唤醒，你的梦话追上了
镜中之我："而我就是你呀！"历经盈缺，寄身于此，理当安静
行于空地，镜子，青冢，溪涧，云翳之上，最终被雪轻轻合拢

无论是"可能之镜"还是"缩微于松果的形骸"或"镜中之我"，都营造出一种空幻的时间感。时间在梦的折叠、映现中似乎被加速了，但其实没有，因为被折叠的时间也是空无——"寒潭照影"（化用雪窦"谁共澄潭照影寒"）、"晨光在秤"（化用雪窦"星在秤兮不在盘"）和"月之盈缺"（化用雪窦"霜天月落夜将半"）都同样地不被触及、不留痕迹。赵晓辉用互文性创造出异质经验的方式，类似于在语言中内置一面镜子，每个词都在这隐匿的镜中获得自己的重影，并被反射之光再次照亮。

谭毅则在另一个方向上探索着异质性的生成方式。作为一位戏剧诗人，谭毅通过"化身千万"、以各类虚拟人物之口说话的方式，来寻求与自己、与当代世界拉开距离。在较早的一首短诗中，她写道："你之中和之外的人，像复瓣绽开。"（《对折》）要像花的复瓣那样折叠、包容和打开"自我"之中和之外的众生，需要重建一种"之间"的关联："家与城"之间、"内与外"之间、"根源与未来"之间。谭毅的想象力一方面朝向未来，在很多诗里她显得像是一位未来时代的生物学家、形态学家或建筑师；另一方面，她的感受力也受到东方传统（主要是佛学）的影响，常在诗中书写对"空无"的领悟。在一首题为《之间》的诗中，她重新发明了一种东方式的、对"冥界"和"空无"的经验。诗开始于"一个我们看不见的、比睡眠还低的地方"，这是冥界，在"黄昏"时从下方弥漫上来。于是"石质的皮肤被风潜入和消化"，"风"作为冥界的潮水，涌过来侵蚀岩石。诗中的叙事背景，是"恭城"与"黎

城"的战争,而小邦"漩涡"则处在这两座城之间。"恭城与黎城在彼此的战争中冲锋,/好似一次次抛物线,只在漩涡里/被收缩成一个个出窍的圆。"战斗中的"冲锋"所抛出的路线方向相反,如两端对称的上下或左右交会的抛物线,它们之间形成了一个"圆"。诗的第三节出现了另一个圆环形的意象"蛇":"一条蛇窜过草丛,在阴凉树下盘踞。/它器官中的想法将身体重新展开、叠放。"蛇这样一种阴凉、敏感、危险的动物,仿佛来自冥界,此时又在黄昏的时刻到来,正如死神在展开自己"圆环"形的身体。但在诗中,"空无之圆环"不仅显现于战争和自然之物,而且显现于个体的时间性的生命之中:

> 早春,一个人从居住地出发,向外游历。
> 到达另一个城市时,仍然是早春。
> 而他已是白头翁。
>
> 也许刚刚过去的冬天,或途中的
> 任何一个冬天,有不融的雪
> 赋予他头发该有的时间的光亮。
>
> 从恭城去往黎城,仿佛从祖先的世界
> 走向我们玩耍的下午。在不变的我们和我们
> 之间,"万有"也发生了。

两次"早春"构成了又一个循环的"圆",然而时间在这里却起了作用。就好像一个石磨不断旋转,将人的生命消磨掉。在人的出发和抵达之间,在"圆"所形成的场域之中,有"雪"降落在他的头顶。与前几节中从"冥界"到来的空无不同,这是从"天"而来的空无经验。这个人从一座城走向另一座城,"仿佛从祖先的世界/走向我们玩耍的下午",这是从传统走向了当代?看上去,在这个循环往复的过程中,"我们"没有发生改变;但"我们"毕竟和自己、和从前的自己区分了开

来，因此才有"我们和我们之间"这一说法。这种"自我区分"的产生，就是"万有"的发生。在结尾处的两节中，谭毅将"空无"和"之间"的时间／经验引向一种幽深难测的境地：

> 漩涡和我们相互活在偏转的深处。像映在井中的
> 树枝上的花。那些蕊和瓣，是行者薄薄的衣衫远去后
> 仍用晴明的喜悦颤抖出水中之色，仿佛对即将隐身的怜悯。
>
> 这枝花的倒影，最懂得深不可探的奥妙。
> 还有无尽的美景中必须被破除的看。
> 它半透明的漂浮，却是不可移动的沉默与恨。

"漩涡"和"黎城"（此诗是一位黎城人所写），仿佛两个圆或两朵花，以相反的方式在旋转。"像映在井中的／树枝上的花"，这是两种完全不同的花，到底谁更真实？而诗人笔下"对即将隐身的怜悯"又从何而来？枝上的花，从空无中显现，又终将消散、坠落、隐身。"这枝花的倒影，最懂得深不可探的奥妙"——"倒影"也是空无的一种显现方式，而所有的实体（"枝上的花"）实际上也只是另一种倒影。花朵并非只在水中是倒影，它在枝头上也同样是倒影，只不过换了另一种映现程序。因而它最懂得涌现和空无的经验。诗最后谈到了对"看"的破除和包含在"看"之中的恨。对花朵的观看、迷醉是一种执着，然而花朵的消散迫使我们去掉"我执"。我们需要通过不看来看，或者通过看来不看。"恨"在这里所指向的是一种遗恨或憾恨，即对消散、对无法看得透彻的惆怅。整首诗，无论是前半部分的"圆环"的隐喻，还是后面出现的"花"的隐喻，都将感知与观念融合在一起。在"空无"和"万有"之间，在"两座城"之间，在"枝上的花"和"水中的倒影"这两种映现之间、在"看"与"不看"（对看的破除）之间，谭毅创造出了一个专有性的时间和经验场域。力量在其中隐身了，开出比视线还细的潜流，在深处的黑暗里重构那共同的、生生不息的循环。

通过对前面几位女诗人作品的细读，我们可以大体上领会"北京青年诗会"所要召唤的异质时间的意蕴及某些可能的样式。它们是"青年的时间"，也可能是"信仰的时间"或"女性的时间"；它们是"古典的时间"，也可能是"未来的时间"；是"知性反思的时间"，还可能是"非知的时间"；最终来说它们是每一位诗人自身个体生命的专有时间。每一位诗人的独特生命或绵延，展现为其诗歌的独特节奏、语气和语调，最终汇聚为其风格或形式。每一种风格和形式的创造，都是一个契机（moment）中的事件（event）。如法国艺术史家福西永（Henri Focillon）所说："契机不是简单的一条线上的某个点，而是一个节，一个节疤；它不是过去的总和，而是当今若干形式的交会。"① 而"事件"的概念既修正也完善了"契机"的概念，它作为一种突发性的涌现，显示了"形式的生命"是如何植根于形式自身的逻辑和个体生命时间的独一性的。于是："我们会被引导着去观察某种流变的时间结构，这种时间结构展示了多种多样的关系，与多种多样的运动相一致。……由形式的生命所召唤而来的所有这些家族、环境和事件，反过来对形式生命本身产生了影响，确切地说，是对历史的生命产生了影响。"② 诗人对诗歌形式的创造也是如此，它既征用了过去时代的时间和形式，又先行到将来的时间之中，在这样一种"一前一后"的错位中打开了一个异质性的场域，并作为个体独有的形式显示出来。这表明"现在"并不只是作为一个"点"而存在的，而是包含着一种将曾在、当下和将来折叠在一起的、具有宽度和厚度的绵延。而诗的位置，恰好就在"现在"之中的那些"非现在"却使得"现在"得以成为可能的边界上。

---

① 福西永：《形式的生命》，陈平译，北京大学出版社，2011年，第135页。与福西永有所不同的是，我在这里里对"形式之生命"的理解是更加彻底的柏格森主义的：形式的变形逻辑主要并不取决于（福西永所说的）技术、材料和工具的演变，而是取决于艺术家生命的独异性的伸展。"形式的生命"不只是说形式有一种像生命般的相对自主或自足的逻辑，而且在于：形式最终来自于作为个体生命的绵延，它是客观化的、浓缩了的生命。
② 同上书，第139页。

四、"现在的存在论":成为同时代人

召唤和引入必要的异质性,最终是为了走向当代,走向"现在"。理解当下的世界,继而对其进行某种改变,始终是诗歌想象力的出发点和归宿。在本文前面对苏丰雷、黑女和江汀诗歌的分析中,我们已经看到了这些青年诗人对当代中国现实处境的批判性的理解。就现实的具体细节来说,除了这几位诗人之外,"北京青年诗会"中不乏能对现实进行精微扫描和深度剖析的作者。例如,王东东在《天津十四行》中,对一次重大安全事故之后的城市状态和众生相进行了简明锐利的讽刺。这次事件,作为"和平年代"中"日常生活的蘑菇云",使城市的时间变得诡异:

> 你的世纪钟停了。下一个时刻
> 又开始加速走动,仿佛是一种报复
> 对于爆炸中滞后的时间。

可以问的是:这一因爆炸而"滞后的时间"究竟是什么性质的时间?它是指这一事件使整座城陷入瘫痪状态,因而暂时停摆了吗(这是最符合常识的解释)?或者,它意味着,这一事件作为将人与物抛离原有秩序的"脱序"或"脱节"点,造成了生活秩序连续性的中断和空白(这是对第一种解释的哲学化)?又或者,它是指城市应对这一事件的速度过于缓慢,甚至某些部门有意拖延、卸责而造成的反应滞后(这是一种"恶猜公权"的解释)?这三种解读都有可能是正确的。从诗后面的一个戏剧化的细节来看,第三种解释似乎更切合文本张力的形成:"记者们从北京跑到天津发问,而官员如秒针/从天津跑到北京汇报,记者们再也无法追上。"官员们在"事件中"的滞后和"事件后"的急速,正好对应着"世纪钟"的诡异变动。

此外,像李浩在长诗《还乡》中对乡村生活残酷细节的冷静而惊心

动魄的书写，王辰龙在《某私营培训机构抽查报告》中所展示出的精湛的叙事技艺和对场景的复盘能力，张杭在《论辩诗》等自传性的写作中对自己与亲人关系的痛切描述和反思，陈家坪在《柔软》等诗作中将对社会不公正的批判与抒情性的倾诉相结合的写作方式，这些都带来了一种"如在目前"的现场感。现场感是诗歌写作的必备能力，也是通向现实感的必要环节。不过，现场感和现实感仍然不是一回事。二者之间的距离在于：现实感不仅仅是对现实事件和场景细节的描述和重构，甚至也不是在因果关系的意义上追问这些事件和场景的起源或原因，而是要对这些事件和场景进行存在论的还原，也就是说，将这些事件与我们自己"此时此刻"的存在关联起来，去追问"现在、这些事件、这个时刻究竟意味着什么"。这样一种现实感，要求当代的诗人们以某种方式进入到对福柯所说的"现在的存在论"的理解之中，尽管这种理解未必就是理论性的。

福柯在《何为启蒙？》中，认为康德晚年对"启蒙"进行思考时的关键在于：康德不再从一种总体或合目的性的角度来理解"现在"，而是专注于纯粹的现时性。正如汪民安引述福柯思想时所说，在康德的启蒙论中，"'现在'就摆脱了过去和未来的纠缠，摆脱了历史合目的性的宰制，而成为了思考的单一而纯粹的核心"[①]。福柯认为，康德在1784年对"什么是启蒙"的追问，其实质是在追问："现在在发生什么？我们身上发生了什么？我们正生活在其中的这个世界，这个阶段，这个时刻是什么？"[②]因此，哲学的使命，如今已将重心从"永恒"转移到了对"现在"的分析之上，真正重要的问题是"现在的存在论"（ontologie de l'actualité，ontology of actuality），也就是考察"现在"自身的历史性和异质性。在英文版中，"现在的存在论"被"我们自身的历史存在论"

[①] 汪民安：《福柯、本雅明与阿甘本：什么是当代？》，《马克思主义与现实》2013年第6期，第11页。

[②] 福柯：《主体与权力》，汪民安编：《福柯读本》，北京大学出版社，2010年，第287页。转引自汪民安：《福柯、本雅明与阿甘本：什么是当代？》，同上注。

所取代，但它们所指向的意义是一致的，都是对"那些引导我们建构自身并认识到自身是行为、思想及言说之主体的事件"进行的历史研究。①对中国当代诗人来说，这种对"现在"的历史研究可能正是亟须的工作，如今多数优秀诗人正在进行的对"现场"的细节描述和风俗观察，可以作为这一历史研究的良好起点。而诗人们在自身生命中具有的异质时间经验，也可以通过类比和类推的方式，使之转化为对于"现在"之中的异质—历史性的打开。②不过，我在"北京青年诗会"的作品集中，却惊奇地看到了某些诗作在意识取向上已经具有朝这种历史研究迈进的迹象。由于篇幅所限，我仅举古赫的一首诗为例说明。

古赫的《你也并非自然之物》是一首非常奇特的观念诗。其标题就不易索解，其中的"你"究竟是一个具体的人物，还是指向"我"自己？或者，它指向抽象的、大写的"人类"？抑或其实是指"神"？这些都有可能。如果我们仔细品读全诗，也许会有更妥帖的理解：

> 你也并非自然之物，
> 你与人类一起过早地出生
> （从自己的身上剥离，并为自己命名）
> 可预见的图像中，不是灵魂也不是肉体
> 而是一种自觉。
> 原始的泉水，在布满尘土草屑的刀痕里
> 漩荡。"这是追赶与流亡。"

---

① 圣地亚哥·扎巴拉：《存在的遗骸》，吴闻仪等译，华东师范大学出版社，2015年，第16页。
② "当代"这一概念是一个具有内在异质性的概念。其异质性可以作三种理解：1. "当代"作为一个时空阶段，包含着来自不同历史起源和携带不同时间经验的群体和个体，比如：前现代的生活方式与现代或后现代的生活方式并存，有古典倾向的诗人与未来主义的诗人共处。2. "当代"自身是一种绵延或场域，它需要通过"向前"与"向后"延展才能构成自身，它的时间状态本身就包含着"曾在"和"将来"的维度。3. 每一个人要进入当代，必须先经过一个与当代保持一定距离的入口，才能真正进入其中；而这个"入口"其实也是"当代"本身通过自我分离而产生的设置，因而它也是当代的一部分。

> 你宣称:你早已来到世界的边界。
> 看到模糊的石刻上,豺狼与蝗虫
> 确曾秘密地存在过。
> 他们就是郁郁寡欢的人、开怀畅饮的人
> 是沉默与喧嚷的旁观者。同样,你也自责。
> (这都是自哀自怜的说法)
> 因为一同见证的人都已作古。
> 于是你弦索不断,你唱:
> "我就是被你的历史所淹没的人,
> 此时的我就是此时的风暴。"

在最后两行的唱词中,"历史"和"此时的我"并置,让人立刻联想到福柯关于"现在的存在论"或"历史存在论"的说法。我们必须谨记,用哲学理念来解释诗歌是非常危险的。然而,如果我们从字面上理解"你也并非自然之物",最合理的理解当然是:因为"我"或"我们"是"历史性"的存在。如果这一理解是合乎情理的,那么,我们不妨假设这首诗是在思考人的历史性的本质。而从结尾来看,这个"你"或"人"乃是此时此刻的、现在的人。因此我们可以再假设:"你"指向当下的"某个"人,这个人是用"不定冠词"而非"定冠词"来修饰的,是一个不确定的人,但他处在当代、此时,因而受到情境的限定。

这个"历史的人",与作为自然物种的"人类"一起出生。之所以说"过早",是因为"过度成熟"和"过量的历史"带来的重负(尼采语)。每个人生来都过于古老。人身上的远古性也是双重的、自身分裂的:自然的远古不同于历史的远古,尽管看上去它们的开端是同时的。我们实际上是历史之物,我们与我们身上的自然性区分开来,因此诗人说"从自己的身上剥离,并为自己命名"。自然意义上的人还从属于动物,而历史将人的自然本性剥离,使人能为自己命名,并通过自我区分而形成为人。

历史的人诞生于"自觉"或自我区分的瞬间。最初的人既不是灵魂也不是肉体，而就是"自我意识"的觉醒，这也就是历史意识的觉醒。在那里，历史在其原始的泉源中开始涌流为溪水："原始的泉水，在布满尘土草屑的刀痕里／漩荡。"这里的"泉水"涉及开端、本源。而"刀痕"可以有两种解释，一种是石器时代制作工具时留下的刀痕，第二种是某种对"人"进行雕刻、塑造、使之成形的刀痕（由时间或历史留下的刀痕）。泉源变成流水，追索着人的踪迹，并且在刀的刻痕中流动。而人之所以能够诞生，在于他来到了自身的边界上，或者说他来到了他之前所有物种的边界上。这样他才能够形成"世界"。如果他没有来到边界上，还处于受到局限的"环境"之中，他就无法形成世界。而当人回顾自己的谱系，就会看到"模糊的石刻上，豺狼与蝗虫确曾秘密的存在过"。这里出现的可能是岩壁画上的景象（内容是人与动物的杂居状态），但也可能是一种对群居性的相互斗争和掠夺状态的隐喻，或对"未成形的人类"身上的野性和贪婪的隐喻。这些人依然存在，他们如今变成了"乌合之众"——"他们就是郁郁寡欢的人、开怀畅饮的人／是沉默与喧嚷的旁观者。"而真正自觉的人则会自责，也就是承担起自己的罪责。进入到自责（自觉）之中，才是进入到一种高级的意识阶段之中。

读到这里，我们基本可以确定，诗歌中的那个不确定的"你"，指向人身上一种历史性的、自觉的意识状态。在这种意识状态之中，人会自责、自哀又自怜，而人身上能够见证这种原初状态的其他部分都已经消逝。这个被历史抛入到当下或"现在"之中的人，开始吟唱。"我就是被你的历史所淹没的人"，实则"我"是被"我"自己的历史淹没的人。"此时的我"就是由无法摆脱的历史所塑造的现在，它就是一团"现在的风暴"。诗前面出现的"泉水"在结尾处变成了"洪水"和"风暴"，人被自身中的历史所席卷并在其中成为"现在的人"。因此，这是关于人的历史意识的诗，其中有强烈的对"此时"或"现在"进行历史理解的欲望。

不难看到，古赫这首诗中对历史的考察，并没有导向用"自然"超越"历史"（与江汀《待在荒芜的当代》不同）。相反，他意识到人不是也不可能是自然的，"回归"或"诉诸"自然在当代语境中只是一个幻梦（许多保守主义者在做的幻梦）。历史性作为我们的"现在"是既成事实，就连"自然"本身也已经被历史化。这样一种历史意识当然会带来无从摆脱的困境，人被"现在的风暴"所囚禁并在其中感到焦虑、不安和痛苦，但这也许是现代人必须承受的困境。诗歌所要做的，就是描述这一困境，用考古学或系谱学的方式来分析它、限定它，继而寻求走出这一困境的"可能的出口"。

正是在历史和现在的困境之中，"北京青年诗会"致力于建立一个真正的诗歌共同体。"成为同时代人"中的"成为"，意味着"同时代"并不是现成的、仅仅因为都置身于同一个物理时间之中而来的同时性，而是指向某种"决断"和"生成事件"。成为同时代人，意味着我们首先并不是同时代人，而是携带着自身完全不同的生命时间和诗歌时间的个体；我们只有通过决断，才能成为一个具有某种统一性的诗歌共同体，才来到一个共同的、被命名为"同时代人"的"时—空—游戏"之中。这是包含着各种复杂性和异质性的共同体，我们在此作为"同时的不同时代者"而成为了"不同时的同时代者"。这些面貌各异的作者，他们自身的成长经历、写作历程、诗歌机缘和生命节奏都是不同的，因而各有自己的时间；而另一方面，这个内含异质的多重时间的"时代总体"又以一种兼具机缘性和命运性的力量将我们聚集到一起，形成了某种可能的共通和对话关系。海德格尔将此称之为"会"之事件（Ereignis）：作出决断的差异者在相会、聚会中获得自身的潜能和命运（fate），并进入到共同的"天命"（destiny）之中。即使我们不能同意海德格尔对具体诗歌的解释方式，我们也仍然可以倾听他对于人之历史性的深刻思考。在《存在与时间》关于"历史性的基本建构"的段落中，海德格尔将"天命"理解为与"同代人"一道沟通和斗争的产物，它似乎正是哲人对于我们这一"青年诗会"的赠言：

在同一个世界中共处，在对某些确定的可能性的决心中共处，在这些情况下,诸命运事先已经是受到引导的。在沟通中,在斗争中,天命的力量才解放出来。此在在它的"同代人"中并与它的"同代人"一道有其具有命运性质的天命;这一天命构成了此在的完整的本真演历。①

---

① 海德格尔:《存在与时间》,陈嘉映、王庆节译,生活·读书·新知三联书店,2001 年,第 435 页。此处将中译本中的"传达"(Communication)一词改译为"沟通"。

有关诗歌的"当代性"问题
——对"成为同时代人"的讨论

张伟栋

一、何为诗歌的"当代性"？

人们对于自己的时代是盲目的，在这一点上诗人与普通人并没有什么不同，但是人们往往都坚信自己相对于时代的清醒，对此诗人却有着不可救药的偏执。事实上，大多时候我们都是时代的马车后面被拖拉引领的一群奴隶，而驾车的人屈指可数，不承认这一点，对何为当代性的问题就不可能有清醒的认知。阿甘本的名文《什么是当代人》对这个问题的回答，恰恰是瞄准了这一向度，虽然此文博学雄辩，富有煽动力，但如果脱离了阿甘本的"弥赛亚主义"的背景，则注定显得空洞无比。那些关于凝视黑暗，焊接时代断裂的椎骨以及回溯过去的说法，也只有在这一背景中才能落实，因此这篇文章的核心观点，用阿甘本的话表述就是："当代性就是弥赛亚时间。"这个问题复杂难解，但如果简单来说，弥赛亚时间①就是带来拯救与救赎的时间，让水变成酒，让玫瑰在灰烬中重新开放、复活，是区分于在它之前的堕落时间，与之后的永恒的天国之间的一段时间，这也是保罗一生为之奋斗的事业，它反对律法、习俗，既成的历史和有死性。《新约》中被反复引用的一个段落，

---

① 关于弥赛亚时间的具体分析，见阿甘本：《剩余的时间》，钱立卿译，吉林出版集团有限责任公司，2011年，第75—109页。

则理所当然地可以为此提供简单而有力的示范。

> 若有人要跟从我,就当舍己,背起他的十字架来跟从我。因为凡要救自己生命的,必丧掉生命;凡为我和福音丧掉生命的,必救了生命。人就是赚的全世界,赔上自己的生命,有什么益处呢?人还能拿什么换生命呢?凡在这淫乱罪恶的世代,把我和我的道当做可耻的。人子在他父的荣耀里,同天使降临的时候,也要把那人当做可耻的。
>
> 可 8:34—38

这种混合着世俗性与神圣性的时间,它要斩断的是当下历史主体的头颅,并使之重新生长出,而与之相伴随的对历史的再造功能,与我们所熟知的"革命"概念有着同源性的结构,都有着对"神圣暴力"的推崇,不同的是,革命所依靠的历史主体是无产阶级,而弥赛亚主义依靠的是悬搁或加括号的救世主,也就是匿名的历史主体,无产阶级是在资本主义生产关系中被塑造出来的,那么,匿名的救世主从何而来,按照阿甘本或本雅明神秘兮兮的说法,是来自于过去或起源中的意象:"在意象中,曾经与当下在一闪现中聚合成了一个星从表征。"[①]这与维柯的神学何其相似,上帝曾将真理的种子植入我们心中,我们只有借助于此,弃恶扬善,才能重新返回神圣的起源,在阿甘本和本雅明那里,过去的意象当中保存着神和救赎的信息,我们要对此进行保存、打捞、整理,以待将来。

总而言之,我们无需对阿甘本的观念做出是非对错的判断,无论其是非对错都同等重要,这种重要性在于,它提供了关于"当代性"的基本含义。首先,"当代性"带有创新的意味,正如哥特式尖顶相对于罗马式圆顶的革新,宋诗相对于唐诗的革新,在对前者继承的基础上,给

---

① 本雅明:《〈拱廊街计划〉之 N:知识论、进步论》,汪民安主编:《生产》第 1 辑,广西师范大学出版社,2004 年。

出了自己的时代样式，因而它是与经典性或古典性相对的一个概念，它追求变化与新生，当年如火如荼的现代主义诗歌运动，是对这一含义恰如其分的再现。其次，"当代性"带有批判的含义，因而它是与现实性相对的概念，它反对现行的历史，甚至完全的否定，也因此显得不合时宜，而这种批判主要是依据对未来的预期和想象。再次，"当代性"带有拯救的含义，这是不言而喻的，批判与创新的维度，会自动给出拯救的向度，这一向度是对腐朽、黑暗和灾难的拯救，但要注意的是，这种拯救最终寄托在新的历史主体身上，所以说，"当代性"问题最核心的部分是关于历史主体的问题。

第二届北京青年诗会选取了阿甘本的"成为同时代人"概念作为会议主题，显然是注意到了这一概念对当代诗写作具有的启发意义，"同时代人"和"当代人"是同一含义，在字面意义上大做文章实在是无此必要和浪费时间，我们理应把注意力放在规定"当代人"基本性状的"当代性"问题上，好在这种意向和抱负在由张光昕所执笔的导言部分已经明确地表达出来了。围绕这个主题，一共有二十几位青年诗人提交了文章分别作出论述，江汀、昆鸟、黑女等诗人的个人经验令人印象深刻，但是十分可惜的是，大多数诗人没有能够对张光昕的观念给出回应，也未能通过自己的写作经验来查看这一主题的现实落脚点。与此相对照的是，近些年关于当代诗写作问题的某些重要观念，比如"个人化历史想象力"、诗歌的"历史的想象力""历史对位法""底层写作"以及诗歌的政治、伦理、现实关怀等等，其实都是围绕"当代性"问题展开的，只不过我们所持有的意识形态立场和狭隘的历史观念，阻碍了我们了对这一问题更有成效地推进，另外也催促我们看到 80 年代以来形成的诗歌体制的僵化与无聊。"成为同时代人"在现行的诗歌体制之外所谋划的进步，因而也就具有了一点"先锋"的姿态，在导言部分这种姿态是以宣言的样式展现的："我们以同时代人之名，展开一种深入时间内部的写作，在那里重建线性历史的尺度和标准。这是一种反时尚的写作，是不合时宜的行动（那些与时代步调一致的人不是同时代人），它要么以磐石的敦厚沉着地落后于自己的时代，要么以流水的温柔飞驰在未来的幻影之中。"我个人尤其看重这种试图连接写作与时代的雄心，那么，所谓"重建线性历史的尺度和标准"的应有之义便是"复古通变"，虽然前景是如此模糊不清，道路空空荡荡，而且在写作方面罕有成功的例子。

回顾最近十几年的诗歌创作，正如有些批评家所指出的那样，的确是越写越好，技巧越来越高，题材和形式上都有所拓宽，新作品和新诗人层出不穷，但是我们也看到我们在诗歌观念方面并没有增加什么新的内容，而诗歌写作热火朝天的花样翻新、精致机巧却同时令人感到平庸、无聊和匮乏。以阿甘本的另一问题"收容所的政治—法律结构是什么？"来对诗歌提问："收容所的语言—诗意结构是什么？"我们就会发现，意识形态的大气层牢牢地拘禁着我们，关于自我、心灵、现实与未来的种种回答都逃不过已知观念的预设，无论是自由主义，还是古典主义或是左派所提供的现实，按照巴丢的说法，全都是意识形态的阴郁戏剧，真正的现实只有一个，那就是超越当下的混乱与痛苦的解放之路。关于诗歌的"当代性"问题或是"成为同时代人"的主张之所以重要，就在于它试图超越当下而指出一条虚无缥缈的创新之路，并带着对新的历史主体的期待。

二、"诗歌体制"的幻象

实际上，当我们使用诗歌一词来谈论这种写作形式时，往往指称的并非同一个事物。这里的错位与差异在于，根本就不存在一个所谓诗歌本身的东西。也就是说，并不存在诗歌本身这样一个明确的事物，只是真实地存在着各种各样的诗歌写作。比如，只有艾略特的诗歌、里尔克的诗歌、金斯伯格的诗歌，而作为全称判断的诗歌，终究只是一个令人自我满足的幻象。当我们的诗歌体制，试图以全称判断的名义来定义诗歌，那也无非是一种盲目的傲慢。正如"体制"一词的基本含义，意味着一种等级原则的安排和秩序的分配，那么一种诗歌体制则意味着，按照某种诗歌等级制原则来决定感知、语言、话语、风格、审美和主题的分配和生产，也就是说，哪种诗歌应是经典的，哪些诗人是一流的，哪些作品应进入历史，哪些诗人应该获得奖赏。与这种等级制相配合的是，出版、发表、评奖、批评、诗歌活动、诗歌史写作等一系列具体活动所构成的诗歌场域，也就是说，诗歌场域执行着等级制原则。

当然这是一种理想的说法，事实上，诗歌场域要混乱得多，所谓的鱼龙混杂倒是恰如其分。但无论如何，一个诗人或批评家的写作，如果没有自觉到在一种已经成型的诗歌体制之外独立谋划语言和思想的空间，那么他的工作必然大打折扣，无人能逃过这一劫。然而，在诗歌体制内写作是安全和容易的，更能够获得认同和赞扬，以及资源和名声的分配，从而迅速地在现有的体制内占有一席之地，并拥有能够左右体制的"影响力"，我们因而也能够看到，大多数人的写作是在既有语言、风格和题材基础上的修修补补，保持着一种既不好又不坏的写作状态，并随时校正自己的写作以适应体制的筛选，而真正令人耳目一新的作品几乎已经绝迹，这就是诗歌体制对写作所构成的威胁，保罗·策兰曾激烈地指出这种工作，"是人工的、技巧性的、人造的、加工出来的：它是对人和动物来说很陌生的那种自动化的摩擦声：在这里，它已经是控制论了，一种按照固定的程序来做出种种反应的牵线木偶"[1]。我想，大多数诗人都会同意策兰的看法，但能摆脱体制控制的诗人寥寥无几，这不仅仅是才华的问题，更重要的是我们在对何种历史做出认同和选择。我们今天的诗歌体制较之过去无疑是更具包容性和开放性，对各种语言形式、风格、主题都持有开明的姿态，但是如果我们不能认识到其核心的部分是为"中产阶级语言观"所把持的话，我们对这种诗歌体制就还一无所知。

张光昕以这样的逻辑来展开他对当下"诗歌体制"的描述："当代诗歌正经历着这样的过程：从国家主义—第一代（艾青们），到反国家主义—第二代（北岛们），再到非国家主义—第三代（名字已不胜枚

---

[1] 转引自詹姆斯·K.林恩：《策兰与海德格尔——一场悬而未决的对话(1951—1970)》，李春译，北京大学出版社，2010年，第149页。

举)……在此刻,一条线性时间链已经闭合,写作者必须从痛苦的伤口处来到时间里面,进入运作时间,一个因时代错误而得以准确观察时代的良机。我们发现了时间的时间,这意味着:要成为同时代人。"而所谓的对这一体制所遮蔽的时间的发现,"来到时间里面,进入运作时间",如果没有对其背后历史逻辑的认识,很容易就变成一种干巴巴的抒情和自我期许。我们知道,80年代以来的"先锋诗"运动,经历了三个重要阶段:朦胧诗,第三代诗歌与90年代诗歌,其所确立的"抒情主人公"改造了"政治抒情诗"所构建的历史主体,并与现行历史高度媾和[①],同时,其对诗歌的认知是将"语言"和"技艺"视为诗歌的核心部分,与"政治抒情诗"将诗歌的核心押在"历史"的一边正好相反,"先锋诗"则将自己钉在"动物性人道主义"的十字架上。因而我们看到,这种由"先锋诗"运动所带来的"中产阶级语言观念"旗帜鲜明地反对任何以历史之名的"乌托邦"倾向,抵制任何带有"神学"倾向的思想。在这里"历史"是已经被打包封存的"历史",拒绝对其的多重解释和理解,比如对"五四"或"文化大革命"的解释,它取消历史的未知脉络以及对于历史的浪漫主义想象。与这种"历史终结论"相对应的诗歌概念,则是以"纯文学""诗意""审美""个人的真实""心灵的自由""文学的自主性"等标签来标注的,我们对此也都并不陌生。那么在我们的诗歌体制内,"中产阶级语言观"居于中心地位,其左边则是"左派"的语言观,它对于将诗歌置身于"语言"和"技艺"的通道,而不是具体的矿难、拆迁、贫穷和不公正的问题,不是底层或无产阶级等历史主体的解放问题,持有激烈的批判态度。相比之下,它更信赖政治而不是语言,更信赖行动的力量而不是理性的静观,所以将《费尔巴哈提纲》中的那句名言稍作改变,即可看作"左派"的语言观念:诗歌的任务在于改变世界,而不是解释世界。而在这一等级制最右边则是"古典主义"的语言观,它对古典诗歌所孕育的审美和伦理的价值观念高度认同,主要表现为对自然、家园、山水、天道观念等主题的书写,

---

[①] 这一问题笔者在《当代诗的政治性与古典问题》一文中有详细的探讨,此处不再赘述。

并将此视为抵抗现代性世界的武器。三者为我们的诗歌等级制的基本内容，正如我们所看到的那样，对这三种语言观念的命名，是以当下流行的意识形态观念来命名的，但是却更容易帮助我们理解今天的"诗歌体制"的现状。事实上，今天的"诗歌体制"的僵化和无聊，正在于其被意识形态牢牢地掌控，并且在未来很长一段内，我们都无法摆脱这种状况，而且意识形态的冲突会越来越激烈，这与我们今天的历史局面是一致的。

我们今天的历史局面是，我们正处于一种"超历史"的结构当中，曾经明晰的历史方向感变得模糊，甚至毫无方向可言，我们不能知道哪一种历史主体将收编我们的未来，与此相对应的是，当下的各种历史谋划和各种现代性的方案都越来越暴露出其盲视和短路的一面，分裂大于共识，敌视大于和解，而分裂和敌视的力量相当，无法打破这一平衡状态。那么，"超历史"的结构就表现为世界的多极化与历史主体的多元化的力量均衡，任何单边的历史方案都无法获得认同和实现，各种意识形态对未来的谋划而展开历史的竞赛，试图主导历史的格局和走向。据新华网的统计，2015年社会的十大思潮或意识形态主要为：民族主义、历史虚无主义、新自由主义、民粹主义、新左派、普世价值论、新儒家、生态主义、极端主义、道德相对主义，这基本上可以代表我们今天所面对的现实，每一种意识形态都代表着历史的一极，通过价值机制来塑造自己的历史主体，以此来实现对历史格局和走向的主导。但同时，每一种意识形态的僵化观念也会使得现实变得狭隘与贫乏，正如本雅明对这一问题的探讨，我们的经验一旦被观念或情感所阐释，那么经验就会贫乏和狭隘，从而获得一种确定性："很清楚，在经历过1914—1918年的这一代人身上，经验贬值了，这是世界史上一次最重大的经历。这可能不足为奇。当时也不能够断定：他们沉默着从战场归来，直接经验并没有丰富，反而贫乏了？"[①] 这也是透过我们的"诗歌体制"就可以看到的现实，但是大多数人对此却浑然不觉。

---

① 本雅明：《经验与贫乏》，王炳均、杨劲译，百花文艺出版社，2006年，第252—253页。

三、诗歌的"拯救维度"

总而言之，一旦我们试图对诗歌的"当代性"问题有所思考和认识，毋庸置疑，首先需要清理的就是我们的现状和历史，而最终要回答的问题则是，今天的诗歌何以能够给出拯救性的维度？但无论如何，这也是一个看起来很荒谬的问题，正如不信神的人说，除非能让他看到上帝，在这一逻辑下关于诗歌的拯救性维度，也就被善意地看作一些形而上学焦虑病人，救世主情怀患者，权力狂人或者虚无主义者等所患有的间歇性精神疾病，是我们必须克服的妄想症，人类的事业只需放心交给尽职尽责的政客、资本家和科学家等等就可以万事大吉了。另外，奥登的说法，"诗不能使任何事情发生"，是一再地被我们经验所证明了，或者关于"净化""教化"之类的观念，也同"启蒙"概念一样是被反复批判和解构过的，况且资本与大众传媒的强力结合也在告知，在全球资本主义生产关系中，诗歌如果不能像选秀节目那样抚弄观众，那么它连一毛钱都不值。然而，如果没有拯救性维度存在，所谓的"创新"和"批判"也都是非常可疑的，诗歌的"当代性"问题也就无从谈起。

对于拯救性维度的具体探讨，已经有很多现成的思考摆在我们面前可以参照，比如阿甘本的"弥赛亚主义"，朗西埃的"审美异托邦"，或者巴丢的"共产主义设想"，正如巴丢所言："处在目前压倒性的反动间隔期之中，我们的任务如下：将思想进程——就其特质而言总是全球化的，或普遍的——和政治经验——总是地方性的和独一无二的，但毕竟是可传播的——结合起来，从而使共产主义设想得以复生，既在我们的意识之中，也在这片大地之上。"[①] 我们因此可以知道的是，关于拯救性维度问题都分享了相似的结构和经验，即它们都是不确定和实验性的，而最为重要的是，对主体的命名与认知，也就是人应该成为或理应是什么样的人。从诗歌的角度看，人就是语言的人，主体问题也就是语言问题，一个人属于什么样的语言系统，他就会被塑造成什么样的人，他说

---

① 阿兰·巴丢:《共产主义设想》，汪民安主编:《生产》第6辑，广西师范大学出版社，2008年。

什么样的语言,他也就具有什么样的思考方式,一个只拥有五百个词语的人和拥有五千个词语的人并不同属于一个世界,一个信仰贺敬之的读者与迷恋海子的读者会是截然不同的,反之,同样迷恋徐志摩的读者,会很容易在诗歌语言上达成一致。结构主义理论在这方面曾为我们做出深刻的分析,"言语"分析被精神分析视作治疗的重要手段显然是成功的,诗歌通过对话语秩序和方式的改变,完成对主体的改造,从而与"历史"发生关联,与精神分析是如出一辙,我们把诗歌的这种拯救性维度称之为"语言—历史"机制,大致的方向就是这样的。

在这个关节点上,鲁迅的《摩罗诗力说》,倒是可以为我们来做见证。这篇于1908年在《河南》杂志上发表的文章,与新诗的起源问题有着紧密的关系,鲁迅所召唤的"摩罗诗人"与我们所讨论的"同时代人"也具有同源性,是贯穿新诗发展历史的一个重要维度。文章中"求古源尽者将求方来之源","别求新声于异邦","援吾人出于荒寒"的立意,虽也曾被编织到各种话语中,浪漫主义的、现代性的、革命的,但终究是为了一特定之目的,即为后来的历史作见证。对于我们来说,应暂且悬搁鲁迅关于"世界""家国""异邦""诗人"所设定的具体含义,把注意力专注于鲁迅的论证上,纵观鲁迅对浪漫派诗人的寄托和立传,这个论证贯穿于"盖世界大文,无不能启人生之閟机"的信条上,其在语言、真理、主体、历史之间所建立的"批评"关联,启动的正是诗歌的拯救性维度。但鲁迅对进化论抱有极大的信心和热情,以及对"救亡"的急迫的感同身受,所以最终将其推崇的"神思""心声""维新""破中国之萧条"的救赎意识,押在了历史的现实主义一边,这一决定做得有些快了,它忽略了应谨慎考虑的环节,最终也导致其"语言—历史"机制向革命的单边历史幻觉倾斜。正如政治哲学不负责动手具体改造现实的政治制度,诗歌对于不正义的现实也不必采取直接介入的立场,当然如果你愿意用诗歌来求爱,帮农民工打官司讨薪,为逝者安魂,为生者请命,那都无可厚非,但是把此种"介入"作为诗歌的基本任务或拯救性维度来认证,则很容易为"单边的历史幻觉"所绑架。

我们看到在鲁迅之后的左翼诗歌,其最基本问题正在于其僵化的文学教条，无论是"以政治标准放在第一位，以艺术标准放在第二位"的工具论做法，或者更激进的"政治就等于艺术"的做法，虽然是以打碎现有体系和体制的现实尺度为其精神驱动力，但归根是一种"单边的历史幻觉"。正如波德里亚毫不客气地指出，这种单边的历史幻觉，是建立在"政治和历史的同一性，逻辑和辩证的同一性"之上的，也必然是对乌托邦取向的反叛，"乌托邦，它不仅仅是对革命拟像的揭露，也是对充当拟真模式的革命的分析，并且将革命限定在人类理性的期限内，因为人类会自行对抗革命的激进性"，总之，乌托邦"是对人类或历史任何单边目的性的解构"。①而诗歌的拯救性维度，正是建立在对"乌托邦"的维护上。当然这里的"乌托邦"是一个功能性的词汇，并不是实体性的概念，所谓功能性词汇，对其的使用所抽取的是意义的结构性关联，而不是特定的意义和价值取向，这是着眼于当下所需要具有的前提，实体性概念必须还原为功能性的词汇，才能抵制时间向陈旧的历史回落。那么："乌托邦就是并未发生，就是对政治的全部场合的彻底解构。它并未给革命的政治提供任何的优惠。"②它曾以不记名的方式去组织诗歌和诗歌批评的肌理和构造，在诗歌那里这并不是什么秘密，只是如今更加隐秘。

在这一点上，鲁迅与本雅明可以互为援手，《摩罗诗力说》所忽略的部分，恰恰是本雅明全力以赴所思考的问题。"语言—历史"机制当中，并不意味着"语言"的完成，即可以促成"历史"升华，或者"历史"具有至高的优先权和最后的决定权，或者我们想当然地以为，只要我们如何，历史就会怎样，那都将会是非常可笑的。"如本雅明所构想，历史绝不是救世的，因为它含有强烈的分离力量，把神圣的东西与诗意的东西分离开来，把纯语言和诗歌语言分离开来。"③也就是说，与左翼

---

① 波德里亚：《乌托邦被打发了》，《游戏与警察》，张新木、孟婕译，南京大学出版社，2013年。
② 同上。
③ 保罗·德曼：《"结论"：瓦尔特·本雅明的"翻译者的任务"》，郭军、曹雷雨编：《论瓦尔特·本雅明：现代性、寓言和语言的种子》，吉林人民出版社，2003年，第109页。

诗歌所构想的恰恰相反,"历史"就是堕落的代名词,是人类被逐出伊甸园后所要吞下的苦果,人类最终是要重回上帝的怀抱,所以他的决断就有了现实的意义:"世俗的秩序不能建立在神国的观念上,神权政治没有任何政治意义,只有宗教信仰上的意义。布洛赫《乌托邦精神》一书的基本功绩,便是强烈地排斥了神权政治在政治上的重要性。"① 那么在本雅明那里,答案就非常明显了,只有在终结历史的弥赛亚那里才有救赎,在尘世,没有所谓的黄金时代,最好的时代也就是最坏的时代,反之亦然,历史不具有救赎的功能,语言才具有救赎的意义,这里的"语言"不是信息交流、意义传达或是借助政治、伦理、美学或神学等中介所衍生的语言,而是来自"乌托邦"。本雅明在《译者的任务》中,对这一语言的含义给以表述:"译作虽不用与原作的意义相仿,但却必须带着爱将原来的表意模式细致入微地吸收进来,从而使译作和原作都成为一个更伟大的语言的可以辨认的碎片,好像它们本是同一个瓶子的碎片。"② 保罗·德曼对这层含义的解释转道于肖勒姆的一个判定:"救世的复兴和弥补把在'容器的破碎'中粉碎和破坏的原始存在拼凑起来,也把历史拼凑起来。"③

四、结语:写作所打开的"闸门"

具体到写作层面,我们可以说,诗歌首先是一种换算的法则,就如同货币和黄金的兑换,有着自己的秘密方程式,它的换算也远比现实

---

① 本雅明:《神学—政治学残篇》,刘小枫编:《当代政治神学文选》,吉林人民出版社,2011年,第49页。
② 本雅明:《译者的任务》,汉娜·阿伦特编:《启迪——本雅明文选》,张旭东、王斑译,生活·读书·新知三联书店,2008年,第90页。
③ 郭军、曹雷雨编:《论瓦尔特·本雅明:现代性、寓言和语言的种子》,吉林人民出版社,2003年,第106页。

和历史更为精确,所以朗西埃在定义诗歌的政治性时[1],所着重的正是这样一种换算法则,而不是诗人所持有的反复无常的政治观点,这意味着我们所获得的每一种计算法则,都在帮助我们打开一道历史的"闸门"。写作的意义也是在这一时刻才获得的,而不是完整地表达自我,因而我们看到每个诗人也都在试图定义自己的方程式,例如荷尔德林的时代的命运和祖国的形式的函数关系,策兰的语言的场所和乌托邦的函数关系,鲁迅《野草》中历史和救赎的函数关系,张枣的浩渺和来世等等,而且也会不断地去修改这个方程式,以使它更为精确。正如对自然进行计算的数学家一样,诗人是对历史进行计算的语言学家,这种计算的具体法则可参照朗西埃对审美艺术的定义:"否认可感物的秩序化划分方式并构造出一个共有感知机制的艺术;作为感性世界的一种布置安排方式而取代政治的艺术;成为某种社会解释学的艺术;甚至还有在其隔绝状态中成为对解放许诺的守卫者的艺术。这些立场的每一种皆可取弃。"[2]而对这些具体法则的发明,最终则要依赖于"语言—历史"机制。

北京青年诗会不同于当下那种诗人雅集,以文会友或者学术机构组织的纪念性或表彰性的诗会,或者那种为了寻求某种媒体效应而自我标榜的诗会,而是致力于寻找一种建设的尺度和方向,从前两届所确定的会议主题"桥与门""成为同时代人"中,我们已经能够感受到这一点。两届的主题,都表达了对当下诗歌写作问题以及前景的关注,重要的是,这两个主题都向我们提出了一些新问题,但可惜响应者寥寥。我试图以自己的观察和理解对"何为同时代人"主题给出回应,并不是要给出答案,而是在这个主题的范围内重新提出一些问题,以期待将来。我相信,这些问题对于诗歌批评家会比诗人更为重要,因为我们的诗歌批评已经放弃了独立思考,而陷入意识形态的陷阱。

故而未来一段时间内,我们都要试图寻找新的问题,以对抗意识形态对我们的围剿,即用写作打开那些"闸门"。

---

[1] 关于这一问题的具体探讨,见朗西埃:《从华兹华斯到曼德尔斯塔姆:自由的转换》,《词语的肉身:书写的政治》,朱康等译,西北大学出版社,2015年。

[2] 朗西埃:《审美革命及其后果》,汪民安主编:《生产》第8辑,江苏人民出版社,2013年。

戈麦研究专辑

在近三十年中国诗歌进程中,创作时间仅有四五年光景的早逝诗人戈麦,有其特殊的位置。在他创作的高峰期,在自己所处的年代经历了一系列精神的裂变,他的很多诗深刻地揭示了转型期人们的痛楚与期待。虽然诗界曾对戈麦有过一定的关注和讨论,但相关研究还有待深化和拓展。值这位诗人辞世25周年之际(2017年8月8日亦是他50周岁冥寿),我们特刊发三篇研究论文和戈麦的长篇遗稿《异端的火焰——北岛研究》,以示纪念。

本专辑稿件由诗人西渡代为邀约,他还提供了戈麦的遗稿,并对之作了文字的核对和部分注释的补充。谨致谢忱。

青年意义危机与精神裂变
——戈麦与 1980—1990 年代转型期诗歌

吴 昊

戈麦于 1985—1989 年求学于北京大学中文系,恰好遭遇了高校诗歌创作的活跃期。1980 年代的北大校园诗歌创作氛围与诗人之间的传承,无疑对戈麦等青年诗人的创作起步有着很大影响。置身于"高校诗歌场"之中的戈麦,一方面接受了这个"场"的传统,另一方面也处在"高校场"与"社会场"的张力之中。这种张力在戈麦等青年走出高校"象牙塔"中体现得愈发明显。更值得注意的是,80 年代末 90 年代初所发生的一系列社会环境的急遽转变,使得戈麦等青年诗人切身感受到置身于历史夹缝中的心灵压力,以及现实造成的人生意义危机与精神裂变。

从中国社会的实际情况来看,"青年"这个名词,不仅是一个生理年龄上的概念,更具有卡尔·曼海姆所说的"代际"的意义,即经历同一具体历史问题的青年可被视为同一"代",他们分享了共同的社会命运和现实经验。"青年"之所以为"青年",不仅是因为他们的生理年龄,而在于他们从多大程度上符合了人们对"青年"的角色期待。在传统的观点看来,青年应该是纯洁、学习、顺从、奉献型的[①],并应努力扮演着符合社会主流期待的角色,把自己个人的诉求和愿望与社会的角色期待结合起来,思想与社会的主流思潮保持一致。但在社会转型时期,各方面的变革对青年原有的世界观、人生观、价值观产生了冲击,"一

---

① 陈映芳:《在角色与非角色之间:中国的青年文化》,江苏文艺出版社,2002 年,第 21 页。

切坚固的东西都烟消云散了"。并且因为青年心理较为敏感，对现实缺乏忍耐和妥协，面对社会的转型，更容易遭受意义危机和精神裂变。也正是因为如此，青年在不知不觉中扮演了社会变革"晴雨表"的角色，他们的思想行为和价值观念的演变，从一个侧面反映了整个社会变革的步伐[1]。而受过高等教育的青年诗人，由于其知识背景和思维模式方面的原因，可称得上是青年中对外在世界的变化更为敏感的一群，在转型中所经受的危机与困惑也更为深刻，并往往"情动乎中而溢乎言"，将自身感受到的意义危机与精神裂变投射在诗作中。因此，对诗歌转型中青年意义危机与精神裂变书写的考察，可以从一定程度上窥探到社会转型的情况；同时，社会转型从某些方面也在促进青年诗人对自身写作的反思，从而塑造着诗歌转型。

一

高校诗歌的发展对1980—1990年代诗歌转型起到了一定的推动作用。之所以做如此论断，是因为从参与诗歌转型的诗人阅历来看，有相当数量的诗人是从高校走出的，1980年代在高校读书的经历在为他们走向社会打下基础的同时，又成为他们的诗歌创作学步期。虽然他们的写作观念不同，诗歌风格各异，但他们在写作起步时都在一定程度上受到高校这个空间场域的影响。"场"的概念在法国社会学家皮埃尔·布迪厄那里被阐释为个体或团体按照他们占据的不同位置之间的客观关系构成的"网络"[2]，对"场"的考察也意味着对多个研究对象的位置及彼此之间的关系进行分析。罗晶在《1980年代"北大诗歌场"的生成》一文中已经注意到了北京大学作为1980年代"诗歌场"的重要作用，认

---

[1] 杨雄：《巨变中的中国青年》，上海人民出版社，2015年，第5页。
[2] 皮埃尔·布迪厄：《艺术的法则——文学场的生成和结构》，刘晖译，中央编译出版社，2001年，第278页。

为它的生成是一种"大社会文化语境中萌生出来的精神产物"①，对"北大诗歌场"的考察要在时代、社会、文化的语境中展开。的确，把高校诗歌视为参与1980—1990年代诗歌转型的诗人的创作起步点，将其放置在社会转型的话语背景中来观看，并揭示"高校"与"社会"这两个"场"之间的"张力"，就能够从一定程度上挖掘出戈麦这样的青年诗人在离开高校、走入社会时所遭遇的意义危机与精神裂变的部分原因。

以北京大学为代表的高等院校在1980年代所形成的"诗歌场"有着自身的创作传统，这种对"传统"的指认并不是无迹可寻的，陈均所编《诗歌北大》一书中所选的诗歌作品、回忆录、书信、批评等资料就勾勒出一条从新诗草创期到1990年代的北大诗歌发展脉络。从这条脉络来看，"北大"是一个超浓缩型的"诗歌共同体"，在北大，诗歌与校园生活存在着互相塑造的关系，在经典阅读、社团活动、代际传承等方面相互作用的基础上，一个具有承续性和开放性的"高校诗歌场"逐渐生成。从北大走出的诗人西渡认为，在所有北大诗人身上都存在三个传统：西方现代诗歌的传统、朦胧诗的传统、北大自身的传统。②就西渡自身的经历来说，他于1985年进入北京大学中文系学习，刚入校就买到了由老木编选的《新诗潮诗集（上、下）》，这套书成了他第一学年的枕边书，并使他下决心从此做一个诗人③。《新诗潮诗集》在总结朦胧诗的成果、推广"第三代"诗歌等方面发挥了重要作用，从某种意义上来说，《新诗潮诗集》产生了把朦胧诗"经典化"的效果，而它本身也成为一代诗歌青年的"经典"读物，对其创作产生影响。正如西渡所说，他通过《新诗潮诗集》系统地了解到了北岛、顾城、舒婷等朦胧诗人的作品，并认为这套书是"朦胧诗的历史成绩的最好的检阅和总结"④。戈麦在《〈核心〉序》中也谈到自己在1985年通过《新诗潮诗集》接触到

---

① 罗晶：《1980年代"北大诗歌场"的生成》，《星星》2011年第6期，第69页。
② 西渡：《守望与倾听》，中央编译出版社，2000年，第252页。
③ 陈均编：《诗歌北大》，长江文艺出版社，2004年，第285页。
④ 西渡：《守望与倾听》，第180页。

朦胧诗的经历,并把《新诗潮诗集》中的作品定义为"与过去的文学传统不同的泛现代主义篇章"。同时,戈麦表现出了对《新诗潮诗集》中所选作品的"强烈的理解力",以至于他"一页页地向一些年纪同样不大的朋友解释其中的词句"。[①] 对戈麦、西渡这样初入大学校门的青年来说,《新诗潮诗集》所具有的吸引力无疑是强大的,这一方面是因为《新诗潮诗集》中所选作品具有代表性,是对刚刚过去的朦胧诗热潮的一次总结,能够使青年感受到"经典"的魅力;还有一个较为潜在的原因是《新诗潮诗集》由老木这位"学长"编选,戈麦、西渡等"学弟"所感受到的选本的权威性,不仅来自所选作品本身,也来自编选者。虽然《新诗潮诗集》是没有正式刊号的油印书籍,但借助高校学生无意识的宣传行动(如前辈、同学推荐,摆摊出售,借阅等)它扩大了自身的影响力,使"经典"得到了广泛的阅读和传播。

同样可被视为"经典"的还有诗人臧棣于 1985 年所编《未名湖诗选集》,这本被西渡称为"北大传统的一个小小的源头"[②] 的诗集不同于《新诗潮诗集》的最大之处在于书中所选作品是北大诗人创作的诗歌,囊括了海子、西川、骆一禾、清平等在当时已经在校园内具有一定影响力的诗人作品,也包括臧棣(当时的笔名是"海翁")自己的作品,因此《未名湖诗选集》可视为北大诗人一次"自我经典化"的努力,北大诗人从此拥有了自己的"经典",海子、骆一禾等前辈诗人的作品也成为后辈诗人效仿的典范。海子在 1980—1990 年代北大诗歌场的形成和发展中拥有一个重要位置,作为前辈,海子作品(尤其是早期抒情短诗)的影响力在北大得以延续,成为北大诗歌场代际传承的重要一环。吴晓东认为海子的早期诗作"更直接也更深刻地影响了燕园诗人的创作"[③],郁文也认为北大诗歌"以海子为源头"[④],西渡自承"我在 1988 年前后写的诗是深受海子早期诗歌影响的,用词、气氛都刻意模仿海

---

① 戈麦:《戈麦诗全编》,西渡编,上海三联书店,1999 年,第 420 页。
② 西渡:《守望与倾听》,第 252 页。
③ 陈均编:《诗歌北大》,第 242 页。
④ 西渡:《守望与倾听》,第 189 页。

子"①。而戈麦更是在《海子》一诗中写道："对于一个半神和早逝的天才，/我不能有更多的怀念"。值得注意的是，虽然西渡承认海子在北大诗歌场中的影响力是深远的，但他同时认为骆一禾是"北大最早对当代诗歌进程产生了重要影响的诗人"②，海子、西川在开始创作时都受到骆一禾的引导。虽然相对于海子，骆一禾的重要性近年来才逐渐为普通读者所知，但前文所述的骆一禾的"修远"诗观在戈麦、西渡等后辈的写作中业已得以呈现。如戈麦在《戈麦自述》中主张"艺术家理应树立修远的信念，不必急躁，不必唐突，不求享誉于世，但求有补于文"③。总之，海子、骆一禾等诗人在 1980—1990 年代北大诗歌场的代际传承中起着先锋作用，在他们之后，又有很多不同专业、不同年级、不同风格的北大青年因诗歌而被联系在一起，如 83 级的臧棣、麦芒、清平、徐永，84 级的恒平、程力、洛兵、彼得、BC－1，85 级的郁文、紫地、西渡、西塞、白鸟、戈麦。这种代际的承接一直延续到 90 年代，又浮现了像胡续冬、冷霜、姜涛、席亚兵、周瓒、周伟驰、雷武铃等在 90 年代后期直至新世纪具有重要地位的诗人。这些诗人之间既有因诗歌的缘故而产生的强烈的友情，形成了"友情圈子"；在交流的过程中也存在互相影响、互补互助的关系。也就是说，在北大这个大型的"高校诗歌场"中，还存在一些规模较小的、由友情作为联系的"诗歌场"，这些"诗歌场"在北大诗人们毕业之后还能够继续存在，如"北大三剑客"海子、西川、骆一禾在毕业之后的交流与互动，清平、戈麦、西渡、臧棣等人于 1990 年组成的"发现"诗社等。这些诗歌圈子的存在使源自"北大诗歌场"的创作传统在校园之外得以保存和延续。

1980 年代北大最大的文学社团应数"五四文学社"，这是一个经过正式注册的社团，办有刊物《未名湖》。它对"北大诗歌场"的最大贡献也许是在老木的主持下、以社团的名义出版了《新诗潮全集》。而

---

① 西渡：《守望与倾听》，第 204 页。
② 同上书，第 160 页。
③ 戈麦：《戈麦诗全编》，第 424 页。

据西渡回忆，当时的北大除"五四文学社"之外，西语系办有"燕浪诗社"，会长是林东威，会员有彼得、BC—1、桃李、洛兵、张伟等人。①而刊物方面最有影响力的当数中文系学生会所办《启明星》，1980年创刊并延续至新世纪。以《启明星》为中心，各年级各专业优秀的诗人被聚集起来。吴晓东指出，《启明星》的发展大致以1985年为界，前期除西川、骆一禾等少数诗人崭露头角外，北大诗人尚未发挥出群体性的实力。②而以中文系83级（臧棣、麦芒、清平、徐永）的崛起为标志，《启明星》创作队伍开始逐渐增大，西渡、戈麦等诗人也加入了这个群体。戈麦在《启明星》1989年总第19期上发表了《九月诗章》和《十月诗章》两首诗，在1991年总第22期上发表了《死亡诗章》和《海子》。总之，社团活动与文学刊物的存在，能够把较为分散的诗人个体"组织"起来，使其成为团体性、群落性的创作力量。随着创作群体的形成与扩大，"北大诗歌场"也在无形中扩展开来。

经典的阅读与传播、写作的代际传承、社团活动与刊物的创办，这些都是使以北大为代表的"高校诗歌场"的创作传统得以存续和发展的条件。然而，"高校诗歌场"虽然有着自身内部的承续性和开放性，毕竟是一个自足于"象牙塔"中的场域。相对于高校校门之外更为广阔、多变和多元的社会空间，"高校诗歌场"显得较为封闭和单一。吴晓东认为，北大诗歌创作的一种共性品格是"体验大于经验，梦想性超过现实感，最终营造的是自足于校园内的纯粹情感化的想象空间。衡量这些诗歌的最主要的尺度便是是否具有天赋的想象"③。这种品格的存在说明，作为高校学生的青年诗人在人生阅历、社会经验等方面还稍显浅薄，因此他们的作品的创作资源、情感来源主要为有限的校园生活，梦幻、想象成为作品的主要特点，校园之外的社会空间对他们而言还是一片相对未知的天地。

---

① 西渡：《守望与倾听》，第181页。
② 陈均编：《诗歌北大》，第240页。
③ 同上书，第243页。

二

　　与大学校园这座"象牙塔"的单纯与精英化相比,校门外的"社会"是一个更为复杂、多元和多变的空间场域,尤其是 1980—1990 年代转型期的社会,其政治、经济、文化等各方面都发生着巨大的改革。有几个镜头能从一定程度上说明这一点:1986 年,新中国成立后第一张私家车牌照"沪—AZ0001"挂在了一辆凯迪拉克小轿车上,"私家车"这个名词逐渐活跃在人们的视野之中[①];同样也是 1986 年,邓小平将一张新中国第一次公开发行的飞乐股票送给访华的美国纽约证券交易所主席约翰·范尔森[②],与此同时,"炒股"的热潮开始席卷神州大地。随着改革的推进,文学界似乎也不甘寂寞,兴起了一股"文学热",如 1985 年"寻根文学"的提出、"方法论热"的兴起等。诗歌也没有置身热潮之外,1985 年这一年中,全国各地就迅速崛起了许多民间诗歌团体,比较著名的有上海的"海上",南京的"他们"等。这些民间诗歌团体在 1986 年的"中国现代诗群体大展"中集体亮相,"第三代"诗歌也随之进入人们的视野。1989—1991 年期间,社会改革进程虽然因政治波动而放缓甚至趋于保守,但随着 1992 年邓小平"南方谈话"要点的下发和中共十四大的召开,改革以更加迅猛的步伐展开,而文学也就此产生了分化,"坚守"或是"躲避"的选择最终导致了 1993 年的人文精神大讨论。讨论的热潮在 1995 年(王岳川称为"平庸过渡的一年"[③])之后渐趋退去,"商业化""市场经济"似乎已经成为人民躲避不开的现实。但此时诗歌已经被定义为"边缘化",诗人的境遇较之 80 年代发生了很大差别。

　　总之,1985—1995 十年间,中国的转型不仅限于经济方面,还渗透进社会文化的各个角落。高等院校虽然一直被视为远离尘嚣的"象牙

---

① 刘青松:《直言:1978—2012 中国话语》,当代中国出版社,2016 年,第 87 页。
② 宋强,乔边等:《人民记忆五十年》,甘肃人民出版社,1998 年,第 412 页。
③ 王岳川:《中国镜像:90 年代文化研究》,中央编译出版社,2001 年,第 6 页。

塔",但大学的围墙也阻挡不了社会转型的浪潮。从1980年的"潘晓讨论"开始,高校知识青年一直在"高校场"与"社会场"的张力之中寻找自己的位置和人生的意义。"潘晓"在1980年主要是为"主观为自己,客观为他人"的心理而感到困惑,追寻"人为什么要活着"这个问题的答案,而到了1990年代,"梅晓"们则更关注自我的价值问题,"怎样活得更好"是他们的疑问所在。从"Why"到"How",中国青年的价值观发生了大幅度改变,而这种改变的出现是社会转型的后果之一。据社会学研究,青年文化与社会文化是"矛盾的统一体"[①],青年文化虽然在一定程度上具有对社会文化的反叛性与超越意识,但又不可避免地受到社会文化的影响,甚至是受到社会文化的干预和控制。

  80年代初期,改革刚刚起步,刚从70年代思想禁锢的阴影中解放出来的中国青年热烈支持改革;也正是因为改革的缘故,无论是思想潮流还是生活方式方面,高校校园里弥漫着"自由"的气息。1981年进入北大的诗人西川在新生大会上第一次听到包括自己在内的一万新生被称为"精英",并为自己在北大拥有留长发、读存在主义著作的"自由"而感到"生逢其时,躬逢其盛"[②]。而当中国女排第一次赢得世界冠军时,整个校园便一下子沸腾起来,有人挥旗,有人烧火把,还有人把脸盆当作鼓敲。之所以出现这种全校性的亢奋,西川认为:"改革开放需要这样的好消息"[③]。西川一入校就根据自己从小学画的兴趣进入了美术社,因为自印诗集《五色石》的缘故又被中文系同学动员参加了"五四文学社",后来又通过社团活动、同学推荐先后结识了骆一禾、海子[④]。的确,改革之火初燃,青年学生在校园中感受到的是自由、活跃的氛围,可以凭借自己的兴趣来读书、参加社团和交友,在这些活动的过程中,"高校诗歌场"也逐渐形成起来,体现了"社会场"与"高校场"的良性互动。

---

① 杨雄:《当代青年文化回溯与思考》,河南人民出版社,1992年,第80页。
② 陈均编:《诗歌北大》,第270—271页。
③ 同上书,第275页。
④ 同上书,第270—271页。

到了 80 年代中期，随着改革的全面展开，中国青年对国家、社会命运和前途的关注也随之进一步加强，并希望以自己的亲身行动投入改革的进程。值得注意的是，这一时期青年虽然热衷于考学求知，但出于急切将"知识"转化为"生产力"、"经世致用"的动机，一些青年学生在选择自己专业前途时未免存在功利心理。比如戈麦在高中期间，就受到这种风气影响，虽然他也爱好文学，并有一些习作，但他仍然"相当肯定地认为只有发明创造有利于社会"，并因此决定改攻理科，只是这个决定未获得学校支持，所以才勉强参加文科的升学考试。1985 年高考后，戈麦又报考经济专业，结果被北大中文系录取，这时他还试图放弃这一专业，希望来年再考，在其兄长劝说之下，戈麦才到中文系报到，但一直坚持旁听经济系的课程，并认真做着转系的准备①，直到 1987 年才开始正式创作。被北大这所全国顶尖高校录取，在今天看来是一件无比光荣的事情。但在改革热潮初现的 1985 年，是否能把所学知识迅速转化为国家经济建设的动力，是许多青年学生考虑更多的事情，个人将来的生存境遇还在其次，这体现了 80 年代中期青年热切地投入改革大潮的心态。

　　然而在改革中出现的问题面前，青年学生的热切心态遭遇了"降温"。经济过热导致的通货膨胀、物价上涨现象，以及贪污腐败现象，使得青年学生对改革的态度发生了分化。1989—1991 年期间，由于政治方面的波动以及改革中出现的问题，改革的步伐有所放缓，青年学生的心态也由一味激进开始转向反思和沉潜。就拿"寻找毛泽东"这一现象来说，青年学生对毛泽东的态度经历了 80 年代前期的"全盘否定"到 90 年代前期的重新认识的过程。经历了 80 年代末 90 年代初政治风波的青年学生，需要借"毛泽东"这样一个有魅力的人物形象来反思自身，重新定位自身的价值。他们逐渐意识到激进的道路是行不通的，并开始以更为理性的方式来思考问题。1990 年代中期之后，青年看待社会转型的角度更客观，也开始以更为务实的方式参与改革。相对应地，

---

①　西渡：《拯救的诗歌与诗歌的拯救——戈麦论》，戈麦著：《戈麦诗全编》，第 451 页。

在"高校诗歌场"中,青年学生也经历着写作的转型。在1989—1991年的沉寂之后,北大90级、91级的校园诗人开始崛起,并在1993—1995年出现了被胡续冬称为"中兴"的局面,出现了杨铁军、胡续冬、冷霜、王雨之等诗人。此时北大的创作风气较之80年代已有很大不同:"由高蹈的才气型写作转入了冷静的分析型写作,从狭窄的抒情阶梯踏进了现代诗艺的门槛"[①]。从激情的宣泄到理性的分析,这种创作方面的变化,从某种意义上说是青年学生受"社会场"的转型,思维模式发生变化的一个结果。

总体上来说,从1980年代到1990年代,中国青年,尤其是青年学生人生价值观经历了"从关注抽象的人生意义向关注现实自我命运的转变;由坐而论道转向崇尚实干;从社会批判转向对自我发展的追求"[②]的变化。这些变化都与社会的转型进程息息相关,也折射出世俗化进程中青年知识分子的意义危机。身处高校"象牙塔"的学生并不因为校园围墙的阻隔而与社会完全隔绝,但因为经验的欠缺,对社会转型的认识难免有简单和片面之处,这体现了"高校场"与"社会场"的张力所在。这种"张力"也影响到高校青年的诗歌生活层面,从西川到胡续冬,他们所见证和经历的"北大诗歌场"已经发生了较大变化,80年代的亢奋心态与浓郁的抒情在遭遇80年代末的重要历史事件后,已被90年代的务实与冷静所替代。而在这两个阶段之间,是一段沉潜和反思的过程:在1989—1991年期间,青年从激情中逐渐冷静下来,重新思考人生的价值与社会的前途,但心理上暂时的失落与痛苦是难免的。对于经历过这个特殊时期的戈麦等青年诗人而言,诗歌写作也成为他们表达时代所造成的心灵压力的重要方式。

---

① 陈均编:《诗歌北大》,第347页。
② 杨雄:《巨变中的中国青年》,上海人民出版社,2015年,第52页。

三

1989 年 3 月 26 日，诗人海子在山海关卧轨自杀。1989 年 5 月 31 日，骆一禾因病逝世。吴晓东、谢凌岚在 1989 年 8 月所发表的一篇文章中称："海子死了，这对于在瞒和骗中沉睡了几千年的中国知识界来说，无异于一个神示。也许从此每个人的生存不再自明而且自足了。每个人都必须思考自己活下去的理由究竟是什么。当这个世界不再为我们的生存提供充分的目的和意义的时候，一切都变成了对荒诞的生存能容忍到何种程度的问题。那么我们是选择苟且偷生还是选择绝望中的抗争？"① "海子"在这里成为一个向知识青年发出的问号，在吴晓东、谢凌岚看来，"诗人之死"意味着诗人的信仰危机的爆发。知识青年必须借"诗人之死"来反思自己的生存的意义和价值，以及可能的出路所在。

其实，对当时的青年来说，"生存的荒诞感与虚无感"在 1989 年之前的一段时间便已彰显，1989 年发生的事件包含有不满情绪的集中爆发。究其缘由，恐怕问题最突出之处在于发展过热的商品经济带给知识分子的生存压力。1988 年，关于经商的大量流行语在民间诞生："富了摆摊的，苦了上班的。"下海南、闯深圳、停薪留职、创办公司，是当时社会最流行的举动。"脑体倒挂"，"教授卖烧鸡，博士摆烟摊"的潮流不得不使受过高等教育的青年学生们思考：在商品经济的大潮下，我们的位置究竟在哪里？杨雄认为，转型社会是一个"新与旧的混合体"，在新与旧两个价值系统同时并存的时期，即将踏入社会的青年成为空间与时间上的"边缘人"，他们一只脚踏在新的价值世界中，另一只脚还踩在旧的价值世界内。他们一眼瞻望未来，一眼又顾盼既往。这种价值观念上的困惑与情感意志上的冲突，往往造成青年内心的迷茫与失重②。正因为如此，在 1989—1991 年这个社会转型的关键阶段离开高

---

① 吴晓东，谢凌岚：《诗人之死》，《文学评论》1989 年第 4 期，第 134 页。
② 杨雄：《当代青年文化回溯与思考》，河南人民出版社，1992 年，第 36 页。

校这座"象牙塔"、走向社会的青年不得不重新适应自己的角色,并面对窘迫的日常生活和更为复杂的人际关系,以及时代给予的心灵重担。这种意义的危机和精神的裂变感,在这一时期青年诗人的写作中表现得较为明显。

作家陈建祖在回忆1989—1991年间的生活时曾说道:"在1990年左右,我们整天酗酒、唱歌,回避现实。我记得有一次我喝多了,还在饭店里站在桌子上唱歌。我们还举办了'酒王大赛',口号叫'酒王出,天地动'——这样沮丧、颓废的状态,是生命中不能承受之轻,那时作家、艺术家都是这样的状态。"[①] 这样颓废的状态主要来自对现实的幻灭感。1989—1991年期间,无论是像陈建祖这样的作家,还是普通的青年,都经历着生活方面的巨变。"热血沸腾的大学生收起游行的旗帜和标语,解下头上的红飘带,不是回到昔日女友的怀抱中,就是埋头读'托福',准备远走他乡了。过去的几个月里,他们连找工作都成了问题。即使没有这个打击,他们也已被刘震云的小说《一地鸡毛》重重地打了一个耳光。"[②] 在1980年代充满激情的青年学生,在遭遇80年代末的事件之后,他们的情绪似乎在一夜之间低沉了,并开始怀疑和反思自己曾经的生活目标和方式。北大校园里分成了"托派"与"麻派","托派"希望通过考"托福"出国,"麻派"则无所事事天天打麻将。一批校园歌手悄然走上舞台,用歌声怀念着1980年代的理想与激情:"未名湖是个海洋,诗人们都藏在水底。灵魂们都是一条鱼,也会从水面跃起。……我的梦,就在这里。"正如汪晖所说:"1980年代的知识界把自己看作是文化英雄和先知,1990年代的知识界则在努力地寻求新的适应方式,面对无孔不入的商业文化,他们痛苦地意识到自己不再是当代的文化英雄和价值的塑造者。"[③]

---

① 西渡:《"不能在辽阔的大地上空度一生"——戈麦诗歌研讨会录音整理》,《诗探索》2013年第4辑,第151页。
② 凌志军:《变化:1990年—2002年中国实录》,中国社会科学出版社,2003年,第13页。
③ 汪晖:《去政治化的政治——短20世纪的终结与90年代》,生活·读书·新知三联书店,2008年,第60页。

戈麦在给西渡的毕业留念册上写道:"是自由,没有免疫的自由,毒害了我们。"① 从这里可以看到戈麦对 1980 年代青年学生疯狂追求"自由"的一种反思:80 年代的青年学生在思考问题方面感性大于理性,容易走上极端的道路。而没有现实基础的"自由"是无效的,盲目而狂热的追求获得的只是失望。戈麦曾经也想通过考"托福"出国,并问过西渡"是在学校好还是出来面对社会好"。② 这从一定程度上可以看出以戈麦为代表的青年人对社会现实的恐惧感与不信任感,以及"乌托邦"幻灭后的精神危机。在 1989 年下半年至 1991 年这一段时间里,戈麦的许多诗作都在质疑"生活"的意义:"遥远的时间的岸上 / 白衣峨冠的道士 / 载渡着不愿生活的人"(《深夜》,1989.9.18);"生活制造了众多厌世者 / 一代一代 无休止的 / 敲打着饥饿的钟"(《生活》,1989.9.25)"生活消失了 / 于其他的事情并无妨碍 / 世界像两只可怜的鸟 / 我趴在高高的云垛上 / 看着她们低低地哭"(《生活有时就会消失》,1989.9—10)。值得注意的是,戈麦的早期诗作(1988 年及之前)中就出现了对生活"严厉的拒斥"倾向。这可以举出以下诗句作为说明:"一个阴暗的早晨 / 我最终选择了活着 / 像一只在白茫茫的大风天里 / 丢失的外套"(《一九八五年》,1988.11.14);"我不会在世上任何一个角落 / 期待时光的花瓣打在我空虚的壳上 / 死亡大厦的中央 / 你不必等我"(《我的告别》,1988.11—12);"此后的日子注定如此黯淡 / 永远的,只要有我温存的光辉 / 无数次突然而至的风起我哪里知道 / 如此众多为我熄灭的面庞"(《徊想》,1988 年末)。西渡猜测,对 1988 年及之前的戈麦来说,对生活的"严峻认识"不大可能来自现实的创伤,而可以肯定地来源于某种更高的"恐惧感"。"这种恐惧感对于那些对生命有着敏感的禀赋的人来说,是一种不得不接受的礼物。它就是那种对生命的可能性受

---

① 西渡:《守望与倾听》,第 181 页。该句语出北岛诗歌《白日梦》:"终于有一天 / 谎言般无畏的人们 / 从巨型收音机里走出来 / 赞美着灾难 / 医生举起白色的床单 / 站在病树上疾呼:是自由,没有免疫的自由 / 毒害了你们"。戈麦曾表示过对北岛诗歌的推崇,著有《异端的火焰——北岛研究》一文。

② 同上书,第 149 页。

到戕害的恐惧。这样一种感觉往往在一个人的青春期格外强烈地表现出来。"① 而这种"恐惧感"在1989年至1991年期间又被现实的创伤和时代的压力催化成熟,成为戈麦意义危机的重要原因,因此戈麦才会在作品中质疑"生活"的意义,并把它作为可对抗和摧毁的部分。

戈麦1989年北大毕业后进入《中国文学》杂志工作,但在当时的社会环境影响下,戈麦的收入并不高,加之戈麦把大部分钱用来购书,所以到月底往往"上顿不接下顿"。与此同时,戈麦也没有一个"安静的学习和写作的场所",开始住在外文印刷厂的招待所,后来又搬进一家小旅馆,环境是嘈杂而忙乱的,并不适合写作②。这种生活的窘迫状态,与政治风波后青年学生的就业问题有关,也与国家严重的通货膨胀有关。据报道,与戈麦同年毕业的北大中文系学生陆步轩因毕业分配后长期没有编制和住房,生活贫困而"下海"卖起了猪肉,成为轰动一时的新闻。1992年辞去公职、成为自由写作者的诗人韩东曾这样谈到自己写小说"以文养诗"的做法:"我从不相信,很糟糕的环境对诗人的灵感生活有很大的好处。相反,相对的宽松对一个有才能的人的尽情发挥是很有帮助的。"③ 因此,戈麦等青年诗人如果要在困窘的物质条件下进行写作,坚持自己的诗歌"修远"之路,就要顶住生活的压力。如前文所述,80年代初"潘晓"们还曾为"主观为自己,客观为他人"的想法而感到不安,而到了90年代初,"梅晓"们已经把目光投向自身,思考"如何生活得更好"的问题。戈麦同样也面对这样的问题,他在自述中说到自己"不愿好为人首,不愿寄人篱下。不愿做当代隐士,不愿随波逐流"④,并认为自己是一个"谦逊的暴君"。这样的矛盾心理投射到行动上,就表现为既通晓世故,又桀骜不驯。在实际工作中,戈麦的确有着非常强的理解和执行能力,但面对主任的质疑,戈麦的回答是:"孙主

---

① 西渡:《拯救的诗歌与诗歌的拯救——戈麦论》,戈麦著,西渡编:《戈麦诗全编》,第453页。
② 西渡:《死是不可能的(代序一)》,戈麦著,西渡编:《戈麦诗全编》,第7页。
③ 韩东:《韩东散文》,中国广播电视出版社,1998年,第306页。
④ 戈麦:《戈麦自述》,戈麦著,西渡编:《戈麦诗全编》,第423页。

任您让我向老同志学习,我向他们学习什么?""他们会的我会,他们不会的我也会。"① 从这些话中可以看出作为一位刚出校门不久的青年诗人,戈麦在一定程度上还保留有北大学子的"精英意识",对社会上的一些"俗""庸"看不惯。但在现实生活面前,戈麦这样的青年诗人有时却不得不妥协。据戈麦曾经的同事晓钟回忆,在1989—1991年期间,社会环境对于年轻诗人来说的确不轻松。当时的领导对年轻人不是很关心,给戈麦等刚参加工作的年轻人安排的住所是环境嘈杂的小旅馆,有时戈麦等人因睡不好而迟到,领导甚至让人把他们从被窝里揪出来。② 因此,戈麦等青年诗人的"精英意识"并不能使他们在社会上如鱼得水,反而有可能遭到挫败。他们面对的选择也许是艰难的:"黛安娜,一切都气数已尽/我是明哲保身,还是一梦到底?"(戈麦《月光》,1990.7.21)

在1920年代,面对公寓的幽闭环境和困窘的生活状况,沈从文等一代社会边缘青年的选择是建造自己"公寓里的塔",试图通过"文学"这种安排自我的方式来获得社会参与和身份认同的可能,以消除"大学"体制的拒绝所带来的失落感③。与沈从文们相比,戈麦等处于1980—1990转型年代的青年诗人虽然同样处于幽闭的公寓中,但所处的社会环境则有反转。戈麦等文学青年从"象牙塔"中走出后遭遇的是"乌托邦"的破碎,物质现实拷问着精神信仰。对于"以诗歌为志业"的戈麦们而言,在1980—1990年代转型过程中诗歌逐渐隐退到现实生活的边缘,"修远"梦想显得有些不合时宜。社会学学者认为:"转型期我们所面临的信仰危机的一个显著特点是,不再像过去的信仰危机只是停留在政治制度和经济制度层面,甚至透过思想文化选择的层面深入到了'为人之本'的深度。一旦达到这种深度,信仰危机便必然地和人生的最高价值取向,和人生存的终极意义、和社会发展的终极目标等重大

---

① 西渡:《"不能在辽阔的大地上空度一生"——戈麦诗歌研讨会录音整理》,《诗探索》2013年第4辑,第149页。

② 同上书,第153页。

③ 姜涛:《公寓里的塔:1920年代中国的文学与青年》,北京大学出版社,2015年,第183—184页。

而玄远的思想理论问题联系起来。"① 因此，戈麦在诗歌中透露出的意义危机与精神裂变，实际上是1980—1990年代转型时期诗人信仰危机在写作中的一种体现。

四

现实生活一方面是人自己的活动和活动结果，另一方面又是对人的制约、克服；人与现实生活的矛盾，集中地体现为追求与限制、主观自由与客观不自由之间的矛盾②。经历过那场风波的青年学生，逐渐看清了他们所身处的现实，并意识到他们曾经追求的"自由"之虚妄。并且他们曾做过的"以文学（诗歌）为志业"的美梦，在窘迫的物质条件和冷漠的人际关系面前也存在一个"坚持，还是放弃"的问题。很多曾经的"校园诗人"，在进入社会后逐渐放弃了诗歌写作，坚持下来的往往顶住了巨大生存压力。西渡在诗中写道："困难的是我们要怎样献身给生活／结束是不可能的。你无法像死者所干的那样／在一秒钟内把一生彻底抛出去。"（《残冬里的自画像》，1992）而对于希望成为"诗歌圣徒"的戈麦来说，忍耐现实生活的压力意味着承受住内心的危机，但尖锐的痛苦也随之而来。

俄罗斯思想家尼古拉·别尔嘉耶夫说："人的个体人格不能社会化。人的社会化致使人贬为部分，致使人无法拓展深层面上的个体人格和良心，无法开掘生命的源头。日益扩展的社会化围剿着人的深层面上的生存，鲸吞着精神生命。"③ 而实际上，现实生活中的人都是"社会人"，人

---

① 陈晏清主编：《当代中国社会转型论》，山西教育出版社，1998年，第263页。
② 王德胜：《从困惑走向超越——当代青年审美心态面面观》，杭州大学出版社，1993年，第142页。
③ 尼古拉·别尔嘉耶夫：《人的奴役与自由——人格主义哲学的体认》，徐黎明译，贵州人民出版社，1994年，第39页。

通过各种社会关系联结在一起方能在现代社会中生存,个人的生存境遇与社会发展状况密切相关。社会的氛围影响个人处境,同时面临社会现实,个人也会做出相应选择。中国传统中一直有"达则兼济天下,穷则独善其身"的说法,个人的"入世"和"出世"是由自身生存情况决定的。戈麦等青年诗人在遭遇"入世"的困境之后,并不是立即进入"出世"的状态,而是在"入世"与"出世"之间徘徊。"谁热爱端坐者的梦/可果心里的橙子/总在疑惑深处/瞪着灯""唉!左右的砝码摆平时/心在嗷嗷地叫喊/有谁曾来到这间空荡的门/一团漆黑的火晃着"(戈麦《无题》1989.9.20)。内心的"疑惑"与挣扎来源于对自身的怀疑:"我"作为一个"人",一个置于转型社会中的青年,如何才能调整好"入世"与"出世"之间的关系?事实是,戈麦毕竟是普通青年诗人的一个代表,不是拥有专业知识和话语权的学者、专家,更不是国家政策的制定者,作为在1980—1990转型年代褪去"精英"光环的高校毕业生,戈麦等人实际上处于社会的底层。"在根本的社会利益的追逐中,青年并没有摆脱处于社会底层的局限性。"[①]因此对于社会未来的发展,戈麦等"文学青年"实际上提不出行之有效的方案,而只能为自己的生存和前途命运而感到不安。并且在自身生存境遇与诗歌梦想产生摩擦的时候,消极不安的情绪容易演变为信仰的危机;"入世"与"出世"的矛盾所带来的后果往往是"厌世"。戈麦也就此为1980—1990年代诗歌转型贡献出了一个具有诗人自况性的诗歌形象:"厌世者"。

> 生活制造了众多的厌世者
> 一代一代的　无休止的
> 敲打着饥饿的钟
>
> 我摊开双手

[①] 王德胜:《从困惑走向超越——当代青年审美心态面面观》,第157页。

> 一边是板块坚硬的尊严
> 一边是不由自主的颤动
>
> ——《生活》(1989.9.25)①

> 两面三刀的使者
> 多血管的人
> 窥破窗纸梦见黎明的人
> 骑着一辆野牛似的卡车
> 向后疾速奔驰的人
> 结实的人
> 不怀好意的人
> 高举着胜歌在洪水中奔走的人
> 在世界这面巨大的镜子后面
> 发现奇迹的人
> 一个看见了自己所钟爱的女人松垮的阴部的人
>
> ——《厌世者》(1990.5.1)②

"板块坚硬的尊严"和"不由自主的颤动"之间存在着矛盾,然而它们又切切实实发生在一个人身上。这种情况说明了戈麦选择的两难:内心深处有着"超越生活"的渴望,但又被生活所限制。"一个看见了自己所钟爱的女人松垮的阴部的人"这句具有感官色彩,显得有些突兀的诗又从一个角度揭示了日常生活中的某种荒诞。正因为对"日常生活"存在厌倦、绝望心理,戈麦在给哥哥的信中才写道:"生活像撕不破的网,可能不会有那么一天,能够飞出嘈杂和丑恶,不会有那么一天人能够望到明亮的花园和蔚蓝色的湖。很多期待奇迹的人忍受不了现实的漫长而中途自尽,而我还苟且地活着,像模像样,朋友们看着,感觉

---

① 戈麦:《戈麦诗全编》,西渡编,第140页。
② 同上书,第189页。

到我很有朝气，很有天赋，其实我心里清楚，我的内心的空虚，什么也填不满。一切不知从何开始，也不知如何到达。我不能忍受今天，今天，这罪恶深重的时刻，我期待它的粉碎。我不能忍受过程，不能忍受努力和奋斗。"① 在社会转型时期，戈麦的信代表了许多青年面对现实困境的心态：急切地想要摆脱"今天"，选择加速度的生活方式。在诗歌写作中就表现为对"生活"的不信任与焦灼感，"尝试生活"遭遇失败的后果是试图"折断做人的根据"。

据西渡编的《戈麦诗全编》来看，在"我的邪恶，我的苍白"（1989）和"献给黄昏的星"（1990.1—1990.6）这两辑诗作中，戈麦向"人性"发出了饱含痛楚的质疑与呼喊。"人，是靶子，是无数次失败／磨快的刀口，没有记性的雾"（《叫喊》，1989）。"人类呵，我要彻底站在你的反面，／像一块尖锐的顽石，大喊一千次，／不再理会活的东西。每一件史册中的业绩。／每一条词，每一折扇，每一份生的诺许。／每一刻盲从的恶果，每一介字据。""人类呵，我为什么会是你们中的一个？而不是一把滴血的刀，一条埋没人世的河流，／为什么我只是一具为言语击败的肌体？／而不是一排指向否定的未来的标记，／不是一组危险的剧幕，一盘装散了的沙子。"（《我要顶住世人的咒骂》，1990.4.28）"人的一生，很可能就是／一棵树被一次惊慌的雷电击倒"（《现实一种》，1990.5.24）。"主啊，还要等到什么时辰／我们屈辱的生存才能拯救，还要等到／什么时日，才能洗却世人眼中的尘土／洗却剧目中我们小丑一样的噩运"（《我们背上的污点》，1990.6.14）。在这些拷问"人性"的诗作中，可以看到戈麦虽然希望超越他眼中丑恶的"人性"，但他不无绝望地看到，自己仍然逃脱不了作为一个"人"的命运，仍然背负着"污点"而生存。从某种意义上来说，戈麦对"主"这样一个虚幻的宗教性符号的呼告，寄寓了他摆脱现实处境的渴求。而标志着戈麦向"人性"告别的，还要数他作于1989年末的《誓言》一诗：

---

① 西渡：《守望与倾听》，第181页。

好了。我现在接受全部的失败
全部的空酒瓶子和漏着小眼儿的鸡蛋
好了。我已经可以完成一次重要的分裂
仅仅一次，就可以干得异常完美

对于我们身上的补品，抽干的校样
爱情、行为、唾液和远大理想
我完全可以把它们全部煮进锅里
送给你，渴望我完全垮掉的人

但我对于我肢解后的那些零件
是给予优厚的希冀，还是颓丧的废弃
我送给你一颗米粒，好似忠告
是作为美好形成的句点还是丑恶的证明

所以，还要进行第二次分裂
瞄准遗物中我堆砌的最软弱的部分
判决——我不需要剩下的一切
哪怕第三、第四、加法和乘法

全部都扔给你。还有死鸟留下的衣裳
我同样不需要减法，以及除法
这些权利的姐妹，也同样送给你
用它们继续把我的零也给废除掉①

这是戈麦作为一个诗人与自己的对立面——"你"（在诗中指"渴望我完全垮掉的人"）所做出的"誓言"，但"誓言"也可以视为一种

---

① 戈麦：《戈麦诗全编》，西渡编，第160—161页。

自我表白，即发誓与自己身上"最软弱的部分"告别，因为这种"软弱"的"人性"是诗人所不能接受的。戈麦在一封给哥哥的未发出的信中说："做人要忍受一切，尤其是做理智、恻隐的圣者。要忍受无知的人在自己面前卖弄学识，忍受无耻的人在身后搬弄机关，忍受无智的人胡言乱语，忍受真理像娼妓的裤子一样乌黑，忍受爱情远远地躲在别人的襟怀。"① 王德胜认为，强烈的自我意识驱使青年常常把自己的每一个判断绝对化，不能容忍任何妥协，对于现实和与现实相伴的文化现象缺少一种基本的忍耐态度。② 对于"以诗歌为志业"的青年诗人戈麦而言，在"庸庸碌碌，平均状态，平整作用"的"常人"之中生活，其庸俗与无聊是难以忍受的，"可能性"被碾平的危险无处不在。所以戈麦希望在生活中彻底废除"加减乘除"的规则："我不需要剩下的一切／哪怕第三、第四、加法和乘法"，"我同样不需要减法，以及除法"。戈麦在这里否定了"人性"的"异质混成"，希望以此"战胜不健全的人性"，成为一个"理智、恻隐的圣者"。戈麦在《誓言》中体现出的精神裂变的痛苦以及痛苦后的决绝（告别人性与"生活"）在诗的最后一节得以升华。在"判决"以后，"我"所拥有的东西已所剩无几，但"我"仍嫌不够，甚至连"零"这个在表示"一无所有"的数字也要"抛弃"。因为在"我"看来"零"还表示一个"实数"，尽管它已经"空"了，但毕竟是实有的存在，他不能忍受哪怕是"零"的妥协。③

　　从精神的层面来说，戈麦的《誓言》可以视为一代青年向现实发出的呼喊。在社会氛围的"低压"面前，他们不可避免地遭受意义危机和精神裂变带来的痛苦。但正因为如此，这些青年才更加需要自我的救赎。周国平认为，在一个信仰危机的时代，知识分子不应该充当救世的角色，最重要的还是自救，走自己的路，坚持自己的精神追求④。这

---

① 西渡：《守望与倾听》，第181页。
② 王德胜：《生命与美的交融：青年审美心理学》，广西人民出版社，1991年，第21页。
③ 吴昊：《1989—1992：中国当代诗歌转型与青年精神裂变——以戈麦〈誓言〉为个案》，《河北科技师范学院学报（社会科学版）》2015年第9期，第28页。
④ 周国平、燕怡：《自救的时代——周国平访谈录》，《东方艺术》1997年第2期，第45页。

种观念就意味着一个人生道路选择问题:是坚持原有的道路还是转换他途?从某种程度上来说,"下海经商"也是一种人生的有效选择。而对于戈麦等"以文学(诗歌)为志业"的青年来说,无论现实如何残酷,人生的道路始终是文学(诗歌)的道路。对文学(诗歌)的追求,使戈麦们意识到"不能继续在辽阔的大地上空度一生"(戈麦《高处》,1990.12),而日常生活的痛苦加剧了戈麦们对诗歌这种"超越之物"的渴望。经历过1980—1990年代转型时期的吴晓东不无感慨地谈到青年诗人的"自救":"狂欢节一般的充盈着群体性的激情的时代已日渐成为一种午夜台灯下书桌旁的遥远的回忆,知识者曾一度奉为圭臬的群体的拯救的信仰也转化为个体的救赎,由此,身体的行动便转化为书写的行为。居室内彻夜不眠的书写构成了一种写作者个体生命的救赎方式,它的意义首先在于个体的拯救,这使人们回想起世纪初叶一度风靡的准则:救出你自己。"① 因此,诗歌写作成为戈麦等青年诗人纾解意义危机与精神裂变的一种方式,戈麦的写作也体现了1980—1990年代诗歌转型中诗人的精神历程。

---

① 吴晓东:《阳光与苦难》,文汇出版社,1999年,第89—90页。

冷的诗学与孤悬的时刻
——戈麦论

王辰龙

一、引子

在"新诗的百年孤独"[①]中,从1970年代末到1990年代初是诗风急剧转换的变革期,生于1967年、原名褚福军的戈麦,在同时代众多优秀诗人的竞逐间,从一开始就显示了独特的个性和诗学品质,但因早逝,一直未引起更多的注意。臧棣在论戈麦诗时曾感叹道:"一个用汉语写作的年轻诗人,他的语言的悲剧在于他只能凭自己的语言个性来应对砸向他的压力,他没有伟大的典范可供依循。"[②]实际上,戈麦虽早逝,却已具备历史意识,能从环绕新诗的文学传统(古典汉诗的资源,外国诗的影响,以及现代汉诗进行中的尝试)中寻求可依循的存在。就外国诗而言,戈麦找到的是博尔赫斯(Jorge Luis Borges),在诗人西渡为他整理的"诗全编"中便收入他译出的十首博尔赫斯。此外,他还曾著文向这位异国的文豪致敬:"我常常在夜里坐在庭院之中空望明月,直到曙光升起。……这种习惯与死亡相同,我过着一种无死无生的日子。有时,我对这样一种文字生涯有些惶惑。面对大千世界的繁荣,有时也不

[①] 借用诗人臧棣一作品的诗题。
[②] 臧棣:《犀利的汉语之光——论戈麦及其诗歌精神》,戈麦:《戈麦诗全编》,西渡编,上海三联书店,1999年,第436页。

免感喟一番。就在这样一种怀疑自身的危险境界之中，我得到了一个人的拯救。这个人就是豪尔赫·路易斯·博尔赫斯。"① "在博尔赫斯之后，我感到还有许多未了的事情等待我们继续完成。在这篇短文里，我纪念了一位五年前刚刚停止呼吸的文学大师。我谈的不是什么信仰，而是道路。"② 在这篇题为《文字生涯》的随笔中，博尔赫斯作为失明者的形象令戈麦着迷，使他联想到伟大的荷马（Homer），或许正是这种着迷，使戈麦对人间具象与世俗细节缺乏激情，而更愿以盲者般的敏锐听觉，直接听取那些最为刺耳的噪音与最为悦耳的乐音，以期直抵世界的本质，由此，曾明确表示反对抒情的戈麦，却并未在诗歌的叙事性上做过多的尝试。

比戈麦年小几岁的诗人姜涛，曾在一篇问答中表示："我更愿意谈及的，是某种当代诗歌自身的传统。我最初的写作，是受这一传统激励的，也是发生于其中的。与阅读外国或古典诗歌相比，我总觉得，阅读当代诗人的作品，更容易获得启发，某种内心的共鸣也更容易发生，我往往能够辨认出一行诗背后的历史，能够理解诗人具体的焦灼和压力，知道他这样写的理由和语境，以及他所面对的问题。"③ 对戈麦而言，当代诗人中给予他启发最大、共鸣最多的，或许是北岛，证据为他于1988年写作的论文《异端的火焰——北岛研究》④。通常的文学史叙述，谈及北岛一代与所谓"第三代诗人"的关系时，通常会说："受惠于'朦胧诗'，对新诗抱有更高期待的'更年轻的一代'认为，'朦胧诗'虽然开启了探索的前景，但远不是终结，它被过早'经典化'；诗歌表现领域和诗歌语言尚有扩展的很大空间。此时，社会生活'世俗化'的加速，公众高涨的政治热情有所滑落，读者对诗的想象也发生变化。国家赋予诗（文学）政治动员、历史叙述责任承担的强度明显降低。'新诗

---

① 戈麦：《文字生涯》，戈麦：《戈麦诗全编》，西渡编，第428页。
② 同上书，第433页。
③ 《姜涛访谈录：有关诗歌写作的六个常见问题的问答》，西渡、郭骅编：《先锋诗歌档案》，重庆出版社，2004年，第176—177页。
④ 戈麦：《异端的火焰——北岛研究》，1988年，未刊稿。参见本书第117—151页。

潮'后续者大多出生于60年代,他们获得的体验,和'朦胧诗'所表达的政治伦理不尽相同,不可能无保留地接受雄辩、诘问、宣告的叙述模式。80年代中期前后,'纯文学''纯诗'的想象,已成为文学界创新力量的主要目标。在当时的历史语境中,这既带有'对抗'的政治性含义,也表达了文学(诗)因为'政治'长久过多缠绕而谋求'减压'的愿望。'新的诗歌'此时应运而生。"① 彼时的戈麦,对同世代人声称的"Pass 北岛"却颇不以为然。他在论文中写道:"后新诗潮的崛起是以'Pass 北岛','打倒北岛'为先声出现的,和历次艺术浪潮的更迭类似,年青的一代瞄准了新诗潮的代表人物。后新诗潮的一些人对北岛的指责主要针对北岛前期诗歌";"他们反对北岛的'英雄意识',主张平民意识,以'反讽'代替'崇高',对生活状态进行白描。笔者认为这些追求已或同或稍异地暗含于北岛的后期创作中,这是中国诗歌不断摆脱功利性(社会功利)的必然结果,也是北岛个人不断探索、领悟的境地。"

在戈麦看来,"理性主义的精神力量使北岛不可能沉迷于忧郁,走向感伤",而在人道主义的理想随历史语境变化逐渐失效后,北岛"已经全然发现了人生的荒诞。然而他在反抗荒诞,以强劲的个性走向虚无。诗人对这种义无反顾的旅程的热衷,就是一个理性主义者悲观之后的情感寄托。是对'荒诞'的逃避,反抗式的逃避,极力以坚定的愤怒逃避'荒诞'(作为理念的)。他不愿相信一个隐含的命题:个体生命——'我'也是毫无意义的,或者说北岛此时并没有明确意识到这一命题"。戈麦着重论及了北岛诗艺和心态的转变过程,先是"在质问神秘的同时,渐渐发现了更为奇秘的内心世界。荒诞的磷火烧到了'人'的牌位上,诗的题材通向日常琐碎的生活,北岛的诗歌内容再次拓宽";继而是追求文学现代主义时,"北岛诗的情绪逐渐淡化,趋于冷漠和钙化……主体切入状态由体验转为静观,由置身其中转到置身其外,诗中由充满行为意象到充满梦中静物的临摹"。戈麦指出北岛的诗歌在格调上表现为"冷的",其成因则是诗人"对生活状态的厌倦和对

---

① 洪子诚:《中国当代文学史》,北京大学出版社,2007年,第237页。

人生、世界极为透彻的洞察",而戈麦的诗歌,在执持理性的同时,亦表现出一种整体性的寒意。此外,北岛诗中对人与世界的虚无感,或许也对戈麦的主体意识——不愿将自身交付给人群,而甘作失败的厌世者,有所启发。在1988年,北岛尚不是"长期旅居海外、鲜有机会'常回家看看'的诗人"或"最近三十多年来中国文学的一个象征物性符号"[①],也不是论者眼中"借助标榜文学的知识分子身份,或似是而非的'愤怒的学术',在当代的文学语境里制造出一种独断论的道德气氛"[②]的始作俑者之一。倘若在主义上既不亚洲,也不国际,只是狭隘地以大陆来定义"中国"的话,那么,今天的北岛早已是一位"汉语"诗人,但对当年的戈麦来说,北岛是一位绝对意义上的"中国"诗人,是即时的,更是及时的。从博尔赫斯到北岛,年轻的诗人为自己做好了文学的准备。

二、冷的诗学

国家意志将北岛那一代诗人从城市驱逐,把他们抛入土地的荒芜、饥饿和残酷,也迫使他们开始以被革命话语熏红的胸腔练习起属"人"的声音,以将自我由从属"人民"的、同质化的合唱中辨识出来。他们试图在语言的象征层面上,扭转革命意志禁锢着的主体,由流放中的社会分子向自我放逐的独白者转变。具体的诗学方案,是操持与"公开的诗界"相异的语言体系。在写作《异端的火焰——北岛研究》的同一年,戈麦另著短文《起风和起风之后》,文章前半勾勒了新诗发生后二十年的简史,由胡适最初的尝试谈到新月派,再由李金发等早期象征派诗人转入1930年代戴望舒、卞之琳等"现代派"诗人;后半部分,

---

① 敬文东:《用文字抵抗现实》,昆仑出版社,2013年,第41、42页。
② 臧棣:《诗歌政治的风车:或曰"古老的敌意"——论当代诗歌的抵抗诗学和文学知识分子化》,萧开愚、臧棣、张曙光编:《中国诗歌评论:细察诗歌的层次与坡度》,上海文艺出版社,2012年,第61页。

话题指向1940年代的新诗。戈麦认为将这一时期笼统地概括为艾青的时代，是极为偏颇的做法，虽然艾青"为扩大现实主义诗歌思想艺术容量向象征主义诗歌艺术自觉借鉴，如对诗歌语言暗示性的追求，总体象征的抒情手法，都直接影响了这一时期诗歌艺术的探索"，"但他往往偏重于对民族国家命运的思考，深沉得的确像雪夜中的暗红的火，但在现代人的眼里，多少有点作为个体的诗人的虚伪。他很少抒写个人在大动乱年代里的喜怒哀乐"。以此为前提，戈麦开始论述穆旦、郑敏等"九叶派"诗人当年的诗学构想与写作实践，他最后的结论是："九叶派最重要的贡献就是着意对内心世界的挖掘，也正因为此，九叶派写出了20世纪40年代中国文化环境内真正的现代人心理状态。……郑敏、穆旦的富有哲味（实际上就是富有力度的诗味）的作品直接影响到下一个诗歌高潮——80年代的新诗潮。"[①]

在为自印诗集《核心》作的序言中，戈麦曾写道："人只有接受先辈们所有的语言实验的成就，才能继续走下去，才能引出反对和破坏。"[②] 如此看来，同一年的两篇文学论文，既是戈麦在诗学上做出的准备，亦是他为自己开始不久的写作寻求参照与新基点的努力：他先是找到北岛，继而将目光投向重写文学史过程中复现的往日诗家，并试图构建"北岛们"与"穆旦们"在诗学上的血缘关系。[③] 在新时期为追忆所集结的"九叶"诗人（穆旦、郑敏等），在以往很长一段时间内，多因各种名义的政治运动而蒙难，或是丧失习惯的生活方式，或是被剥夺人

---

① 戈麦：《戈麦诗全编》，西渡编，第416、419页。

② 同上书，第422页。

③ 戈麦将1980年代"新诗潮"的发生，追溯至1940年代新诗对文学现代性的探求，这种做法极富构建性，一如有学人将革命寒冬过去后的"新时期"叙述为新文化运动与"五四"在当代的历史镜像。粗略地看，"朦胧诗"的修辞手段、感受方式，确与"九叶派"诗歌极似，而在诗歌声音、主体姿态乃至形式感等层面上，"朦胧诗"则无法剥离由政治抒情诗传递过来的革命话语之暴力，这一点，如今已有不少治诗者论及，但对当年的戈麦而言，这一切还没来得及呈示，也并非他的关切，年轻的诗人渴望构建新诗的现代主义链条，以从中寻求启迪与激发。

身自由，而写作则被迫体现为一种不可能状况中的可能：不可能是指处境之艰难，写下去，甚至会变成个人灾难的缘由、借口，发表也不可能，自己或极为少数的知己成了仅有的读者，且须阅后即焚；可能，则是指灾变时代对个体尊严的维系，即使付出代价也要写作，这种努力，是自救，也是为晦暗时期的中国留下见证或心史。这些诗人中，穆旦也许为戈麦的写作提供了一个有意义的参照。1958年，政治劫难夺走诗人穆旦的公共空间，他无法再继续担任在南开大学外文系的教职，生活的继续，必须以机关的监督为前提。行动不再自由的穆旦，决意"撤退到思想的自由"（汉娜·阿伦特语），他的方式是把诗人的才华向翻译转移，作为诗人的穆旦的消失，代之以翻译家的查良铮的诞生。1972年，政策落实，查良铮得以重返天津，但作为诗人的穆旦到了70年代中期才重拾诗笔。晚年的穆旦，冷静地，抑或是枯索地旁观故意失忆的、狡黠装睡的集体虚伪，他不愿或已无力加入围绕权力而伺机行动的表演队列，他在《演出》中写道："尽管演员已经狡狯得毫不狡狯，// 却不知背弃了多少黄金的心 / 而到处只看见赝币在流通，/ 它买到的不是珍贵的共鸣 / 而是热烈鼓掌下的无动于衷。"① 曾被政治的高音喇叭遮蔽的内心声音，尚未开始发出回响，便被肥胖的鼓掌之手紧紧扼住。"春天"成为主流诗歌中新的高频词，仿佛整个北中国都南移为四季怡人的亚热带。重拾诗笔的穆旦也写过一首《春》，但他笔下的"花朵"和"新绿"却于温暖中唤起冰冷的记忆："你们带来了一场不意的暴乱，/ 把我流放到……一片破碎的梦；/ 从那里我拾起一些寒冷的智慧，/ 卫护我的心又走上了途程。// 多年不见你了，然而你的伙伴 / 春天的花和鸟，又在我眼前喧闹，/ 我没忘记它们对我暗含的敌意 / 和无辜的欢乐被诱入的苦恼……"② 即便置身春日的城市，穆旦仍觉体寒，这种由记忆深处的身体痛苦与灵魂受辱而造成的持久寒症，让诗人在文本中筑起一座反春天的冬日之城："你走过而消失，只有淡淡的回忆 / 稍稍把你唤出那逝去的

---

① 穆旦：《穆旦诗文集（一）》，人民文学出版社，2007年，第324—325页。
② 同上书，第333页。

年代，/ 而我的老年也已筑起了寒冷的城，/ 把一切轻浮的欢乐关在城外。"以"冬天"否定"春天"，在穆旦晚年的诗学体系中，是对一度加入广场上为权力加冕的手臂之林的自我的纠正，也是借助诗性正义传达一种反省的历史意识，即以冻结记忆的方式反抗历史暴力所期待的普遍遗忘。诗的城市拒绝春日的喧哗、烂漫，并欲借助哀悼与追忆使"暴乱的过去"永困在"我"的城里，以免刚刚恢复自由的个体声音再次被淹没。戈麦虽无从得见北岛如何进入 90 年代与新世纪，但或许他曾通过阅读领略过穆旦晚年诗中的"冷"，即便在讨论《九叶集》诸诗人时并未涉及穆旦晚年的诗作，然而，有意味的是，论文中对穆旦诗的两次征引，都有"寒冷"在句中："在寒冷的腊月的夜里，风扫着北方的平原 / 北方的田野是枯干的，大麦和谷子已堆进了村庄 / 岁月尽竭了，牲口憩息了，村外的小河冻结了"（穆旦《在寒冷的腊月的夜里》）；"冬天的寒冷聚集在这里，朋友 / 对于孩子是一个忧伤的季节"（穆旦《控诉》）。

穆旦晚年诗歌中的"冷"，与 1949 年后三十年诗史之间，有绝然的温差。政治 / 生活抒情诗总是音调高亢，常常热烈得失真与谄媚，这自不必多说。与穆旦同世代的老诗人们，到新时期取出蒙难期的"抽屉文学"，再作"归来的歌"，但或陷于个体性的伤感，或重弹代言人的旧调，急迫地加入国家话语的又一轮合奏，大多既未获得反省历史的能力，也未对个体存在发生更多的觉悟。"文化大革命"与"改革"之间，穆旦的"冷"，得自对生涯的回望，也是世事沉浮间最终的成熟与最深的倦意。而上世纪八九十年代之交，围绕骤然严重起来的历史时刻，青年戈麦则以"冷"来全方位地塑造诗形。在戈麦的诗中，"冷"不仅是一种易于辨识的文本气质——它既是戈麦诗行间时空的气氛，又是词语的体温——更是诗意运转的推动力。这样说并非暗示戈麦的诗是对晚年穆旦的承袭，而是期待在相似文本温度的对照下——两位诗人，都曾在历史暴力的海啸后，警视着事境中若隐若现的暗礁，冷静地调整自身的现实感——见出当代诗已显示出的某种诗学追求。因早逝而中断诗路的戈麦，之所以值得反顾，这也是个中缘由。

在《戈麦自述》里，戈麦曾声言自己的言行里没有家乡烙印："其实戈麦出生于三江平原广漠的旷野上……在戈麦身上看不到东北人的粗粝与世故，看不到乡野人的质朴，看不到都市人的浮滑。"① 戈麦确实也很少在诗中直接呈现凝结着过往经历的、富于记忆断片与生活细节的北国家乡（黑龙江省生产建设兵团，俗称北大荒）。据逝者同乡、诗人桑克回忆，戈麦说过自己是没有故乡的人，或者，是以地球为故乡的人。② 然而，"极似俄罗斯腹地"，有着"丘陵与平原，白桦与马尾松。沼泽与冬日浩瀚的大雪。乳牛与初春的泥泞。向日葵与河水中细碎的红色的满江红"③的北中国，却常是戈麦诗中想象轨迹、造型方案与感知方式的来源，换言之，北中国背景是戈麦诗歌的一个潜在中心，是他诗意生发的源点。如写于1987年冬天的《隆重的时刻》所示："故乡清脆的马拉雪道上 / 车上装着半车石头 / 赶车的老人 / 赶着五十年冬天血红的饥饿 // 就是在那个彻骨的寒夜 / 五十多个直立的梦想 / 被寒冷封堵在一间雪屋里 / 任白蛾扇打纱门 // 雪夜的天空如一件崭新的羊皮大衣 / 沉默的守灵人坐在白茫的江上 / 行旅们瘦长的歌子 / 迷失在子夜中"；"而北方是一条紧紧关闭的 / 白色睡袋 / 人们不舍昼夜地 / 作着各自五彩的梦 // 而北方是一道死门 / 归来的燕子像一块冬云 / 从冰冷的台阶上 / 缓缓升起"。诗中的雪景没有被写成奇景，它为严寒所封存，犹如一块难以把玩的白色琥珀，里面封存着的北中国，只有轮回的死生与梦碎，任何期待中的壮美与崇高都难以渗入其中。雪，指示着严寒，"冷"自身有着不动声色却也显然的暴虐特征，和死亡的气息。成长期领受的北中国，之于戈麦，仿佛是只有漫长冬季的白色围城，随时能引起痛苦的雪盲症，它无法等同于广阔的风光或粗粝的风格，而坚硬地意味着极寒。"冷"似乎已深入写作者的骨殖，以至于他在为自己的诗寻求一个恰切的、能够掀起风暴的词根之前，便以北中国置换着整个世界，将身外各

---

① 戈麦：《戈麦诗全编》，西渡编，第423页。
② 参见桑克：《黑暗中的心脏——回忆1989年至1991年的戈麦》，西渡编：《彗星——戈麦诗集》，漓江出版社，1993年，第237页。
③ 同上。

种型号的他者理解为"冷"的整体。

　　北中国的实感,不断透过记忆穿越到此刻,锁紧京城中求学、生活、写作的戈麦,一次次构成他制造的诗意的动机。在1988年冬天的《一九八五》,诗人写道:"几个冬天结在我的心中／一颗未能如愿的石子／耿耿于怀";"我最终选择了活着／像一只在白茫茫的大风天里／丢失的手套"。相似的心迹也透露于1989年10月的作品《冬天的热情》:"冬天的雪花撒向花园／凝冻着故事中两只僵硬的／鸽子:少年时代心灵的象征";"默默地采集着石头／用冷酷而残忍的景象／一遍遍塑着未来的时光"。北中国,是戈麦最初的家,而"'家'是人们生活实践的中心,有家室而后才能定四方,人们总是以此为中心来划分东西南北的方位的"①。诗人正是以漫长的冬日、无边的荒原、终日的大雪与彻骨的严寒来为他的诗心确定方向。作为戈麦的校友、诗友,西渡在《拯救的诗歌与诗歌的拯救——戈麦论》中写道:"在戈麦的早期作品里,始终表现出一个明显的倾向,即对生活的严厉的拒斥。……对于一个刚满20岁的年轻人来说,对于生活的这种严峻认识不大可能来自现实的创伤(尽管这种创伤极有可能存在),而可以肯定地源于某种更高的恐惧感。现实的创伤可能催化了这种恐惧感的成熟,但永远不能代替它。这种恐惧感对于那些对生命有着敏感的禀赋的人来说,是一种不得不接受的礼物。它就是那种对生命的可能性受到戕害的恐惧。这样一种感觉往往在一个人的青春期格外强烈地表现出来。"②戈麦恐惧着"冷",因而要以驾驭"冷"的方式来克服它,因此,它才不止于伤痕,或在梦魇的层面上故步自封,而成为诗心借以认识世界、为万物赋形的活力因子,使他能够"课虚无以责有,叩寂寞而求音"③。

　　《雪景中的柏拉图》是西渡前期的代表作之一。若模仿西渡诗题的构句法,对戈麦诗歌的"冷"质加以概括,该是"雪景中的哈德斯"。

---

① 刘文英:《中国古代的时空观念》,南开大学出版社,2000年,第38页。
② 戈麦:《戈麦诗全编》,西渡编,第453页。
③ 陆机:《文赋》。

是的,哈德斯,这古希腊神话中的冥王,他所象征的死亡,常随着不祥的雪,一同降落在戈麦诗中的时空:"雨雪交加,在远方/一道道坚实的雾,路,/分割掉多余幸福的湖//眨着空洞的双眼/猴子,田野飞动的鹰/每当我趋近一种//死亡境地时就会要求/一张坚实的脸 倒映在水里/一圈圈扩散 我不是祖辈/是多年的梦里减掉的光/落在书上 看遍了季节/在针叶簇拥的缝间//看遍了大雪中复生的/牧羊人,羊群从这里经过/像草地伸出白蚁的群落"(《九月诗章》);"埋在泥土下那枯萎的秧子/农夫粗犷强壮的手/向往着稻谷满仓的岸/不是爱/在雪白的冰雹天气里/狂奔//啊,母亲慈祥的手/抚摸着儿童痛苦忧郁的头/不是泪/河上那滚滚的坟/在肮脏的梦里/狂奔//恋人们 生动的遗像/贴在黎明破碎的窗上/一个男人嘶哑的喉/不是恨/泪在铺满泥土的桌布上/滚"(《不是爱》)。雪景中,本因强烈而鲜明的情感(爱/恨),以及人类动容的情状之一(泪),都已讳莫如深,仿佛稳定的秩序与固有的常识,都因雪的纷飞而模糊不清。雪,象征着死亡,这时间的最大暴力。雪,"冷",与死亡,三者共享着同样的意义指向,有时,即便时空中没有雪这一意象进行提示,"冷"的词语仍在想象死亡,或者说,对死亡的持续兴味,总使文本呈现出"冷"的特质。如1987年的《经历》所示:"独自一个人走过/三千里销魂的冬夜/三十个年头/没有一个响亮的早晨//让我不得埋葬的/小田园几处石凳下/死死命定的冰冷/指甲已染为绿色//终日固守银河/期待群星以河的形式流下/护城河的浓荫不可上涨/仔鱼沉静地死去濛濛的夜"。

"冷"与死亡的对位,是戈麦惯用的感知方式与修辞手段,也奠基了他对人类这一物种之存在的认识论。这一点,可引1987年的《刑场》与1989年的《在春天的怀抱里去世的人》来说明,前者有句:"从寒冷的尸谷走来/墨黑的冰河上/漂浮着天主教堂/沉沉的钟声//数以万计的囚徒/如亿万棵颓老的病树/从冰层深处/沉郁地呼唤着回声";后者有言:"我们来到深渊边上的桥上/山谷中轰隆而过的野猪/是人们在过去各个年代的身影/这一天按照它早已预谋妥当的方式/出现在堆满死胎的阴沟/披散着头发 铅灰色的草/惨白的骨屑横飞的地方 他的脸/

标明一种屠杀的梦";"无数大肠杆菌沉睡的时候／我被一股墓板下的腐味／惊醒 狗群像云一样／逃进了天边的深渊"。人类的存在，被戈麦概括为被死亡充斥的历史，悲凉而冷寂，这也预示着他置身的时空中那些现世的繁华与动荡、那些在人间竞逐的弄潮儿们，都将被续入死亡的永恒史，成为微不足道的情节，其中蕴藉着诗人对他所处时代的无望与厌弃。在余英时看来，"中国知识人自始便以超世间的精神来过问世间的事。换句话说，他们要用'道'来'改变世界'"，而"'改变世界'的反面方式则是对'无道'的社会加以批评。这也是随着古代'超越的突破'而来的普遍现象。超世间的出现，使人可以根据最高的理想——'道'——来判断世间的一切是与非"[①]。带有整体性特征的"冷"，正是戈麦诗歌的文本之"道"，诗人借助它表征的死亡前景，来否定作为主流话语的时代进步观，使诗在认识论与伦理学的层面上延伸出社会批判（social criticism）和超社会批判的向度。

　　作为文本之"道"的"冷"，使苍白成为戈麦诗歌的基础色，一种带有吞噬性的死亡背景，如诗人在1987年的《七月》所写："七月一盆地窖里浓密的墨／由美人纤小的手泻在苍白的脸上／五十个硕大的蝴蝶迅猛飞去"；"猩红的嘴唇涂抹白炽的天空"；"七月的城市天空张贴着一轮菱形的黑太阳／停尸场白花花的尸体灿烂着"。在苍白与浓烈色彩的对位中，一切鲜明的、血脉贲张的存在，终将被冷寂的漩涡所吸入。诗句中，与书写相关的"墨"色倘若可视为对人类文明的暗示，那么，"红"除了指向情热，还是为我们国度所宠幸的标准色彩，而在苍白象征的死亡面前，文明与恐龙恍若一纸之隔，而国之大焉，在历史的照妖镜前，也难免被弃如遗迹。此外，作为文本之"道"的"冷"，还使戈麦诗歌不时发生文本的冷缩现象："雪象低低地涌入村落／十一月的天气／蒙面人扣响"；"装载着七具熟睡的婴儿／夜手凌空劈下／如一把白亮的钢刀／／七具无首而灿烂的铜像"（《无题》，1988）。雪，像闯入日常生活的蒙面信使，他身藏不知来自何方的恐怖消息，因看不出脸上的表情，更

---

① 余英时：《现代危机与思想人物》，生活·读书·新知三联书店，2005年，第15、16页。

加令人心生寒意,而之后"婴儿"的"无首",则使生与死在短短四行诗里完成过渡,在"冷"促使的收缩中,时空的局限变得虚无,远近快慢失去含义,任何具象也都随之在压迫中破碎。这种文本冷缩,按照臧棣在《犀利的汉语之光——论戈麦及其诗歌精神》中的说法,即写作的"超速",它具体"反映在诗行自身的推进能力上,它拒绝数量,拒绝空洞的包容,它追求密实,拥抱浓缩"[1]。

俄罗斯诗人曼德施塔姆遗孀娜杰日达在其回忆录中写道:"诗如词。一个刻意杜撰出来的词是没有生命力的。这已经被各种各样不成功的造词行为所证明,这种造词行为是在天真地戏耍话语这一人类的神圣天赋。那被称作'词'的语音单位被强加上武断的含义,从而成为祭司、占卜者、统治者和其他招摇撞骗者出于自私目的而使用的黑话或语言糟粕。人们强暴词、强暴诗,以便使用它们,就像催眠术士使用水晶球。骗局迟早会被揭穿,但人们永远面临新的危险,即被那些将水晶球掉转一面的新骗子所迷惑,落入他们的掌控。"[2]作为文本之"道"的"冷",一如与它相关的苍白色调或骤然收缩所示,带有暴力的特征,也正因此,戈麦诗中的词,才免于权力及其话语的渗透,才不至于为庸俗的写作风尚所裹挟。词语在深入历史幽暗的同时,如何保持个体的想象力与独立的认识性,亦是 1990 年代以来诗人们关切的问题之一,他们采取的众多诗学策略中便有对"叙事性"的倚重。按照钱文亮的观点,所谓"叙事性","主要是一些优秀诗人(以张曙光最为自觉)出于对 80 年代浪漫主义诗风的反驳与纠偏",是"通过增加现实生活成分和陈述语句进行的一种'反抒情或反浪漫'的诗歌实践,但它包含着对于诗歌现代品质的重新认识"[3]。戈麦也曾明确表示他"反对抒情诗歌的创作",因为"他认为那东西可以用歌曲和日记代替"[4],而这种意识投射到诗歌中

---

[1] 戈麦:《戈麦诗全编》,西渡编,第 445 页。
[2] 娜杰日达·曼德施塔姆:《曼德施塔姆夫人回忆录》,刘文飞译,广西师范大学出版社,2013 年,第 82 页。
[3] 洪子诚主编:《在北大课堂读诗》,长江文艺出版社,2002 年,第 395 页。
[4] 戈麦:《戈麦自述》,《戈麦诗全编》,西渡编,第 424 页。

则被写成:"十月,有谁在风中/唱 有谁在梦中哭/有谁珍藏着死者的衣服//多少次 我告诫自己/别站在风里/别把泪洒在粪上……"(《十月诗章》)反对抒情的戈麦,却没走"叙事性"之路,或许也是因为他对"冷"的执念,毕竟在文本冷缩的情形下,人间具象与世俗细节都将会骤然收束而近乎抽象与虚无,他诗歌中的叙事因素往往也就呈现为苍茫的幻象。

与穆旦晚年诗中寒冷的诗意空间相似,戈麦诗中整体性的"冷",同样显示了一种带有后撤意识的"倒春寒"式诗学特征:当春日被宣称到来,寒冷并不会随之扑灭,它仍将潜入,随时准备刺破解冻的表象,暴露出盛世繁华之下一言难尽的荒芜实象,毕竟"把貌似多情的无情说成是'进步'和避免'错上加错'是非常恶心的。关心罪犯的痛苦超过关心受害人的痛苦是一种令人震惊的当代罪行,在此背后有着伪善的宽恕。伪善是最大的恶"[①]。面对这恶,戈麦的诗学选择,或许正如他在《三劫连环》中所言:"我内心的烈火呵,是一把冰冻的壶/而这冷酷的器皿呵,永远不会安宁/因为我内心苦闷呵,是那把开启壶嘴的钥匙……"煎熬中必有热切,但终归要化形为冰。

三、孤悬的时刻

戈麦去世后近两年,西渡编选的《彗星——戈麦诗集》[②]出版。诗集附录部分收入了西渡、徐江、桑克、臧棣等诗人的文章,它们或追述逝者令人印象深刻的言行与抱负,或论说戈麦不足四年的写作。他们的纪念,出自友谊与责任,亦是一种评断,即对某种诗学可能的发现与阐释,同时,也是在同代写作者早逝后,通过整理一种未竟的诗歌蓝图,在比较中所进行的自省。他们的用心,使戈麦的声名与作品不至于

---

① 赵汀阳:《坏世界研究:作为第一哲学的政治哲学》,中国人民大学出版社,2009年,第336页。
② 西渡编:《彗星——戈麦诗集》,漓江出版社,1993年。

湮没。面对如海子、戈麦这样在文学上早慧、生命却戛然而止的年轻作者，世人除慨叹天妒英才外，往往也会遗憾于他们未能完成期待中的诗歌勋业。一如臧棣所言："在戈麦抑或海子的死中，最令我们惊愕的是一种焕发的艺术才气的突然中断。"[①] 写作者死于青年，是否就意味着他们的作品也休止于文学的青年期，不可避免地显示出一些练习的痕迹与粗率的写法，即便其中有诸多可能性或积极的因子正待展开？简言之，文学的青年期是否必然等同于不成熟？像海子，他生前以异常宏大的文学构想与充满激情的写作抱负，迅速克服青年时期可能陷入的踌躇，而他作为诗歌烈士的传奇事迹经由媒体的渲染，不断地进入当下，被视为80年代文学精神的一类代表，并成为不少年轻作者最初的偶像。而一旦脱离当年的历史语境，如何"面朝大海"，何以"以梦为马"，极易变成充满诱惑力的世俗生活美学，因为它听起来有点浪漫，有想象中越过山丘投奔远方的小快意。同样英年早逝，但由于写作起步略晚（1980年代早已是一个热衷速度的时代），特别是传播的受限，戈麦生前身后的情形，与海子相比，有天壤之别。

戈麦在上世纪90年代开始不久便离世，那之后许多年，诗界的新趋势之一，是对所谓"90年代诗歌"做出想象、设计与践行，由此引发诸多学理论证或江湖文斗。在"90年代诗歌"这一总概念下，产生不少"子概念"，"譬如'知识分子写作''中年写作''本土性''个人写作''及物写作''叙事性''向历史的幸运跌落''中国话语场'等等。有些'子概念'属于对历史进程的及时体察和描述；有些'子概念'则具有明确的'问题意识'，其职责是倡导某种新的写作倾向和原则，它虽有一定的历史针对性作为立论的基础，但基本上属于'发明'性质的历史预设"[②]。这其中，"中年写作"虽是阐发某种文学状态，而非纯然的时段概念，但它显然含有对写作青春期状态的不满。据刘复生观察，

---

① 臧棣：《犀利的汉语之光——论戈麦及其诗歌精神》，戈麦：《戈麦诗全编》，西渡编，上海三联书店，1999年，第434—435页。

② 这是胡续冬的归纳与说明，见洪子诚主编：《在北大课堂读诗》，第392页。

"90年代的诗人对自我身份的意识是'中年'式的清醒、理性,他选择一种有力量的软弱与孤独,与意识形态既不合作也不对抗(二者其实是一枚硬币的两面),他保留甚至保卫着一种对事物或世界的广泛兴趣;他可能是边缘的,但不再强调或标榜自己的边缘位置和姿态;他与历史、现实的关系也消除了固有的紧张(并非单纯的和解),二者之间的关系似乎是一种介入中的疏离与融入中的滑脱"[1]。文学上的"中年"或青年,终归与年龄无关,而是取决于选择怎样的自我意识。无论是提出"九十年代诗歌",还是倡导"中年写作",皆为当事人对文学前景的积极设计,隐含着对文学自身与写作者自身的期许。戈麦却常在念及诗歌时心存惶惑,在为自印诗集《核心》所作的序言中他这样自白:"在这个世界上,属于人自己的时间并不多,但当我思索着那些不属于自己的岁月究竟流向了哪里的时候,我发现诗歌同样以一个获得自由的方式损耗着人的生活。我不断地怀疑着一种对对待艺术的真诚,当我于在烟雾中谈话的朋友和镜子中的自我的脸上同时看到一种真诚的尴尬时,我想寻找同路者的徒劳和现实氛围的铁板同时足以促使我走向诗歌艺术的反面了";"在今天,诗歌所毁灭的东西很多,建筑的东西也很多,但活动的从事者们始终感到的是毁灭,而不是建设。现世界的人生所受到的始终是离散而不是聚合"[2]。在给诗友的赠诗中,戈麦也表达了他对诗歌的心灰意冷:"我已经成为一个盲人,/双眼被生活填满了黑暗。/可我还没有看见过那些未来的日子,/它们就像雪夜中被抽走的船板,/我踩在上面——/对于我,诗歌是,一场空!"(《那些是看不见的事物(给西渡)》)诗歌"使穷贱易安,幽居靡闷"[3]的古典式自救功能,似乎对戈麦无效。

1949年后的当代文学,常借时间做文章,在那些痛述革命家史的鸿篇巨制中,过去一贯黑暗与压抑,充斥着阶级分化中强者对弱者的施

---

[1] 洪子诚主编:《在北大课堂读诗》,第426页。
[2] 戈麦:《戈麦诗全编》,西渡编,第421页。
[3] 钟嵘:《诗品·序》。

暴，被侮辱与被损害的人民，苦等能扛起旧社会闸门的大救星；新时代即便在小说的结尾仍未到来，但光明、解放与自由的未来（往往暗示着作者正处于的红色中国）必已初见端倪，时间的线性流动，经革命的点金手，将成为不断进步的进程。"文化大革命"后，一些主张人道主义的写作者，同样深谙时间的明暗辩证法，去之未远且不完善的旧日，就算辛酸乃至酷烈，亦是为美好未来做出的准备。而在以现代化为核心的话语中，未来有了更为具体的轮廓，被想象为有机的社会、民主的政治、多元的文化与繁荣的经济。以明天来校正今日，或以明天的明天去抽空昨日的复义与歧义，也是当代诗学中典型的时间观。新时期以来，当代诗人的境况之一，便是革命话语早已通过日报社论、领袖发言、批评/自我批评与高音喇叭，将汉语弄得坚如磐石，可这石头不好看也无趣，甚至似乎早已失去容纳慈悲之心的罅隙。因而所谓文学的自新，个中要义之一便是纠正高度体制化的汉语的谬误，诗人们拿出的方案，明面上看，或把被政治遮蔽许久的俗世日常写得很骄傲，或向崇高的精神生活祈愿，或将词语从种种语义的牢笼保释出来。倘若把戈麦的写作置于上述背景解读，可以发现，他告别革命的方式，是有意无意地，在时间或时间感的层面上，将未来驱逐。戈麦不时表达对未来的厌弃："母亲，你的去世至今已有十年/我面对未来，还是一片空想"（《幻象》）。没有怀旧习惯且对未来倍感空虚的戈麦，常将诗意展开于没有未来的时空中，因而，革命话语下的时间链条在他的诗中毫无置身之处。简言之，戈麦诗中的时间往往不是直线或隐伏来龙去脉的曲线，而是入口（过去）与出口（将来）双双缺失的圆阵，一个孤悬的此时此刻："我在一只深红的梦中/我不愿往返于时间的雾里//许多人走入夜晚/而我永远在空旷中漂泊/长久的黑暗 我们不能相识"（《此时此刻》）。时间就像滞重的迷雾，停下通常意义上的运转，人间的"夜晚"与"我"无关，紧挨着夜的破晓便也与"我"无关，诗人没有期待弥赛亚或救世主，而是在弃绝时间感的同时，将自我一同搁置——既然"我"的世界里不再有过去与未来，那么，青春或中年，也都不再是有效的范畴，无法用以概括"我"的生命状态。按照赵汀阳的说法，倘若"真实状态不够极端，没有触及社会各种可能变化的最好和最差状态的极限，因此反而没有充分普遍的说明力"[①]。而戈麦恰恰擅长将此刻写入绝境，将此刻宣告为末日，以期显示时空蕴藉着的真相与本质。写于1988年的《我的告别》，是类似诗作中的代表。它一开端便宣称："最后的时刻／乌木家具的房子里／我，不去歌唱苦难／不会为镜中的影子所击伤。"之所以认定青春与自我都不可期，是因为人类历史有一种令人沮丧的朽坏惯性："告别广场，先辈们迎面的微笑／是岁月为我们留下的阴险花园／每一次更改都是一次巨大的兽形／谁走路谁就得再活一生／我不会在世上任何一个角落／期待时光的花瓣打在我空虚的壳上／死亡大厦的中央／你不必等我"。同样那些曾给予古典中国文人以兴寄之途的流云与流水，也难以再提供确凿的慰藉："我不会去看云／回想我们来世时轻飘的样子／我不会去看流水／忍受满腔鹅卵石的光黯然失泪"。与人相对的事境，呈示出的是失败（"只有夜低挂在我的头上／仿佛海洋中一只泡沫的衰亡／不远处那衰老的窗口／像一面在战场被击败的旗子"）与速朽（"我不禁满面灰尘／停尸间这闪光的一幕／照亮了许多人全部的一生"）。在全诗的尾声，诗人宣告了对整个世界的厌弃："我愿从此杳无音讯／在城市每天鲜美的报纸上／搜寻电车上飞驰而过的扶手／我会从此面对阳光／在不锈钢的刀片上／顾影自怜 你不必等我／风雪茫茫的荒草地"。这里的"你"即"我"的分身，是"我"生命状态的另一种可能，他也将走向另一种结局，而"我"则在没有时间的孤岛上，尽力将此刻活成一生，不必再由而立到不惑，也无须知天命，"我"必须抓紧此刻，说出能说出的一切。因此，"我"便不再是文本讲述的中心，从而也避免了青年常见的自哀，毕竟"我"已随末日一起消亡，又何需追悼？这是戈麦诗歌中决绝的一面，它在造成奇诡的修辞效果的同时，或许也意味着文本的封闭。

对未来、自我乃至整个世界的厌弃，或是因为诗人不信任世俗生活所许诺的快乐与幸福："今夜，我已远离了世间所有的幸福／像一具横挂

[①] 赵汀阳：《每个人的政治》，社会科学文献出版社，2010年，第20页。

在荒凉的城头的骷髅／我想遍了世上所能够存在的欢乐 内心空空"①(《帕米尔高原》)。但是，更深层的缘由，当是国度中的某种真实令戈麦心生不祥。他的诗中经常出现一种来自人群的敌视目光及其无声的暴虐特征：

  反光镜的眼里
  聚集为一簇蜡烛的白焰
  真实的桌布上
  圣诞节夜晚松散的眼睛
      ——《人群》(1988.12)

  孤独因为月深年久
  终于成为可怕的海洋
  凄残的雾
  从我的眼睑中退去
  我的周围布满恶狠狠的海洋
  无言的石头
  一颗颗绛紫色的心脏
  从我千年的死火山中
  喷吐出来 仿佛冷郁的火
      ——《孤独》(1989.2)

  在我生命短暂的二十二年中
  肯定有许多人恨我，恨得
  像一盆水，像竹筒上的油渍
  灰色的斑，沙土下的罐头盒
      ——《二十二》(1989年末)

---

① 戈麦:《戈麦诗全编》，西渡编，第198页。

>   我梦中的手，现实中的银行，空无一物
>   这样，生命就要受到结算
>   草秆上悬挂着的腰被火焰一劈两半
>   两只眼睛，一只飞在天上，一只掉进洞里
>   我是唯一的表演者，观众们在周围复仇似地歌唱
>
>   ——《未来某一时刻自我的画像》（1990.4.10）

来自世界的敌意，具体为来自人群的仇视，在自我与他者之间，看与被看，成为人的一种日常处境。然而，他们为何看（恨）"我"，他们想从"我"的身上攫取什么，这些问题，终归不得而知，抑或讳莫如深。当年，在鲁迅笔下，如《示众》《药》《狂人日记》等小说中，"看/被看"的人物对位，通常被理解为受伤主体与麻木看客、启蒙先驱与蒙昧群众之间的关系，在一些情境下，会畸变为"吃/被吃"的关系。[①] 戈麦笔下的围观者，他们的意味，因诗人极具概括力的抽象修辞，而显得愈发暧昧乃至晦涩，诗中的人群不是吃瓜群众，而是没有面孔或面孔不清的人，像雾霾中以口罩覆面的疾行者，突然停下脚步，脸虽转向"我"，却始终沉默得阴森，这样的人群无法再用愚昧、残忍或麻木等单一的词汇加以概括，而是需要一一辨识，却终究难以辨识。戈麦笔下的"看/被看"，是对当代史的一种隐喻法。事实上，1949年后随着政治权力全面接管人民的内室与内心，中国"人"的后背总为人群（背后是权力意志）的目光所充满占据，这一状态在戈麦的时代因历史时刻的骤然隆起突然僵尸般满血复活。作为对这一目光的回应，戈麦声称："人类绝对是一堆废物，不必惋惜"（《想法（致非默）》）；"人类呵，我要彻底站在你的反面"（《我要顶住世人的咒骂》）。对于由外省到首都，以文学为志业的年轻写作者而言，北京的时空本应"不仅是实体性的存在，同时也是象征性的空间，不仅是生存的北京、经验的对象，同时也作为一

---

① 参见钱理群等：《中国现代文学三十年》，北京大学出版社，1998年，第37—38页。

种文化承诺,代表了一种新的人际网络、一种新的身份意识"①,但对戈麦而言,既然人类自身已充满疑点,北京以及北京城中的人群,也就无法提供认同与归属。

针对人群的目光,戈麦的另一种回应方式,与厌弃未来进而悬置自我相似,便是将诗中的主体形象,落实为使他人唯恐避之不及的病患:"在这火辣辣的一瞬 / 两片肿大的肺 / 在洁白的被单上轻唱着 /……/ 有人在空中打分 / 石灰石的牌位 / 爬起又跌倒"(《死亡诗章》);"一个久病初愈的人,和一只方形的烟斗 / 伴着烟缕,从黄昏到午后 / 像一面镜子上积存的秽物 / 我的一生已彻底干涸"(《凡·高自画像》);"我在病床 / 摆好秋天的广场 / 还会有鲜花没有出现 / 还会有钢叉披满衣裳 / 咽下食物,整顿行装 / 秋天,你的火眼乍亮"(《秋天》)。自以为"病"的"我",如弃绝未来的"我",都是失去时间的人,"病"总是在暗示着死亡,这时间的终点,即是诗中的此刻。"面对暴力、毁灭和恐怖时的原始恐惧一旦产生,面对存在本身的另一种隐秘恐惧便会突然消失"②,人群的目光使人恐惧,消解了对死亡的恐惧,因而,自以为"病",抑或对死亡直呼其名,也就不必忧心言说之谶找上门来,不畏惧想象中的灾变会倒转现实,毕竟迫切的,是目光中的生存问题。况且,自以为"病",还能将恐惧感奉还给那些目光恐怖主义的人群,因为"疾病是生命的阴面,是一重更麻烦的公民身份"③。当诗中的自我仿佛从愚人船或麻风村脱逃的重症患者,凝聚在主体身上的目光或将作鸟兽散。病,使"我"与人群有了相互隔绝的可能。

在1990年的《雨幕后的声响》中,戈麦写道:"这一系列声音始终在窗外的黑暗中鸣响 / 像一千把提琴停放在距这里很远的地方 / 它们在无人演奏时发出一种单调的旋律 / 偶尔还插入一小段阴沉的独白和一群瞎子的合唱"。当"我"的独白与人群的合唱,共存于这个花花世界,

---

① 姜涛:《公寓里的塔》,北京大学出版社,2015年,第151页。
② 娜杰日达·曼德施塔姆:《曼德施塔姆夫人回忆录》,刘文飞译,第95页。
③ 苏珊·桑塔格:《疾病的隐喻》,程巍译,上海译文出版社,2003年,第5页。

这场"看/被看"的博弈,最终以巨大的问号告终:与"我"不同,人群自以为健康,然而他们身处的时空果真是无菌室?当人群将目光收回到自身,是否会发现自以为健康的早已成为坚硬的病灶?另一种结局,是接受人生的必败,因为即便没有人群的目光,日常生活仍旧危机四伏:"能把一个人打倒的,很多/一枚法国邮票,一页账单/微笑在早晨醒来/戴着卖鱼人腥臭的草帽/在雨中,装成/温文尔雅,快乐的燕子//人,是靶子,是无数次失败/磨快的刀口,没有记性的雾/塑料,泥,无数次拿起/又放下,狂笑着的鸡毛掸子/脱产,半脱产,带着奶瓶子/走进技术学院"(《叫喊》);"好了。我现在接受全部的失败/全部的空酒瓶子和漏小眼儿的鸡蛋/好了。我已经可以完成一次重要的分裂/仅仅一次,就可以干得异常完美"(《誓言》)。否定未来,远离人群,以求彻底的孤独,一如他也总在追索彻骨的严寒,这其中必有对自我的吞噬,因为人总被置于绝境之中。自以为"病",即有死神降临前诗心的急迫,随之而来的诗学方式便是坚持对此刻做绝对化的处理,放大自身的体验与他者的形态,就好像是充满激情的显微镜从实验室的幽闭中出走,一边贪婪地观看,一边因污秽、阴影与预示死亡的病灶的骤然触目,而在震悚、眩晕与绝望后,不时陷入空虚与难言。戈麦这高强度的写作,就像百日咳,终日难以休止,不致命但总有死亡的阴影,带着病室内的阴郁气息。没有未来的病者认准必败的运命,写下的,必是厌弃之诗,而戈麦与友人自印的民刊便名为《厌世者》[①],诗人亦有诗《厌世者》:

两面三刀的使者
多血管的人
窥破窗纸梦见黎明的人
结实的人
不怀好意的人

---

① 参阅西渡:《死是不可能的》,西渡编:《彗星——戈麦诗集》,第225—226页。

>高举着胜歌在洪水中奔走的人
>在世界这面巨大的镜子后面
>发现奇迹的人
>一个看见了自己所钟爱的女人松垮的阴部的人
>
>——《厌世者》(1990.5.1)

戈麦的厌弃之诗,在当代诗的谱系中,也是绝对之诗,它总在"指出有一个地狱"①。

---

① 苏珊·桑塔格:《关于他人的痛苦》,黄灿然译,上海译文出版社,2006年,第105页。

戈麦诗歌的语言试验与意象集成

周俊锋

在1980年代后期出现的诗人中,戈麦是诗歌语言试验的重要推动者,他对语言持有一种谨慎严苛同时又大胆冒险的态度。"语言的利斧"[①]作为戈麦诗歌宣告中的锐器和工具,承载着戈麦诗歌追求绝对的精神指向。在戈麦看来,诗歌语言能够通过词语的"交汇、融合、分解、对抗"进行双向观照与交流激荡,在横向的宽度以及纵向的深度层面提升诗歌语言的渗透力和表现力,以大刀阔斧的锐度和力度最大可能地开掘诗歌语言"犀利夺目"的魅力。戈麦更倾向于试验一种涉及"生存"的诗歌语言,通过追求一种诗歌语言表现能力的最大化,来达到精神世界自由生存的最大化。这种写作的生存指向性目的较为明确,使戈麦诗歌带有一定的工具论和技艺性色彩,且隐含地附带有极致化倾向,戈麦诗歌的成就和局限或在于此。

一、戈麦诗歌语言试验的方法

戈麦诗歌的语言试验富于冒险精神,在遵循语言原则的同时予以破坏,在破坏的同时建构新的语言机制。戈麦的诗歌语言试验,侧重突破语言自身的技艺瓶颈,提高诗歌语言的穿透性、敏感度、表现力,在最

---

① 戈麦:《关于诗歌》,西渡编:《戈麦诗全编》,上海三联书店,1999年,第426页。

大化释放汉语诗歌语言表现力的同时,以极大的语言自由度凸显精神的自由度。面对现实生活和诗歌土壤的"毁灭"与"离散"①,戈麦希冀通过诗歌以及诗歌语言的试验,更多发挥建筑和聚合的功用,积累试错的经验,找寻有效的方法。

戈麦诗歌语言具有一种内在的强力和质感,通过一系列连续递进式的破裂重音,语言的开张度和声音的破裂性得到释放。如《我要顶住世人的咒骂》②:"我要顶住世人的咒骂。面对血,/走向武器。面对每一桩行走的事业,/去制造另一个用意。"全诗从诗题开始设疑,"我"所反对的"每一穗麦子,每一张绷紧的弓,每一块发光的土地",实际指向的是一种紧张的压力和断裂的危险。一方面,这种紧张和断裂反映在对诗歌语言连贯性的破坏上,日常话语逻辑的延续性被撕裂之后所呈现出的残缺性与饥饿感。"绷紧的弓、尖锐的顽石、发硬的雨滴、滴血的刀",诗歌语言本身传达出一种低沉的基调、反常的追寻、悖逆的倾向,在人群面前孤身决绝,从不完整的碎裂性中彰显主体的桀骜形象。另一方面,他的诗歌表达使虚实、有无、生死、明暗等矛盾性语言作尖锐的对峙,在对峙中诗歌语言的矛盾体得以直接出场和正面交锋,呈现一种直接对话,比隐含的互文性表达更具穿透力。"第一扇灰蒙蒙的窗子和最后一道街衢",前者表达未知的期许,后者表达无路可走的境遇;"不再理会活的东西"则意蕴丰富,史册中的业绩、词语、折扇、诺许、恶果、字据等等在时空中延伸,使影响在向前延续,静止的死物成为一种"活的东西"。"辉煌的星辰"与"发硬的雨滴"同样强调生死、轻重、存亡、形神、有无、难易之间的对峙,以对峙的险峻凸显精神探索的艰难。从第三个方面看,语言的开张度和破坏性在经验的碎片化书写过程中凸显出另一种"完整性"。或者说,"完整性"价值的显现恰恰在于语言试验中开张度和破坏性的完成。精神焦虑和痛苦抑郁无时不在,历史中的主体总是被要求记载、担负、兑现、报应、偿还,需要顶住无数咒

---

① 戈麦:《〈核心〉序》,西渡编:《戈麦诗全编》,第421页。
② 戈麦:《戈麦的诗》,人民文学出版社,2012年,第124页。

骂。"人呵，我为什么会是你们中的一个"，在呼告背后突出无法挣脱的"人"的存在枷锁，历史与经验的分裂破碎使人无法摆脱沉溺备受煎熬，只能通过语言的理性和思想的省悟，撕裂语言的完整性而渗入内部，重新指向精神生存。

戈麦诗歌语言试验的前卫和远见，其语言新变的勇气体现在对语言"无意义"的大胆尝试。一直以来，文学理论单向度地强调文学的"意义"而相对忽视的正面意义以外的"无意义"，这是有失片面的。一般意义上语言的横向组合和关联聚合，是建立在一种日常、平易、顺畅、稳定的语言关系之上的，突变性和开张度不够，紧张性和断裂感被压抑、隐藏或内化。诗性语言逻辑，往往表现为一种对日常语言逻辑的破坏，而"意义剩余"[①]使诗歌语言意义的多元性和丰富性受到重视。在诗歌逻辑之外，应当允许一种无意义的表达，或对固有诗歌意义的重新审视，语言内容的实指意义消退，换而积淀成为一种有意味的形式，内容意义开始向形式意义衍伸转化。但"戈麦式"的诗歌语言不是修辞向度上的缺乏或过度，而是一种积极的语言试验和探索，戈麦用丰富而适当的"无意义"表达，以期衍化并生成一种崭新的"意义"，具体表现为数字语言的无意义和颜色语言的无意义等方面。

数字语言的重要性无需赘述，但也理应看到部分数字表达的无意义。试看戈麦的《送友人去教堂的路上》[②]："有三种生活你没有经过／有三只燕子你在房内捕捉／有三种信念你铭刻树上／有三条河流你的脚只伸出一只"。其数字语言的表达，超越普通的数量关系和日常语言逻辑成为一种"无意义"。"三百种光线""三千颗石子""三万根利剑""三亿艘航船"等，众多的"三"所叠加构成的无限与广袤，从根本上凸显一种无法抵达的不可能境遇，种种可供选择的方向实际却早已闭合成为阻隔，"在出生的日子相继沉没"。数字语言表达在客观上没有指向日常生活的实质内容，但恰恰是通过此类无意义表达，使精神理性的探索方

---

① 杨春时：《文学的意义与"意义剩余"》，《文史哲》2013年第3期，第47页。
② 戈麦：《戈麦的诗》，第124页。

向逼向不可能的绝地,力求洞悉存在的真相,使诗歌语言获得更为丰满而复杂的含意。在戈麦的诗歌语言试验中,通过数字语言的表达使得语言的非理性意义及审美的超现实性得到增强。表面上看,诗歌语言的意义或有匮乏,而实际却在另一维度上重新生发并实现超越,诗歌意义的蕴含指向不可言说的非理性,成为一种"意义剩余",诗歌意义的含混与复义效果得到恰切的呈现。这在戈麦诗歌中还有许多直接的呈现,如"九十九座红色的天堂飞驰在夜的上空,九十九架红色的梯子垂悬在胸口之上"(《守望人间》),"一亿杆步枪拆光了子弹,一亿只鸵鸟啄空了记忆的谷仓"(《幻象》),"十二只乌鸦背对着燃烧的狂野,十二个雅典人的后裔怀抱水獾"(《悲剧的诞生》),"三个蜂状的人翻开一本空白辞典"(《镜子》),"我思念你,像一百条光棍"(《银币上的女王》),"我衰老的父亲,和一百多个空中垂吊的瓶子"(《故乡·河水》),"这是雪地上五朵梦中的白鹿"(《玫瑰》),"面向北方,三匹马在山冈上鸣叫"(《北风》),"三个黄昏扑打着我的房门,三个流浪回家的饿魔"(《叩门》),"两个黑夜结伴而来,一个骑着另一个"(《大风》)。从诗歌文本自身来看,深入一首诗歌的系统内部考察此类数字语言的表达,诗歌语言在意义匮乏之外,转而生成一种崭新的意义,既含混朦胧同时又具有审美的超越性。"九十九""三""十二"等数字语言,指向生存向度的虚无感和荒诞性,夹杂着时空交错的无限性和神秘感,从深层次指涉个体的生存价值和宇宙空间的"不可知"。

颜色语言的表达,同样也是别具匠心。有关戈麦诗歌语言试验的研究中,有观点认为戈麦对语言色彩的偏爱是一种探险[①]。对比戈麦诗歌"类颜色"的语言表达,如黑色与"黑夜""黑暗"等归于同类型,从"黑色的披风,黑色的星,圆木沉实而雄壮"(《浮云》)以及"我站在黑夜的尽头"(《献给黄昏的星》)等语言表达可以发现,黑色的表达,比蓝色、白色、红色等颜色更易于展开丰富而复杂的诗性内核,指向更为深邃的生存反思。我们在讨论颜色表达的意义,同时也应该注意颜色带

---

① 孙佃鑫:《戈麦诗歌色彩论》,《剑南文学(经典教苑)》2012年第5期,第80页。

来的提示性和潜在的无意义。戈麦诗歌关于"蓝色"的表达如:"一只蓝色的影子在窗口像死一样绝望"(《沧海》),"走到一些冻土上蓝色的植物,像大海抛在岸边的星星"(《眺望南方》),"孩子把深蓝色的烟看作真实的海洋,他预想着海上可能出现的风暴"(《孩子身后的阴影》),"暗蓝色的旧军袍,几块发锈的夕阳"(《望见大海》),"你的面容得以用蓝色保持"(《秋天的呼唤》)等。而关于"红色"的表达如:"一个少女闷燃得暗红的肉体"(《我坐在黑暗中,看到……》),"摆上一颗颗粉红色蹩脚的象牙"(《家》),"长着火红色长长的叶子"(《记忆》),"一颗火红的彗星,像一条长尾巴的狐狸"(《总统轶事》),"棕红的手垂躺在岸上"(《MALCOLM 的启示》),"在树上,是猫头鹰橘红色的眼睛"(《哭》)等。对比分析可知,并非所有的颜色语言均传达出准确、明晰的指涉意义,象征与隐喻意味并不突出,颜色语言似乎成为一种修辞的惯性。颜色语言的表达赋予诗歌复杂多样的内涵,也必须看到戈麦对颜色语言的偏爱和集中性表达,"我"的主体情感呈现强力介入的引导型姿态,颜色服务于情感,由大海而蓝色而晦暗,由彗星而红色而闷燃,在诗意的锤炼过程中颜色语言本身没有得到有效凸显。戈麦倾向于突破一般常规性语言表达习惯,部分诗歌语言的试验其实收效不够理想,颜色与情感脱轨并行,颜色表达一方面充分发掘诗歌语言的潜能,同时不可避免地带来诗歌意义过分增殖后的生涩。

　　戈麦诗歌的语言试验具有专业化特点。在戈麦诗歌语言试验中,修辞往往被置于突出的位置,诗意具有不可确切言说的含混性。诗歌语言的无法解释并非不能解释,而是需要在一首诗的内部形成感情的线索和诗意的逻辑。例如,戈麦《誓言》一诗中"全部的空酒瓶子和漏着小眼的鸡蛋",《开始或结局》一诗中"一瞥有捌角的眼神",《九月诗章》一诗中"落在教士背上的毒",《大海》一诗中"飞跃万代的红铜",《疯狂》一诗中"成群的云朵盘旋在磁带的上空",《渡口》一诗中"在碱没有遮住的地方/只有睫毛的烟",《罪》中"幼小而荒凉的秤上/空白的废纸没有罪"等表达,意义含混而模糊。戈麦诗歌的语言试验,一方面背离日常逻辑的语言组合形态,同时从诗性逻辑出发生成一种崭新的意义，力求更深层次把握现实生活和情感意绪。戈麦诗歌语言的个人独创性较为突出，其特有的语言组合链条使浅层的意义匮乏得到有效转化，生成为一种"有意味的形式"。冷峻、凝重、压抑的情感，在语言试验中重新聚合、拓展、释放，表现出对诗歌语言和情感的理性节制。而语言的专业化如果走向极致，必然导致"语言空心化"[①]，过于抽象和形式化的语词在语言加工过程中有意遗漏的部分，恰恰丢失了诗歌与现实接壤的泥土气息和新鲜味道。

戈麦诗歌的语言试验，具有单一的思维向度，"实验风格吞噬着向前滚动的每一行诗句的写作，同时，这种写作的挺进又展示着诗人对形式的迷恋"[②]，存在自身无法克服的程式弊端，但却代表一种成功可行的探索方向。戈麦从汉语母体自身，从词语本身出发，探寻根源进行诗歌的理性创作。戈麦注重其诗歌主题和诗歌情感的严肃性与庄重性，用理性节制情感，诗歌在冷峻深邃的同时直抵人性深处和事物的内核。

二、戈麦诗歌意象思维的切入角度

以往诗歌意象研究注重意象本身，而忽视诗歌选取意象进行加工的方式。戈麦诗歌中较为明显的"诗歌技艺"与"理性安排"，在诗人创造性思维和艺术加工的作用下，有着戈麦特有的印迹。戈麦诗歌冷峻而内敛的情感思绪，在创作前已经作为预先考虑的环节而提前得到"安排"，这种工程图纸式的"安排"[③]，需要选择独特的思维角度来切入诗歌意象并呈现诗歌意蕴。考察戈麦诗歌，特别是挖掘其诗歌语言调动生活经验以及切入现实人生的角度，在意象集群、惯性表达、修辞策略等问

[①] 敬文东：《灵魂在下边》，河南大学出版社，2009年，第409页。
[②] 臧棣：《汉语的犀利之光》，西渡编：《戈麦诗全编》，第448页。
[③] 西渡等：《"不能在辽阔的大地上空度一生"——戈麦诗歌研讨会录音整理》，《诗探索》2013年第4辑，第146页。

题上所具备的独特性，借此展现其相对真实的诗歌生产图景。

戈麦选择的诗歌意象对抒情性内涵有所侧重，更加青睐并挑选富于表现力和穿透力的抒情意象，戈麦诗歌钟爱"黑夜"意象的集中表达，寄寓深刻而理性的思考，此外其他代表性抒情意象如"彗星""星辰""米粒""煤""雪"等，能够充分说明戈麦意象选择的抒情指向。《难以想象的是》一诗中"难以想象的是昨夜飞临的彗星／是雪，石头"，《彗星》中"这星球之上，只有一双尘世的双眼，望着你"，《眺望南方（二）》中"冻土上天蓝色的植物／像潮水遗落的星辰"，《黄金》中"猿类颈项上那颗火红的星辰"等，这些诗句直抵精神和内心。星星的邈远带来的凝视观感，以及星星的久远与坚硬的质地联结个人在历史中的主体性存在，对"星星"的想象和探询实则是对主体自身的叩问和反思。再如"煤"意象：《短诗一束》中"重新把痛苦的煤层／撂紧一层"，《雨幕后的声响》中"或者是一小片月光映照下的煤场"，《新生》中"我知道这种思想陈旧得有如高原上露天的煤藏"等。裸露的煤矿是剖开历史断层的一个豁口，成为再现历史真实面貌的精神场域，"煤"的形成是精神文化在咀嚼痛苦以后的超拔和涅槃。又如戈麦诗歌的抒情意象"米粒"：《誓言》中"我送给你一颗米粒，好似忠告"，《孩子身后的阴影》中"那个单纯的孩子像一颗透明的米粒"等，同样饱含诗性、理性的抒情特质。戈麦的诗歌意象指涉精神的追寻，具有历经审视检验而沉淀下来的厚度和质感。与"星星""煤""米粒"类似的诗歌意象还有"种子""天鹅""眼睛""黄昏""骨骼""石头""火"等，喻指那些还留存有价值与希望的事物。戈麦诗歌的意象思维，具有陌生性、象征性、原罪性等方面的表现和特点。

陌生性表达，在戈麦诗歌意象中表现为一种对奇异性和独创性的追求，充满分裂感和坚硬度。整体来看，戈麦诗歌意象的陌生化追求偏于阴冷、晦暗、坚硬、奇异、怪谲，部分意象具有冷僻而生涩的特点，这与戈麦诗歌的技艺探索和试验精神较为一致。戈麦诗歌意象的陌生性一方面依靠想象力的超绝奇拔来完成，另一方面表现为语言词汇在组合安排上的结构优化，例如：《徊想》中"花蕊中一只醉枣／在苦酒中泡大",《MALCOLM 的启示》中"野山羊的眼睛露出窗外 / 棕红的手垂躺在岸上",《梦游》中"带着蝙蝠的美丽 / 寻找绿蛇环绕的山房",《七月》中"母鱼驮起息弱多时的煤气灯",《我坐在黑暗中,看到……》中"少女,一架被焚毁的直升飞机",《家》中"摆上一颗粉红色蹩脚的象牙",《无题》中"碗　扣在未成熟的栗子上",《方向》中"昆虫的脸悬在线上",《艺术》中"星期四穿雨鞋一词出游",《星期日》中"玻璃的缝隙草一样生长 / 牙齿落地生辉……一页煎炒过的鱼 / 书写死亡",《秋天》中"还会有钢叉披满衣裳",《浮云》中"一个秃头的儿子伫立河上,秃头闪闪发亮"等,戈麦诗歌意象的选择在巧妙和生涩之间倍显新奇和陌生感,在有限与无限、广袤与微小、现实与幻想等冲突对峙当中展开联想和想象。戈麦使用陌生的比喻和陌生的搭配,诗歌意象五彩斑斓极具张力。然而,如果过于强调陌生化的意象思维,则为诗歌带来一定的风险。再看戈麦诗歌的其他意象,《我们日渐趋老的年龄……》中"我们日渐趋老的年龄是一瓶阴暗的醋",《在春天的怀抱里去世的人》中"狗群像云一样 / 逃进了天边的深渊",《记忆》中"我不会忘的 / 这张色彩斑斓的兽皮",《十七岁》中"母亲苍凉的白发 / 在红柿子地里飘扬"等,相较而言诗歌意象略显平淡和顺畅,不刻意追求诗意的奇崛感,但诗意的逻辑链条却更为清晰与合理,陌生性得到保留的同时,生涩感减少许多,从艺术性层面拓深了诗歌语言的潜能。

象征性表达,在戈麦诗歌意象中成为一项关键性要素。象征意味的浓郁,往往给予诗歌深远与含混的魅力,戈麦诗歌的象征性意象选择,可以首先从动物性意象展开探讨。《戈麦诗全编》收录戈麦诗歌中的动物性意象,较有代表性的包括绵羊、天鹅、白鹿、豹子、老虎、蝴蝶、马群、鲸鱼、雄鹰、野鸡、乌鸦、海豚、鸽子等。例如"蝴蝶"和"野猪"意象:《末日》中"静卧不安的蝴蝶缠身",《蝴蝶》中"死蝴蝶,像我春天的塔下的一只形象的豹子";《在春天的怀抱里去世的人》中"山谷中轰隆而过的野猪",《短诗一束》中"一头野猪 / 砍伐着大批的竹子"。结合文本来看,诗歌共同指向的是历史时间和空间之下充满野性的人群,动物性意象较多地指涉人性的阴暗、嘈杂、争执、暴虐、血腥等，象征一种人类狩猎征服的兽性欲望，而另一类动物意象"天鹅""鸽子"作为一种正面价值的象征寄托，传达出善良、美好、希望、光明等积极正面的精神力量。但事实上，戈麦诗歌中部分动物性意象的象征性并不突出，仅仅表现为一种单纯的比喻关系，甚至难以进行合理诠释，存在较多随意搭配的可能性。这类动物意象中的明暗线索，难以悉数解答，应当保留其"无法阐释"的剩余空间。如《大风》中"风像四只黑色的豹子闪电一样飞出"，《佛光》中"云像一只锋利的舌头，托起神龟的脚趾"，《女人》中"一只手挽起的母鸡细长的脖颈"，《妄想时光倒流》中"演算代数的狮子在大地上摆满事物的结局"，《南极的马》中"一批海豚强行过海时细碎的破冰声"，《远景》中"几只秃鹫登临八千米雪线"，《死亡诗章》中"一道雪白的弯路/行走着一小队雪白的兔子"。戈麦诗歌中部分象征意味并不浓郁的动物性意象，逻辑关联的自洽明显不足，例如《明景》诗中"兀立着珊瑚、星宿和马卵"，《想法》中"云朵习惯于装成白象和麋鹿"，《春天》中"两只老虎/怀抱胸前的白雪"，《关于死亡的札记》中"一只豹子漂过庞培古城的废墟"，《雨幕后的声响》中"默默地背诵诗歌的猫一样"，《秋天》中"秋天来到猫的产房"等动物性意象，更多呈现为一种"无意义"搭配。此种"无意义"的诗歌意象留白，同样可以为诗歌阐释的丰富性提供多种可能，但同时带来隐晦朦胧和复杂歧义，加剧了戈麦诗歌意象解读的含混与隔膜。戈麦诗歌想象奇谲，在象征性诗歌意象的解读上，谋求一种逻辑自洽的阐释具备相当的难度。

原罪性表达，以诗歌《我们背上的污点》《狄多》《陌生的主》《上帝》《天象》《悲剧的诞生》为代表，戈麦青睐于"神"与"主"的颂赞和对话，诗歌意象的选择和强化富于原罪意识和献身精神。戈麦诗歌的意象体系，传达出一种强烈的精神信仰，勇于内省剖析和分裂自我，敢于抗争黑暗。戈麦诗歌的抒情主人公选择的精神探索方向沉重乃至沉痛，我们能够从戈麦诗歌意象中感受到一种深刻的拒斥和思想的紧张，一种刻意节制压抑的冷峻与客观。戈麦在《核心》序言中说："但无论如何我对诗的感激要高于对生活的留恋。如果没有诗歌，我想象不出现在的我是怎么样的。"① 诗歌成为戈麦的全部,原罪性意识在诗歌文本中表现为一种强力的追求,如《未来某一刻自我的画像》中"像一笔坚硬的债,我要用全部生命偿还",《深渊》中"我的一生将在这无边的黑暗中悄然度过",《杯子》中"我的心盛满了罪恶/像毛玻璃里的酒/模糊成罪恶的一滩",《献给黄昏的星》中"我,是我一生中无边的黑暗",《黑夜我在罗德角》中"我就是这最后一个夜晚最后一盏黑暗的灯",《新生》中"我倍感失望。这是我逝去了的二十三年美好的时光",又如《深渊》中"罪恶的鹰隼啜食着我的肝脏",《想法》中"对于我来说,白昼犹如夜晚,尘世犹如禁忌",诗歌意象的精神内涵极具疼痛性和撕裂感。笼罩全诗的救赎信念和死亡意识,在戈麦的深沉思考和积极探询中更具有痛击核心、抵达心灵的精神力量,而这种决绝和救赎发展到极致,最终感到的则是悲剧和毁灭。

戈麦诗歌意象的选择和强化,突出表现为一种对浓郁抒情、陌生差异、象征内涵、原罪色彩的个性追求。戈麦带有这样一种综合而复杂的意象思维和切入方式,以深邃的思考眼光来投射具体的现实经验,其诗歌创作和意象体系必然附着有巨大的冲击性、哲思性、启悟性和救赎性,戈麦诗歌因此更加具有精神的穿透力。

三、戈麦诗歌意象集群的整合模式

意象群,是一种特殊思维和特殊诗艺的集合意象。意象的集群,浅层意义上被理解为意象的"重复",而深层次则表现为一种重新组织和再次创造,在重复中整合拓深诗歌意象的旧有含义。重复是一种有意味的文学形式,在希利斯·米勒的代表作《小说与重复》中认为"许多文学作品的丰富意义,恰恰是来自诸种重复现象的结合"②。诗歌意象的集

---

① 戈麦:《〈核心〉序》,西渡编:《戈麦诗全编》,第421页。
② 希利斯·米勒:《小说与重复——七部英国小说》,王宏图译,天津人民出版社,2007年,第7页。

群恰恰是具有典型意义的重复现象。意象的重复出场和聚类效应别有意味，重复是包含差异性与相似性的统一。意象集群建立在同一性和相似性的基础上，但这种同一性的建立是"对对象实质与感性特征相异性的把握，在于通过对相异性的把握所发现的相似性——相异的相似。相异才能结合，两性才能增殖"①。意象群的相似性凸显集群效应，意象群的差异性则凸显内部张力。戈麦钟爱二元对立式思维，戈麦诗歌富于精神的冲突性和斗争性，这就要求其诗歌意象的"重复"侧重差异性和异质性；而另一方面，戈麦诗歌的语言试验和意象集成存在程式化特点，同一性的重复较为普遍，使得戈麦诗歌意象中表现晦暗、阴沉、冷峻、坚硬、裂变等特质的集群现象较为突出。

戈麦诗歌的意象集群，总体表现为一种有差异的重复。斗争性和冲突性较强的意象集群主要体现在细节、硬度、态度等方面，作为一种勇敢向内省视进行深剖的武器；而同一性和相似性较强的意象集群主要体现在环境、氛围、情绪等方面的相似表达，侧重于宏观视野和外部结构。首先以"骨骼"意象为例，《家》中"我要抛开我的肉体所有的家／让骨头逃走，让字码丛生"，《未完成的诗章》中"多少人　用空洞的眼光／谈及马匹　白骨里／我们　出生的痕迹"，《给今天》中"有的人沉入痛苦的骨骼"，《游泳》中"而骨骼从肌体里滑出"，《如果种子不死》中"种子在地下，像骨头摆满了坟地的边沿"，《我是一根剃净的骨头》中"我是一根剃净的骨头"，《浴缸中的草药水》中"月光像一排整齐的骨头"，《金缕玉衣》中"而你将怀抱我光辉的骨骼／像大海怀抱熟睡的婴儿"，《谜》中"是一只雨燕的气息飞入一轮明月／照亮我的骨骼和神的沙窝"，《想法》中"意志的骨头早已在我的绝望中化为灰烬"，《老虎》中"高过黄金的震吼，骨头的震吼"，《上帝（断片）》中"什么声音能够穿透深冬的骨骼"，《冬日的阳光（一）》中"我的骨骼之中冰凉的血液已有多久"，《冬日的阳光（二）》中"我的骨骼之中那一对相爱的母鹅已远离多久"。戈麦诗歌创作期较短，留存作品数量较少，但是大致

---

① 沈天鸿：《现代诗学：形式与技巧 30 讲》，昆仑出版社，2005 年，第 3 页。

按照创作时间进行意象归纳和整理之后,不难发现"骨骼"意象的使用频率较高,且诗意指向性明显,事物的骨骼、人群的骨骼、"我"的骨骼指向自然、社会、自身三个维度。"骨骼"剔除肉身等外在束缚,"骨骼"意象群的展开正是从外向内、层层递进切入事物和思想的内核,即人性与生存最根本的永恒的价值取向。围绕"骨骼"使用的动作性词语主要包括沉入、滑出、摆满、剃净、怀抱、照亮、穿透等,同时嵌入冰凉、远离、痛苦、光辉等背景意绪进行渲染,烘托出深沉、冷峻、尖锐的诗歌质感。诗歌意象的重复,意象集群的效应,使戈麦诗歌的精神思考得到拓展和加强。

再看"石头"意象群:《孤独》中"无言的石头／一颗颗绛紫色的心脏",《一九八五年》中"几个冬天结在我的心中／一颗未能如愿的石子",《梦游》中"而收尸者如千年石像",《假日》中"暴风雨中的一块墨石",《总统轶事》中"贫困的日子里／石头也向往奇迹",《九月诗章》中"有多少果实的生成／就有多少岩石的坠落",《方向》中"一块石子不能走向心的方向",《岁末十四行（一）》中"翻动着土地深处沉积的石块",《我知道,我会……》中"石头里那两颗扭着身子的心",《癫狂者言》中"我驯养的一排疯癫的石头",《我要顶住世人的咒骂》中"像一块坚硬的顽石",《我是一根剔净的骨头》中"它纯洁的形象比得上一根细长的石头",《帕米尔高原》中"在我的身旁有一堆堆沉默的石头",《尝试生活》中"多少块巨石停在那里",《火》中"在水中反复歌唱着石头",《妄想时光倒流》中"野火从废墟的石头上燃起",《石头》中"空白的空白是石头／石头的内部／未成年的土地是石头",《往日的姑娘》中"夏日的火焰点燃草原／石头已将满山红遍",《劝诫》中"相信石头,相信慈悲／相信雨,相信善良",《银币上的女王》中"我思念你,像一只红蚂蚁／在一块岩石下冥思苦想",《事物》中"水滩上那些浑圆的石头／曾经是狂吠过的野猪的头颅",《风烛》中"一把利剑滚作一只火的石头",《狄多》中"我把怀念砌入石头,我把情欲砌入城邦",《梦见美（一）》中"在一小块荒芜的石子上,我梦见美"等。如上所示,"石头"意象群主要表现为一种悲观色彩和强硬力度,空间呈现由外到内、由表及里深入事物的核心和本质,如无言、冻结、沉闷、坠落、坚硬、疯癫、沉默、空白、荒芜等,传达出一种不被理解甚至被人群弃绝的孤寂形态。"石头"和"骨骼"意象群具有深沉性和力度感,寄寓相对稳定的诗意,其精神内涵存在一定的相似性和同质性。戈麦诗歌意象集群的特点,在整齐划一中又具有内在的差异,冲突和矛盾增强了"骨骼"和"石头"意象群的深度和力度。戈麦诗歌的意象集群在差异和变化中,通过"重复"强化语言和意象的精神穿透力,充分凸显意象集群的整体优势和宏大场域,诗歌的抒情力度增强,甚至近于狰狞和野性的面貌。

戈麦诗歌意象体系中,与"骨骼"和"石头"被作为精神世界的自剖武器一样,类似的还有"子弹"意象群,充满斗争性和力度感。"一亿杆步枪拆光了子弹"(《幻象》),"流弹击中牙齿"(《秋天的呼唤》),"枪声尚未响起"(《刑场》),"肥沃的靶场"(《艺术》),"人,是靶子,是无数次失败"(《叫喊》),"弹片的回忆"(《星期日》),"一个梦的子弹的枪膛"(《铁》)等,意象集群能够凸显现实对理想的巨大冲击,精神世界的流血冲突使人噤声哑言。相较而言,"鱼"意象群的冲突性却并不明显,虽然尖锐性和力度感并不充沛,但从精神指向上仍可勉强划分入此类。"一页煎炒过的鱼"(《星期日》),"鱼肚翻出水面的早晨"(《隆重的时刻》),"几只失望的鱼"(《门》),"我们吃五香鱼/吃你的短短的胡须"(《野餐》)等。其意象集群的方式和方法,侧重内心省视性的深沉思考,直观表现为有硬度的意象与另一有硬度的意象之间相互碰撞、激荡,进而产生一种失落感、幻灭感、分裂感,产生剧烈的矛盾冲突性。

"骨骼""石头""子弹"作为冲突性和斗争性意象集群的代表,在相似性中更加突显诗歌意象的异质性和差异化。而另一类关于环境氛围、情绪心理层面的意象表达突出情感因素,主要是对诗歌感情基调的铺垫和陈设,特别是戈麦式的一种压抑、沉郁、冷静、晦暗的色调,传达出拒绝、分裂、对抗、毁弃的精神立场。戈麦诗歌中高度重视光影色彩和环境氛围的营造,如《悼师》中"屹立在不分朝暮的明暗中",《徊想》中"此后的日子注定如此黯淡",《假日》中"不可触及的暝色中",《经历》中"仔鱼沉静地死去蒙蒙的夜",《流年》中"昏暗的白夜中/我赶制精美的邮票",《七月》中"七月一盆地窖里浓密的墨",《金色》中"没有月光的夜／梦和贝壳一同劫空",《冬天的对话》中"想起雪水里那些白色的静兽／黑色的绸带默默无息",《圣马丁广场水中的鸽子》中"雨水扩充的夜晚，寂寞黄昏的时刻",《死后看不见阳光的人》中"晦暗的文字，就是死后看不见阳光的人们",《大海》中"在梦里，我翻看着海洋各朝代晦暗的笔记",《风烛》中"黑暗之水上漂来的风烛"等。显而易见，明暗、黯淡、暝色、晦暗、黑暗、昏暗等天气意象，说明戈麦诗歌有着鲜明而同质的感情预设，此类"昏暗"意象集群有着特殊意义，直接揭示诗歌的背景氛围和抒情场域。"昏暗"从形容词过渡为名词，"昏暗"的意象集群一方面是对现实困窘和精神生存的隐射，同时可以作为普遍的象征符码进行解读，"黑夜""黄昏"等汉语诗歌意象的集体书写，内在地指向80年代人们的精神危机和生存焦虑。综观戈麦诗歌的意象体系，"昏暗"意象群更加贴近诗歌的环境预设，铺设出一种诗意的抒情氛围——冷基调，甚至作为一条独立的情感线索贯穿至戈麦的诗歌写作中。由此看，重复现象和集群效应是一种差异性的重复，既有特定的模式同时又富于变化，戈麦诗歌以敏感和前卫的语言意识，普遍而成熟地运用诗歌的意象集群，极大地开掘了汉语诗歌的诗性潜能。

结　语

戈麦对诗歌语言有着高度的自觉与敏感。戈麦在诗歌语言与意象层面的冒险和试验，进一步拓展了汉语诗歌的表现能力与诗性潜能。戈麦诗歌的探索精神，突出表现为一种回归语言的态度和立场，具有鲜明的诗歌本位、词语本位、语言本位意识。如臧棣在《犀利的汉语之光》一文指出的，"常常是一个词、一个句子、一种语式、一种节奏、一种韵律、一种语感，就能自足地构成一首诗的动机"[①]，戈麦诗歌的词语搭

---

① 臧棣:《犀利的汉语之光》，西渡编:《戈麦诗全编》，第441页。

配、修辞表达、精神情感的张力,从不同维度出发运用扭曲、突变、错位等手法,冲击或打破日常逻辑和惯性思维下的颜色、声音、触感、形态,从而获得诗歌的陌生化和新奇感。戈麦诗歌中词语的想象力丰富而奇谲,词语的想象力和生造能力突出,导致戈麦诗歌语言理性雕饰的痕迹较为明显,但诡谲、奇异、生硬的陌生语客观上拓展了汉语诗歌的表现力和穿透力。戈麦诗歌语言的独特价值还体现在其汉语本位的忧患意识和责任担当,以及其诗歌语言试验的宏阔视野。戈麦超前于时代的诗歌语言试验,凸显其个人独行侠式的奋勇担当。恰如戈麦诗歌拒绝、反对、分裂、决绝的精神姿态,戈麦的诗歌语言常常一针见血、寒气逼人,充满紧张感。某种意义上说,戈麦的"犀利"是一种卓越的"洞见"。解构的目的在于重新建构,戈麦诗歌的汉语本位、词语意识浓烈,积极有意识地推动诗歌的语言试验和意象集成在字词、句法、结构等诗歌固有形式上的突破创新,甚至于走得偏执而激进。从诗歌语言试验的开创性与诗歌技艺的成熟度来看,戈麦诗歌在事实上"重新确立诗人的和语言的关系"[①],影响着80年代末以来汉语诗歌"智性投入"的语言探索路径,一定程度上达到汉语诗歌的"拯救"愿景。

---

① 西渡:《拯救的诗歌与诗歌的拯救》,西渡编:《戈麦诗全编》,第458页。

异端的火焰
——北岛研究

戈 麦

序 言

> 我有三年未到过那片树林
> 我走到那里在起风以后
>
> ——西川

十年过去了,十年后的十年也过去了。"消失的钟声／结成蛛网,在裂缝的柱子里／扩散成一圈圈年轮"(《古寺》)。我们似乎依稀记得二十年前,一批时代的宠儿被列车抛在告之以真相的旷野上,他们在那里学会期待和沉默,并反复品味着青紫色的命运。"作好几十年的准备,就这样一直写下去"(北岛语),把诗歌当作仅剩的生存方式和灵魂的寄托。然而,夜幕缓缓地拉开,"新的转机和闪闪的星斗／正在缀满没有遮拦的天空"(《回答》),久久压抑的声音从"年轮"和"蛛网"的掩盖下散发出来。一位诗人踉踉跄跄地爬上生活的海滩,转身望着海面上漂浮着的船骸,凝视片刻,一甩乱发,发出如此般的抗争[①]:"我来到这

---

① "一位诗人踉踉跄跄地爬上生活的海滩,转身望着海面上漂浮着的船骸,凝视片刻,一甩乱发,发出如此般的抗争"一句原有引号,尾注说明出自牛波:《置身其中:北岛》,《中国》1986年第6期。查该期牛波文,并无此句。——编注

个世界上 / 只带着纸、绳索和身影 / 为了在审判之前 / 宣读那被判决的声音。"(《回答》)十年后的今天,我们似乎真正懂得了这里"判决"的意味——与生俱来的命运对生命的盘剥。时间的沉默淹没了曾经喧嚣一时的"打倒北岛"的叫喊。"很多年过去了,云母 / 在泥沙里闪着光芒"(《同谋》),正如诗人一如既往地对待现实的一切一样,我们也该冷静地观视那一步一步在历史的狭缝中跋涉过来留在沙滩上的足印了。

一、北岛出现的文化背景

我被世界不断地抛弃
太阳向西方走去我被抛弃

———江河

北岛原名赵振开,北京人,1949年生,与伟大的人民共和国同龄。共和国青春的太阳在这一代人心中冉冉升起,向往着一个无限美好的乌托邦的天空。这一代人生长在刚刚开始启蒙和发展的土壤上,他们带着极强烈的理性认知欲望和理想追求精神正步入宗教式的虔诚的朝圣者之路。对于他们来说,理想珍如生命。"这一代人的童年是由一种特定的环境培养出来的,是一种在理想主义之上建立起来的美好信念,它使人从小就意识到自己对描绘的未来社会的责任。这种教育几乎每个同时代人都真诚地接受过,也都是他们的精神支柱。"[①] 然而天空崩裂,"理性的大厦 / 正无声地陷落"(《语言》),以往所坚持、信奉的价值体系轰地全部瓦解,"文化大革命"的噩梦全面覆压过来,社会秩序混乱、人际倾轧,强权咄咄逼人。在这样一个"礼"崩"乐"坏的废墟上,越是对理想信念深深执着的人越是感到理性的孱弱,信念的虚假,越是对未来的建设持饱满热情的人越是感到人类自然发展过程中的绝望。我们想到

---

① 牛波:《置身其中:北岛》,《中国》1986年第6期。

西方20世纪现代主义文学的产生，虽然土壤不同，具体境遇也不同，社会动荡的性质更是不同，但却具有惊人的人的情感观念的相同变化，那就是：以往所恪守的道德规范与共同追求的社会模式统统被现实的魔爪撕碎破坏。

西方的两次大战是在信仰基督教的各国之间展开的。基督教和与它相联系的"正义""博爱"、人与人之间的"信任"等价值观念，几百年来一直是西方社会和人们的精神支柱。而正是这些作为支柱的信念被用来号召人们互相杀戮，战争结束了，人们得到的只是彻底的幻灭。中国的内乱本身也同样是对其所发生的社会所遵循的价值观念的讽刺性的否定，"仁"爱的背后是权欲横流。在美妙的灵魂净化的宗教狂热背后，演出了多少兽性和民族劣根性明晃晃的暴露。正如战后西方知识分子陷入信仰的危机一样，"北岛很早就在迷惘和混乱中发现自己已陷入了这样一种困境：早年所培养的革命英雄主义精神已无法支配他除了这种精神之外的任何实际的行动和生活准则了"[①]。

然而与两次大战疯狂的残杀所不同的是："这场看来似乎是失去理性的疯狂'革命运动'，却并非完全是非理性的产物……其主体仍然是以普遍理知为基础的，即它是以一整套'持之有故，言之成理'的道德理论即关于公私利义、集体个体、关于共产主义理想和两个阶级两条道路的斗争等等为依据的……仍然是一种理性的信仰……所以对情感和人性的扭曲也是通过理知来进行的。正是这样，造成精神上的极大痛苦和心理上的无比折磨。……在这种'理性'的主宰摧残下，人们付出了极为高昂的情感代价……，造成了多少的人格分裂、精神创伤和人间惨剧。"[②] 理性对情感、人性的扭曲使得中国知识分子对非常世态的体验更带有真切的痛楚和懊悔；而理性的欺骗加深了部分知者对世界荒谬的理解。个性的丧失和人的异化在十年中更是赤裸裸地展露在北岛面前。人头在绿色的海洋中簇动，为了一个泯灭自我的理想，在追逐那超脱人

---

① 牛波：《置身其中：北岛》。
② 李泽厚：《中国现代思想史论》，东方出版社，1987年，第197—198页。

性的虚幻的政治口号的时候，人可以成为手榴弹、炸药包，成为没有感情的机器，甚至永远卷入飞速旋转的"潮流"，身不由己。当北岛回顾自身的经历时，他没有尼采那种哲学家式的"上帝死了"所携带的快乐，而是不无仇恨地喊道："我弓起脊背／自以为找到了表达真理的／唯一方法，如同／烘烤着的鱼梦见海洋／万岁／我只他妈喊了一声／胡子就长了出来／纠缠着，像无数个世界。"（《履历》）在自虐的语气里，我们听到了一代人受到历史、世界愚弄的苦难。

　　十年的梦魇给了北岛一笔丰厚的财富，给处在前现代社会的敏感的诗人带来了只有现代社会艺术家的梦中才能见到的世界的真相。对荒诞不经的世态的认识、对主体把握世界的信念的动摇，是导致北岛诗歌悲剧的美学风格的主要原因。一般说来，艺术家青少年时代的体验和经历对其一生的创作和美学风格具有决定性的作用。在这个时期，生命个体完全处于把整个生命全部倾注在对外部世界的感知上面，一旦留下烙印，便会久久地潜入血液，变为潜意识，时时在诗人笔端溢出。

　　促成北岛诗歌中的现代主义的因素还不只这些。北京是个古老的城市，现代以来，虽不及上海、广州商业化强烈，但亦不愧为一个现代化的都市。对都市现代生活的体验，可能从北岛幼年就开始了。都市，永远处于盲目的运行之中，城市人的窒息与压抑，北京人未尝体味不到。作为本意的异化，不只存在于巴黎、纽约、伦敦。况且北京又是灰冷格调，给人以荒凉、冰冷之感，又便于冥想。

　　我们绝不否认在"黑暗"中"寻找光明"的一代人能够从狭窄的文化流通缝隙中得到西方现代思想和诗学的启迪。但北岛作为新诗潮的重要诗人，为我们及早地拿出了蕴含着浓烈的现代意识的诗作，仅仅用对西方现代诗歌的借鉴来解释是不够的。诗人在十年中"通过各种途径找到一些没有被焚烧的50年代内部出版的'黄皮书'，（这是供当时批判之用的）或者是作为共产党员身份出现的阿拉贡的政治抒情诗"，那里"被一点点挖掘出来"的现代手法毕竟有限[①]，更何况"形式即内容"，任

---

① 牛波：《置身其中：北岛》。

何一种诗艺上的认同都饱含着认同者长期的独特而深刻的体验。北岛的一代是理想覆灭的一代，在这种"世纪末"式的痛苦的蜕变中，他们始终保持着一种强劲的理性探索精神。北岛对诗歌艺术同样抱着这种探求态度，他曾慨叹道："诗歌面临着形式的危机，许多陈旧的表现手法已经远不够用了。"①

二、北岛的心态历程

绝望是最完美的期待
期待是最漫长的绝望

——杨炼

对诗人的研究，不能只停留在其精神探索所及与现代西方哲学的简单关联上，更重要的是把握诗人对世界的感知及与外界的交感中所达到的情感境界，这些心灵的步履早已化为一行行排列在诗篇中的那些富有质感的句子。

当我们把北岛从1970年代到1986年的作品按时间顺序看过一遍后，诗人所走过的历程中前后的心态变化依稀可见。从美丽的《微笑·雪花·星星》到令人震惊的《诱惑》《触电》《同谋》，从充满自信的《走吧》到弥漫着虚无的《空间》，从气宇轩昂的《回答》到绝望忍痛的《别问我们的年龄》，从幻想中那明亮的《太阳城札记》到现实而苍老的《白日梦》，我们看到了诗人是怎样一步一步地否定自己，从而接近、确立、超越个体主体性，同时切近诗的本质。

为了简明起见，暂且把北岛的心态历程划分为三个阶段。

---

① 北岛:《谈诗》,《上海文学》1981年第5期。

（一）港口的梦

> 也许泪水流尽
> 土壤更加肥沃
>
> ——舒婷

北岛曾经是一个"红卫兵"积极分子，带着狂热的理想从童年、少年步入火热的青春。但是，诗人的敏锐马上使刚刚具备成年意识的他意识到这场运动不是通往理想的广场的道路，诗人发现"吝啬的夜／给乞丐洒下星星的银币／寂静也衰老了／不再禁止孩子的梦呓"（《冷酷的希望》），从而萌发了独立地观察世界的主体意识。慢慢地诗人看出了什么，"太阳向深渊陨落／牛顿死了"（《冷酷的希望》），一颗跳动着的寻找真理的青年的心随着太阳的沉落而渐渐熄灭。长期以来负载在肩上的重担忽地卸掉，撕裂了皮肤，痛苦之后，难忍的飘忽顿然而起。红色的风暴过后，"山谷里，没有人烟"（《你好，百花山》），表达了理想丧失之后的暂时的空白感。曾经骚动过的生命，如今被推至"深渊的边缘"（《五色花》），渴望停泊，但已不可能找到灵魂的栖所，甚至"没有船票"（《船票》）。目睹自然界的萧瑟景象，诗人发出无边的感慨："落叶飘进山谷／歌声却没有归宿。"（《走吧》）

告别少年，也失去了依傍外界的尺度，诗人第一次感到不名的孤独，一边"守护着每一个孤独的梦"（《五色花》），一边无力地询问："泪水是咸的／呵，哪里是生活的海洋"（《冷酷的希望》）。幼时受到的"生活充满阳光"的绚丽的教育，只留给了他们一些水面破碎的泡沫。诗人第一次看到了"生"的荒凉。在这没有温情的现实中，生活被这样表达："你是鸿沟，是池沼／是正在下陷的深渊／你是栅栏，是墙垣／是盾牌上永久的图案"（《一束》）；"报时的钟声／……／使我相信了死亡"（《冷酷的希望》）。

所有这些最初的真实感受仅仅停留在情感层次，在诗人的理智中理想作为泛泛的信念仍没有泯灭，诗人把希望埋在心里，希冀一个人道的正义的世界将会来临。初期的诗作中，诗的结尾总会有一种那个时代必然会在哪怕是最阴暗的情调中出现的一抹亮色，如《黄昏：丁家滩》中"等待上升的黎明"的"眼睛"，《是的，昨天》中"在召唤失去的声音"的"琴"，《在我透明的忧伤中》中"照亮了道路"的"一颗金色的月亮"。

这一阶段，诗人对世界的体察仍受到"黑暗"与"光明"、"正义"与"邪恶"等对抗性情绪因素的影响，没有也不可能对"人""生""死"作出深刻的省悟。面对暴力的现实，出于对人生的执着和对世界的炽爱，北岛希望"黑暗即将过去，曙光就要来临"。当然，这里不乏中国传统士大夫匡时济世的心理，或者说是对世界的英雄式的理解方式。这样，北岛在《候鸟之歌》中开场便讲："我们是一群候鸟／飞进了冬天的牢笼／在绿色的拂晓／去天涯海角远征"。诗人对诗的理解仍停留在前现代主义阶段，多少带有道德主义色彩，强调诗歌的社会功利的一面，他说："诗人应该通过作品建立一个自己的世界，这是一个真诚的世界、正直的世界、正义和人性的世界。"① 但也正是北岛等人这个时期对人性、正义的关注，新时期文学首先挑起"寻找失去的'人'"的旗帜，在历史的废墟上扶正被异己的外界扭曲了的人性。诗人对未来的希望多半寄托在"自由"的重新获得上，例如，《一束》中，诗人这样说："在我和世界之间／你是画框，是窗口／是开满野花的田园／你是呼吸，是床头／是陪伴星星的夜晚"，热切感人，又让人感到距离的沉重。

在苦难的岁月里，女性的温柔成了北岛精神的归宿。"只要心在跳动，就有血的潮汐／而你的微笑将印在红色的月亮上／每晚升起在我的小窗前／唤醒记忆"(《雨夜》)。爱情成为一个疲于奔命的斗士的避难所和停泊地，成为最为可贵的自由。"即使明天早上／枪口和血淋淋的太阳／让我交出自由、青春和笔／我也决不会交出这个夜晚"(《雨夜》)显示出男性的人格美。在诗人的愿望中，有一天"橘子熟了"，"让我走进你的心里／带着沉甸甸的爱"，"找回自己那破碎的梦"(《橘子熟了》)。

---

① 北岛：《谈诗》。

渴求人与人之间的理解与沟通，又仅仅是希望，不灭的希望。

诗人对"人"的理解只停留在大写的"人"上，即作为抽象的、种族的、普遍意义的"人"上，行动中价值的取舍依凭正义、人道的尺度，于是个人的死是为了"决不跪在地上／以显示出刽子手们的高大／好阻挡那自由的风"（《宣告》），英雄式的殉道者的意识中，死的意义在于"为了每当太阳升起／让沉重的影子像道路／穿过整个国土"（《结局或开始》），希望"从星星的弹孔中／将流出血红的黎明"（《宣告》）。

（二）走向冬天

由于渴望

我常常走向社会的边缘

——顾城

长夜过去了，英雄的价值看来是兑现了，诗人终于到达了（或曰寻回了）一个可以重新开始的起点。寻找之路多么幽远、曲折，"我找到了你／那深不可测的眼睛"（《迷途》），诗人有了一种卸下英雄的沉重的包袱的轻松。"生来就不是水手／但我把心挂在船上像锚一样／和伙伴出航"（《港口的梦》），萌生起对新的生活的渴望，诗人反复申诉"我要到对岸去"，和当年的"他没有船票"一样真切。然而我们在诗人的自言自语中隐隐约约感到了另一种艰难，在"河水涂改着天空的颜色／也涂改着我"（《界限》）的新的文化天空下，"我的影子站在岸边，像一棵被雷电烧焦的树"。对岸在哪，又怎样过去，"生"的意义仍然迷茫。《和弦》中的"风""安全岛""野猫""梦"等孤零零的景象中，诗人统统地想到了"海很遥远"。北岛的意象往往自成体系，有一些意象有一种永恒的指向，比如"海"往往即象征个体生命自由和个体价值实现，具有诗人所幻想的理想气候的境地。而这里，诗人说"海很遥远"，我们可以想象得出这时北岛的心灵的搁浅状态。天空归还了，而"哪里是生活的海洋"的疑问，又多大程度上得到了回答呢。

这种迷茫，我们在不同的心态背景下的《橘子熟了》里已然隐约可见了。《橘子熟了》仿佛是北岛诗歌道路上略显端倪的一首。诗中北岛反复叨念的"橘子熟了"的声音之中，我们仿佛感觉到诗人在极力用平和的语调熨平褶皱的忧伤，眼神中闪烁不定，有些"顾左右而言它"的味道。

理性主义的精神力量使北岛不可能沉迷于忧郁，走向感伤。

那么，回头审视一下自己走过的道路吧。《履历》一首，淤积了诗人对那个狂热的年代的凝重的思考。"一夜之间，我赌输了／腰带，又赤条条地回到世上。"最后，北岛又一次把自身的经历和对世界的观照归结到了一点——无目的性。然后向世界宣布："我们生下来不是为了一个神圣的预言"（《走向冬天》），继而对过去一直在诗中闪着光彩的"希望"和一直保持在内心深处的所谓"信条"给予否定。

真正的诗人往往把自己对世界的独特的感知作为对世界进行把握的起点，把自身的生命历程的回顾深化为对社会、历史等存在的哲学反思。艾青的《光的赞歌》《古罗马的大斗技场》把个人的遭遇扩大为人类普遍的历史概括，受到一定的赞评。昌耀把二十年的人生体验融入了一个民族的历史，为西部大高原引入一个古老而新鲜的命题。北岛的这种对"生"的怀疑，到了这一阶段，已经不仅仅只是对过去、对现状自我生存的关照。请看他的《一切》吧："一切都是命运／一切都是烟云"，"一切希望都带着注释／一切信仰都带着呻吟"。

这便构成了对世界的"世纪末"式的看法，诗人真正地把自己推到了悬崖的边缘。然而这种虚无的生存状态简直令理性主义者不可忍受。长期形成的"主体性"极强的认知习惯和对世界透彻而悲观的认识使北岛已不可忍受对现时存在状态的认可了，他不习惯已经"习惯了"的"敲击的火石灼烫着"的"我习惯了的黑暗"（《习惯》）。诗人于是视现时的生存方式为"绿色的淫荡"（《走向冬天》），它充满了"关于春天的谎言"（《红帆船》）。对现时的超越欲望导致了对现实的抗争，抗争的不是别的，正是诸多安然矗立的客观实在，他呼吁人们"走向冬天／不在绿色的淫荡中／堕落，随遇而安"。现实的存在何以竟导致了北岛如此强烈的反感，笔者认为这完全取决于北岛昔时对理想的信仰转变为对历史现时悲观的看法之后仍旧遗存的一种思维惯性，即一定会有一个新的价值体系等待诗人步入，一定会有一所安详的住址收留流浪多时的现代灵魂。而现时的存在并没有满足诗人的预期，那么它便与过去一样，不可能再度成为个体的载体了。而过去的倍遭扭曲的人性经历又一次出现在北岛的记忆中："在正午的监视下／像囚犯一样从街上走过。"诗人对现时和去时的仇恨相距无几，"躲进帷幕后面／口吃地背诵着死者的话／表演着被虐待狂的欢乐"。这种强烈的对抗心理同时也表明北岛已然在世界的表象面前持有一种清醒的人生态度，而且越来越表现出对世界"无目的性"的认识的充分自信。他告诉人们不要对生活抱什么希望，那"来自热带的太阳鸟／并没有落在我们的树上／而背后的森林之火／不过是尘土飞扬的黄昏"（《红帆船》）。

"难以想象的／并不是黑暗，而是早晨／灯光怎样延续下去"（《彗星》），道出了北岛面临的两重矛盾：理智与现实、存在与虚无。无法选择，无法选择！这是20世纪末叶中国部分富有强烈理性精神和自审态度的知识分子面临的困境。"回来，或永远走开"，回来便意味着对现时生存状态的认可，本身受着悲观情绪的否定，"重建家园"，又何尝可能，那么就"永远走开，像彗星那样／灿烂而冷若冰霜"（《彗星》）。这是一个清醒的人生过客的高傲。

由于精神探索者本性的制约，北岛的悲观没有走向隐匿主体的可能性的虚无，反之，走向了形而上的全然的否定。这里的否定作为一个由诗的感知所导致的理念系统的机制而成为诗人的精神的破冰船。这与隐匿主体的可能性的虚无状态的区别就在于不否定主体进行"否定"的这一过程而继续探知表象的背后。北岛把这种动作性的抉择看作意向的承受者和完成者，行为的意义就在于行动本身。"否定"即归宿。

第一声否定从《古寺》开始，"消失的钟声""扩散成一圈圈年轮／没有记忆"，如同"石头，没有记忆"，表达出对历史的虚无态度。"不去重复雷电的咒语／让思想省略成一串雨滴"（《走向冬天》），是对理性世界的否定。"谁醒了，谁就会知道／梦将降临大地／沉淀成早上的寒霜"是对生活以及梦和幻想的否定,乃至对一切的一切的抛弃,"走过驼背的老人搭成的拱门/把钥匙留下/走过鬼影幢幢的大殿/把梦魇留下/留下一切多余的东西/我们不欠什么/甚至卖掉衣服,鞋/和最后一份口粮/把叮当作响的小钱留下"(《走向冬天》)。

北岛以一个孤独者的刚强和悲凉走向那杳无人烟、白茫茫的冬天。冬天,一无所有;冬天否定一切;冬天割断历史;冬天是我们的未来,我们——这个世界的警醒者,再也不相信什么夏天和秋天,"在失去诱惑的季节里/酿不成酒的果实/也不会变成酸味的水"(《走向冬天》)。我们只相信冬天,冬天真实而又真实,不存在"阳光下的谎言",不存在"狗一样紧紧跟着"的乌云的谦卑和虚假。

按尤内斯库的解释:"荒诞是指缺乏意义……人与自己的宗教的、形而上的、先验的根基隔绝了,不知所措;他的一切行为显得无意义、荒诞、无用。"①

北岛这时已经全然发现了人生的荒诞。然而他在反抗荒诞,以强劲的个性走向虚无。诗人对这种义无反顾的旅程的热衷,就是一个理性主义者悲观之后的情感寄托。是对"荒诞"的逃避,反抗式的逃避,极力以坚定的愤怒逃避"荒诞"(作为理念的)。他不愿相信一个隐含的命题:个体生命——"我"也是毫无意义的,或者说北岛此时并没有明确意识到这一命题。

"走向冬天"的"走"和"走吧,落叶飘进山谷"的"走"含意已然不同。后者是满怀希望地将失落感安置起来去寻找"生命的湖",前者却是满怀悲观执拗地走向一个情感的终极。

如果说《无题》中"把手伸给我/让我那肩头挡住的世界/不再打搅你",表现的是极度的悲观("谁也不知道明天/明天从另一个早晨开始/那时,我们将沉沉睡去")之后对悲剧的价值的肯定("即使只有最后一株白杨/像没有铭刻的墓碑/在路的尽头耸立/落叶也会说话")。那么《走向冬天》表达的是极度悲观之后的超脱、桀骜(中国传统士大夫

---

① 转引自朱虹:《荒诞派戏剧集·前言》,上海译文出版社,1980年,第7页。

的一个侧面，屈原、鲁迅莫不有之）和对冬天这个令灵魂得以新生、洗涤的境界的宗教式的向往（"在江河冻结的地方／道路开始流动／乌鸦在河滩的鹅卵石上／孵化出一个个月亮"），充满蜕变的期待和升华的欲望。

（三）夜的太阳——对内心真实的挖掘和荒诞的品味

> 旅行者的牙刷
> 日复一日
> 表现他的不朽
>
> ——孟浪

"走向冬天"的愿望被峡谷的绝壁折射回来，那是一堵必须直视的墙，任何超越的欲望都必须走近它，直接面对着它。北岛终于躲不开"荒诞"的捕捉，"我"的力量动摇了。"你走不出这峡谷，因为／被送葬的是你"（《回声》）。"走"的意念从此停止，当他再次谈及"明天"等涉及某种行为的延续性时，诗人一反"走向""寻找"等能动的意念，告诉我们："明天，不／明天不在夜的那边／谁期待，谁就是罪人"（《明天》）。"期待"被嘲讽地看作人的罪孽，对自己的生命的存在犯下的欺骗。

北岛摆脱了精神探索者的悲哀，平淡地摊出作为一个诗人对荒诞的全部感受。仿佛又回到了一个对世界重新认知的起点。然而此时的北岛已没有"昔日的短笛"，"在被抛弃的地方／早已经繁衍成树林／守望道路，廓清天空"（《归程》），宁静之余，表达了一种弃儿意识，而它并非指一个时代对人的抛弃，而是荒原感笼罩之下的被无名的力量（抽象的生和创造人的上帝）抛弃的感受。驾驭世界的力量丧失了，连"那棵梧桐树上的乌鸦"也不想数清。北岛宁愿如此永远地面对永恒的不可知、神秘，也不愿继续理性主义者的本能所厌恶的认识世界时那种用愿望包裹着的虚假。

不但理想丧失殆尽，理性和语言——过去人类曾赖以发展和自豪的理性和语言也是多么苍白和虚弱。"理性的大厦／正无声地陷落／竹篾般单薄的思想／编成的篮子／盛满盲目的毒蘑"（《语言》），对理性、未来的依赖,"是一种诱惑/亘古不变/使多少水手丧生",如同"毒蘑"一样吞噬着生命。

再也没有什么寄寓的寒冷中,诗人反思历史,"黎明"是"颤栗"的,现实是"一片苍茫的岸"(《随想》),历史是多么可怜与渺小,只是"从岸边出发/砍伐了大片竹林/在不朽的简册上写下"的"有限的文字"。人类一直在用"生"作为赌注,不断地走向悲剧,我们"早已和镜子中的历史成为/同谋,等待着那一天/在火山岩浆里沉积下来",不断地"重见黑暗"(《同谋》)。

"死",咄咄逼人,最为现实,值得骄傲的"小麦""青铜""黄金"都进行着各种不同的死亡(《随想》)。"生"只是"穿过漫长的死亡地带"的"道路"。只有"死"才是慰藉,当我们不断地"出发之时","让我们尝到苦果"的慰藉。"拱桥自建成之日,就已经衰老",我们盲目地活着,不用费尽心机去探究什么,"在箭猪般丛生的年代里/谁又能看清地平线",也不用谛听什么"祖先的语言",去负担什么历史责任,因为所谓历史的愿望只是"历史课本中"那种"搬动石头"的愚蠢的动机(以上引自《关于传统》)。那么,我们就如同一颗巨大的石头吧,滚向天际的深渊。

"海底的石钟敲响/敲响,掀起了波浪",《八月的梦游者》终于把一个郁藏已久的哲学命题——"荒谬"用石钟般响亮的诗句发布出来。"高耸的是八月/八月的苹果滚下山岗",面对荒谬北岛所表现出来的欢哈使我们想起加缪在描述西西福斯"朝平原走下去"时那种极平淡极轻松极为随便的口吻。一个时代一去不复返了,一个时代留下的疑问也一去不复返,所有加在从那个艰难的草地上跋涉过来的探索者头上的枷锁统统拆卸下来。谈什么探索,压根儿就不希冀收获!"在大地画上果实的人/注定要忍受饥饿"。也不要笃信什么友谊,"栖身于朋友中的人/注定要孤独"(《雨中纪事》)。也不去热衷什么生存,"死亡仅相隔一步","衰老仅相隔一步"(《这一步》)。一切都让人感到可疑,甚至"可疑的是我们的爱情"(《可疑之处》)。一切都是空白,甚至"自由是一片空白"(《空白》)。

于是，诗人的眼中开始布满一些不可理喻的非理性的、可怕而丑恶怪诞的梦一样的景象："那些发情的河／把无数生锈的弹片冲向城市／从阴沟里长出凶险的灌木／在市场上，女人抢购着春天"（《峭壁上的窗户》）。"只有山羊在夜深人静／成群地涌进城市／被霓虹灯染得花花绿绿"（《地铁车站》），构筑了超人意料的幻境，同样是对荒诞的真实感受。"海水爬上台阶／砰然涌进了门窗／追逐着梦见海的人"（《诱惑》），则表现了不可摆脱的惊愕。

这一切景象被推至读者的眼帘，你无法拒绝，有如对荒诞的认识，无法拒绝，如同那"八月的苹果滚下山岗"一样无法抗拒，人在悲剧性的命运面前无法抗拒，哪里有什么"冬天"可以走向。"不幸的成熟或死亡／都无法拒绝，在你的瞳孔里／夜色多么温柔，谁／又能阻止两辆雾中对开的列车／在此刻相撞"（《祝酒》）。愤怒如同逃避愤怒的出走和进入困境的更年期的山的解脱一样，无济于事，"他们的愤怒只能点燃／一支男人手中的烟"（《另一种传说》）。

"一切都是命运"（《一切》），晚霞也"呈现劫数"（《雨中纪事》）。诗人想到佛，想到"哺育尘世的痛苦／使它们成长"的菩萨。现代人对佛教的兴趣已不是从"来世"与"超度"着眼，而是感通于其强调"悟"性的思维方式。荒谬性来自生本身，佛是拯救不了的，就像"守灵的僧人只面对／不曾发生的事情"（《守灵之夜》）一样，诗人只能面对神秘，领悟"神秘"赋予人的关于存在的启示。神秘被现代诗人看作灵魂之外的一种自为的力量，和梦相同，真实而未可知。青年诗人西川在一首叫《在哈尔盖仰望星空》的诗中说道："有一种神秘你无法驾驭／你只能充当旁观的角色／听凭那神秘的力量／从遥远的地方发出信号。"

北岛就是这样，在对人生的探索和世界的认知与诗艺的追求的交叉中，终于抓住了诗的本质性的东西。在自身的心态历史性蜕变过程中，开始和感知对象拉开距离。我们从"桥上的灵车驰过／一个个季节"（《很多年》）、"碑文给石头以生命／以无痛的呻吟／百年的记忆布下蚁群"（《守灵之夜》）中，读到了经历生与死的断裂之后智者对时间、宇宙的沉思。在《空间》一诗中，北岛游离于人生之外，给人一种恍惚隔世之感,"孩子们围坐/在环形的山谷上/不知道下面是什么","我们围坐在/熄灭的火炉旁/不知道上面是什么"。人类似乎沉入了外人不知其内、内人不解其外的罐子。

当北岛获得了骚动不安之后的安宁,在质问神秘的同时,渐渐发现了更为奇秘的内心世界。荒诞的磷火烧到了"人"的牌位上,诗的题材通向日常琐碎的生活,北岛的诗歌内容再次拓宽。有表现平淡寡味的《艺术家的生活》,也有泄露反叛型文化心理的《青年诗人的肖像》。《单人房间》书写肮脏与丑陋的生活环境和状态,《无题》的"对于世界/我永远是个陌生人"表达了诗人对冷漠的世界的感受和自身的冷漠。《孤儿》对个体的存在作了具象的描述:"我们是两个孤儿/组成家庭/会留下另一个孤儿。"《可疑之处》让我们品味到类似卡夫卡的视觉效应。《寓言》一首则抒写了现代人不可摆脱的樊篱感。《触电》极为精彩地把都市生活的人际感受准确地表达出来。《挽歌》透露出北岛对生命本质的因素寻求归复的愿望。

三、北岛诗艺研究

> 秋天不是深谷,也没有空荡的房间
> 你僵立在空气里
> 那些字句不是冰冷的伴侣,不是
>
> ——贝岭

随着诗人的心灵从对特异的环境的感受转到对人类、个体生存的关注,北岛诗歌在以下几个方面发生了变化:由对逆境的咀嚼而发出"泪水咸咸的/哪里是生活的海洋",转移到对梦一般神秘的残酷的真相以及内心隐微感受的探试;由对恶势力的极力抗争,争取"人"的高扬,转入对生命个体、群体在"历史静默"的注视下的河流流动状态的开凿,北岛诗歌的审美对象发生了转移。前期多以自然的意象衬示、暗喻内心激荡、惆怅的情感,"鸟""落叶""海""星星""黎明""船""帆""河流""春天""秋天""冬天""树""风""太阳""翅膀""天空""道路""眼睛""黄昏""头发""月亮""窗""云""灯光""花""沙滩""草地"等清新透明的意象是北岛所常用到的;后期的诗中采用的大部分是生活中熟悉的都市场景,从这些几乎不为人察觉的物象深化与提炼出北岛所独有的象征,"广场""栏栅""门""炮台""楼梯""房间""车站""胡同""市场""博物馆""广告牌""玻璃""电影院""街道""桥""钥匙""电线杆""霓虹灯""雕像""镜子"等意象纷纷出现,甚至还有"钉子""手套""厕所"等物。这些物象有的有确指的象征意义,如"钉子"暗示令人无可奈何、不可知的荒诞的存在和神秘,而更多的则主要是叙述性的陈列的需要,构成一种气氛,是诗人蒙太奇手法下被摄取的剧照。

北岛前期诗歌具有浓烈的英雄主义色彩,英雄主义的情绪内涵的基础是对理想、信念的遵奉依赖,常常表现出对情绪亮色的执着追求。在这种心理支配下,诗人的冲动包含着主体力量膨胀的幻象,这些幻象甚至便可成为理想的化身、符号。在《岸》中,"岸"被叙述为"守护着每一个波浪/守护着迷人的泡沫和星星/当呜咽的月亮/吹起古老的船歌/多么忧伤"。这个"岸"是诗人对象化的产物,它负担着众多"守护"的任务。诗人甚至直接表白:"我是岸/我是渔港/我伸展着手臂/等待穷孩子的小船/载回一盏盏灯光。""岸"和"灯光",是这一代人追逐执信的"正义"和"人道"的象征,承载着救世者的苦难。英雄主义者对死的看法我们已经分析过了,但北岛在诗中实际表达的是英雄的年代里最后一个英雄的殉道者的悲凉,"走向海""走向落日",并非热恋着"死"。诗人自己说道:"不,渴望燃烧/就是渴望化为灰烬/而我们只求静静地航行"(《红帆船》),驶向生、驶向希望。后期诗歌已不见这种"拔山盖世"的味道了。《北岛诗选》中有两首诗尤为引人注目:《传说的继续》和《另一种传说》。这两首诗恰恰能够说明北岛诗歌情绪内涵的变化。《传说的继续》这样表白:"火会在风中熄灭/山峰也会在黎明倒塌/融进殡葬夜色的河/爱的苦果/将在成熟时坠落。"一个铮铮汉子倒入血泊时仍默念着虔诚的誓词。到了《另一种传说》中,这种"痴情"已荡然无存。随着新的时代的到来,火药味渐渐远去,荒诞的世界的本质逐渐显露,英雄便显得苍白无力。这种转变本身也足以令北岛的内心隐隐作痛,他审视自己,却看到了如此陌生的景象:"他们时常在夜间出没/突然被孤灯照亮/却难以辨认/如同紧贴在毛玻璃上的脸。"

北岛的诗歌愈往后,浪漫主义因素愈减,现代主义氛围愈浓。那首逃避现实的《微笑·雪花·星星》代表浪漫主义把现实的失落寄托在自然的怀抱中的传统,其叙述语言也很地道地表现了浪漫主义直抒胸臆、与自然对话的方式,如:"蓝幽幽的雪花呀/你们在喳喳地诉说什么?/回答我/星星永远是星星吗?"到了《和弦》,象征性大大加强,然仍透出淡淡的忧伤。"雨一滴一滴/滑过忧伤的脸颊"(《冷酷的希望》)和"路呵路/飘满红罂粟"(《走吧》)更为明显。这些句子容易使我们想到30年代现代派(中国)的作品,同样是由浪漫主义向现代主义过渡或融合的产儿。

在向现代主义的转变中,北岛诗的情绪逐渐淡化,趋于冷漠和钙化(详见下文有关《白日梦》的论述)。主体切入状态由体验转为静观,由置身其中转到置身其外,诗中由充满行为意象到充满梦中静物的临摹,由直接抒发理念的《一切》到不言而喻的《空间》,标明北岛作为一个现代主义诗人日臻成熟。主体在诗中趋于符号化,这直接受到诗人的世界观的转变的影响。"我"在《你好,百花山》里大声向大自然问好,在《候鸟之歌》里就以鸟的身份"去天涯海角远征",而到了《白日梦》中,"我"中已没有任何情感的渗入,也不再是对世界观照的视点了,而是被观照的物象之一,如同"椅子""苹果""石头"等等。这个时候,说"我,形迹可疑"(《白日梦—1》),如同说"乌鸦,形迹可疑",没什么可以区别的情感幅度。

北岛在新诗潮中出场之际,"哲理味强"曾是公众对他的特点的评价之一。那么,到了后期,笔者认为北岛诗歌这种智化审美趋向日趋深入。首先表现在对世界理解的深刻化。"卑鄙是卑鄙者的通行证,高尚是高尚者的墓志铭"(《回答》),"还基本停留在表面化的阶段"[①],被新一代诗人认为是"道德箴言"。到了《白日梦》中,"新的思想呼啸而过/击中时代的背影/一滴苍蝇的血让我震惊"(《白日梦—13》),"生存永远是一种集体冒险","永远是和春天/在进行战争"(《白日梦—16》)等句子凝聚着诗人全部的思想和感受,丝毫没有空浮之意。其次,北岛后期注重理念表述的可感性,如"绿色的履带碾过/阴郁的文明"(《白日梦—16》)和"医生举起白色的床单/站在病树上疾呼/是自由,没有免疫的自由/毒害了你们"(《白日梦—9》)。许多梦境的展示,都使诗意与理念准确无误地从文字后面凸现出来。

(一) 北岛诗歌的思维特点

(1) 知性习惯和表现主义的冲动。

北岛诗歌给我们的第一印象莫过于始终贯穿着一种知性习惯,诗人主体始终以一种积极的姿态投入到对客观世界(包括内心世界)的体察中以揭示人的复杂情感(包括志向、信念)和世物之间、物与物之间的内在机理。这一点足以把北岛的诗歌同主张"情绪哲学"(黄翔)、"意识还原、感觉还原"(蓝马)、"生命的躁动"等中国当代其他诗歌区分开来。在表现"知性"方面,北岛前期较为忽略感知过程,往往把意念直接叙述出来,后期对神秘的兴趣越来越浓,诗歌本身能够涵盖感知的全部过程,又不乏主观感受中奇异、独到之处。笔者认为北岛的这种知性习惯是与表现主义相通的,至少在以下两点:其一,在表象与本质的关系上,突破了表象,直接表现本质。其二,在个别与一般的关系上,不注重个人的特征,而注重全人类的普遍的东西。

(2) 悖论式思维。

北岛对世界悖论式的思考,是作为一种知性习惯带来的感知结果呈现在诗中的,而非表现为思维过程;是以诗人的直觉捕捉到的对外部世

---

① 牛波:《置身其中:北岛》。

界的感受，而非逻辑推导。北岛诗中悖论式思考可分为两种，一种是对某种目的性行为进程的具有悲剧意味的陈述，浸透着绝望的情绪。"一切欢乐都没有微笑／一切苦难都没有泪痕""一切爱情都在心里""一切希望都带着注释""一切信仰都带着呻吟"（《一切》），"在大地画上果实的人／注定要忍受饥饿／栖身于朋友中的人／注定要孤独"（《雨中纪事》）。另一种是对现实荒诞的直描，用"名实""表里"等思维的反差表现非逻辑、非理性，如"高耸的是八月／八月的苹果滚下山岗""敲响的是八月／八月的正午没有太阳""照亮的是八月／八月的集市又临霜降""八月的梦游者，看见过夜里的太阳"（《八月的梦游者》）。在这一系列理念的反差下面一起一伏地造成了令人惊惑的心理反差效应，使两类悖论式思维都具有了相当浓厚的情感色彩。悖论的表现直接源于对荒诞的发现。是人本身，导致了如此周转的旋涡。"你走不出这峡谷，因为／被送葬的是你。"（《回声》）悖论"不再是一个简单的故事／在这个故事里／有我和你，还有很多人"（《爱情故事》）。

  北岛诗中除以上几处明显的悖论式诗句外，处处充斥着否定式的思维判断，我们把它叫作准悖论式思维。有时表现出砸碎统治一个时代的僵固的价值体系的畅快，如"我不相信天是蓝的／我不相信雷的回声"。有时表现出对禁锢自身的命运执拗的反抗，如"明天，不／明天不在夜的那边"。既有走向冬天的高傲，也有失去自信之后的"我不再走向你／寒冷也让我失望"（《很多年》）。《空白》是一首典型地运用了否定式准悖论思维方式的诗作，把一切"概念"，有形式有内容、有色彩有情感因素的，统统同"空白"连接起来。

  （3）蒙太奇手法的大量使用。

  由于诗意表现和象征的需要，北岛诗中经常出现蒙太奇景象的变幻。这种倾向与北岛对诗歌直觉真实的追求是一致的。我把他这种由感觉记录的需要而运用起来的诗歌构建方式也看作其诗歌思维的特色之一。北岛讲："我试图把电影蒙太奇的手法引入自己的诗中，造成意象的撞击和迅速转换，激发人们的想象力来填补大幅度跳跃留下的空白。"① 的确,北岛意象更迭、转换、选用的突变性、奇异性,达到了中西诗歌史上空前的熟练。"回忆如伤疤/我一生在你脚下/这流动的沙丘/凝聚在你的手上/成为一颗炫目的钻石"(《白日梦—15》),五个意象递转自然、流畅,又不乏新奇感。除此之外,蒙太奇更易于诗人"捕捉潜意识和瞬间感受"。②《夜:主题与变奏》中展示了十二个镜头,北岛在镜头的转换之中对万籁俱寂、嘈噪和各种神秘的景象有了感觉层次的把握,诗人称之为"主题与变奏"。

(二)北岛诗歌的叙述特点

(1) 断句陌生化。

现代派诗歌一反现实主义、浪漫主义、古典主义的传统,企图在情绪、意象、样式等方面给读者一种陌生感,启迪诗意。断句的陌生化,就是通过反常规的形式启迪人们发现排列背后的含义。北岛的断句给我们带来了这种陌生。

> 天冷得够呛,血
> 都黑了,夜晚
> 就像冻伤了的大脚指头
> 那样麻木,你
> 一瘸一拐地……
>
> ——《青年诗人的肖像》

把下一句的主词移至上一句,造就因阻塞带来的节奏感和沉重风格,又避免了蒙太奇手法带来的句子与句子之间可能的枯燥单一的排列。被割断搁置在某一行前面的一句话的后一部分,往往是诗人想着重

---

① 北岛:《谈诗》,《上海文学》1981 年第 5 期。

② 同上。

强调的词语，放置在后面的下一句话的前一部分则是向下一个重音节过渡的桥梁，意义也淡一些，过渡就不至于突然（虽然意象的转换追求"远亲联姻"）。遵循这样的原则，诗歌的音乐性鲜明可感，这是象征派诗人从不放弃的追求。

> 消失的钟声
> 结成蛛网，在裂缝的柱子里
> 扩散成一圈圈年轮
> 没有记忆，石头
> 空濛的山谷里传播回声的
> 石头，没有记忆
>
> ——《古寺》

前面一个"石头"，只是从"钟声""年轮"向"石头没有记忆"的过渡性音节，真正携带含义的是后一句的"石头"，"石头，没有记忆"，出现在一个由众多修饰语组成的长句（缓节奏）之后，忽地冒了出来，"虚无感"砰地升起。

此外，陌生的断句可以促成诗句的歧义效应，增加多重意义和韵味。

（2）通过奇异的联想制造意象。

运用象征手法的诗歌往往通过奇异的联想制造、生发大量意象，通过在形式上串为一体，在种种联想之间，在一个个没有逻辑联系的句子之间，获得一种整体上的凝铸感，从而配合内在的象征、寓意的阐发。

北岛的许多诗歌通过段落相同位置的复沓和某一个句子在诗中的多次出现，起到了这个作用。《走向冬天》三大段落的开头都以"走向冬天"的召唤作为起句。《橘子熟了》一节两行，奇数段的头一句皆为"橘子熟了"，偶数段的头一句都是"让我走进你的心里"。《在黎明的铜镜中》三段开头都以"在黎明的铜镜中/呈现的是黎明"作为导引，以表现"水手从绝望的耐心里/体验到石头的幸福"这样对痛苦的玩味。

利用诗中不断复现的词汇和短语，采用递进、顶针或句式的重复联结全文，是另一种方法。

> 涨满乳汁的三角帆
> 高耸在漂浮的尸体上
>
> 高耸的是八月
> 八月的苹果滚下山岗
>
> ——《八月的梦游者》

> 他活在他的寓言中
> 他不再是寓言的主人
> 这寓言已被转卖到
> 另一只肥胖的手中
>
> 他活在肥胖的手中
> ……
>
> ——《寓言》

另外，北岛往往还把着意表现的某一概念（实质是情绪和感受的定型）当作全诗形式上联系的纽带，自始至终贯穿下来。《走吧》《一切》《空白》是典型的例子。

（3）高度凝练的语言表达。

北岛的语言极为洗练，追求跳跃和奇异。诗人极力去掉各种没有质感、无表现力的虚词。

断句的陌生化成为获得凝练的一个极为经济的手段。

意象之间也采取"经济"系联法，把意象之间的过渡省去，直接在直觉基础上把它们连缀起来。据说《习惯》一诗的结尾在《今天》发表时是这样的:"是的,我习惯了/你像火石敲击着各个角落/烫伤黑暗,点燃了我的心。"① 两年之后,北岛把他修改为"是的,我习惯了/你敲击的火石灼烫着/我习惯了的黑暗"。省略了"角落"这个中介词,并把转换过程中的情感的累赘省略去,直接表现为动作的呈示。

(三) 北岛的象征

有人曾称北岛为中国当代的象征主义诗人,而舒婷是中国当代的浪漫主义诗人(新诗潮中),有一定道理。但象征在北岛那里,正像在象征派以后的现代派诗人那里一样,只是诗歌表达的手段之一而已,由于北岛诗中的自白、直抒性(前期),对神秘的关注(后期),超现实手法的大量运用(愈演愈烈),使得北岛的诗与历史上中西象征主义诗人有很大的不同。而在新诗潮诸诗人中,北岛无疑是象征色彩最为强烈的。"北岛",漂泊在冬的海洋上的孤岛,名字本身暗示了我们许多东西。

北岛诗中的意象的使用大体有以下几个特点:

(1) 极其宽泛的抽象性。

北岛思维方式的知性习惯导致他喜欢把现实繁茂的景象、事物抽象地归纳为某种物象。而西方象征主义侧重去构建意象交错复杂的结构间架或情感氛围。

北岛的这种抽象的物象所显示的寓意是极宽泛的,如《生活》一首,北岛仅用一个"网"字,便使读者顿然对生活的各个侧面产生试探性的理解。

(2) 可感性。

北岛给我们展现的诗歌画面向来是清晰的,既不像西方象征主义诗歌笼罩的那重宗教的神光,也不像中国 20 年代初期象征派穆木天、冯乃超的诗笼罩着中国古典诗歌由来已久的潮湿的字句重叠和悟性的雾气。

北岛的意象质感较强,即有透明度和雕塑感,这恐怕和他诗艺中超

---

① 参见牛波:《置身其中:北岛》。

现实的运用增强了意象的可感性有关。

（3）单调性、什物性、平面性。

后期，北岛吸收了现代派绘画的成就，梦境的想象简化为色彩单一、形状规则的具体什物，如"一个准备切开的苹果""一个碗""一把小匙""一片空旷的广场""一张纸币""一片剃刀""一只铁皮乌鸦""大理石的底座"。寂静、冷色调，充满预感。梦境的平面性恰恰又与现代派绘画的平面性追求一拍即合。

（四）北岛诗歌的超现实主义色彩

布洛东1924年在《超现实主义宣言》中说："超现实主义建立在对于一向被忽略的某种联想形式的超现实的信仰上，建立在对于梦幻的无限力量的信仰上，和对于为思维而思想的作用的信仰上。"①

北岛对纯诗的探寻和对西方现代主义诗学的借鉴已经到达了超现实主义阶段，北岛这时的心态状况恰恰给超现实主义手法的运用打开了大门。"超现实主义者认为，没有一个领域比梦境更丰富，梦把人秘而不宣的东西完全剥露出来。"②"超现实主义,阳性名词。纯粹的无意识的精神活动……不受理性的任何控制，没有任何美学或道德的偏见。"③北岛心态变化的第三个阶段已完全摒弃理性与道德准则，诗艺的探索方面也自称要进行对无意识的开掘，其对世界主动性的认知惯性驱动他不断去揭开种种不可企及的真实。

北岛在超现实方面的努力，一是表现在某种超乎现实的组合形式上。在审美过程中摆脱社会生活强加给我们的羁绊，从而切中梦的真实。这种突破常规的努力，产生了令人意想不到的形象比喻和意象描写。"音乐释放的蓝色灵魂／在烟蒂上飘摇／出入门窗的裂缝"(《白日梦—2》)，对内心幽暗和沉悒的表达，在方式上取得了突破性的进展。

---

① 赵乐甡、车成安、王林主编:《西方现代派文学与艺术》,时代文艺出版社,1987年,第278页。
② 同上。
③ 同上。

往往一些超现实主义的组合可以被看作通感的一种形式，如"在被遗忘的土地上／岁月，和马轭上的铃铛纠缠／彻夜作响，路也在摇晃"(《十年之间》)。只不过侧重把其他感觉视觉化这一种通感手法，因而容易使我们把它看作超现实主义的追求之一。实际上梦留给我们的只是梦象，梦象是纯视觉化的符号。

二是直接书写或编制梦境。"梦"字很早就在北岛诗中出现了。"在深渊的边缘上／你守护着我每一个孤独的梦"，"被理性肯定的梦境／是实在的，正如／被死亡肯定的爱情"(《见证》)。这些"梦"只是一般意义的意象，或表现某种寄托，或表现对真实的"肯定"。到了"噩梦依旧在阳光下泛滥／没过河床，在鹅卵石上爬行"(《噩梦》)，则真正以梦象作为诗的材料，充满启示和预感。

《诗艺》可以看作北岛运用超现实主义的一个宣言，且用梦境组织而成。"我所从属的那座巨大的房舍／只剩下桌子，周围／是无边的沼泽地／明月从不同角度照亮我／骨骼松脆的梦依旧立在／远方，如尚未拆除的脚手架。"

《白日梦》一诗里拥有大量的幻象描述，"光线／在房瓦的音阶上转换／一棵枣树的安宁／男人的喉咙成熟了"，这些诗句充分显示了北岛——一个现代诗人的才华。

（五）北岛与中国古代诗歌

现代诗歌艺术与中国古典诗歌的相通之处在这里不必重复，然而古典主义的沉静和中国传统"雾中看花""隔窗赏月"的审美习惯，还是足以作为标志，让我们分辨出（没有严格的界限）中国当代诗人的诗中表现出来的受到中国古代诗歌传统影响的程度。

北岛诗中所显露的古典诗歌的启示和印迹不会比舒婷所受古典诗歌的影响多，但在他早期有浪漫主义味道的作品中，"雨夜""晚霞"等意境时常出现。"红色的月亮""小窗""黄昏的云雾""布谷鸟的鸣叫"或衬托出宁静的气氛，或暗示一种感伤的情调，无不具有地道的"朦胧美"。

在这类意象里,北岛偏爱红色,除了"红色的月亮"外,还有"满树的红叶""红帆船"等,直到可见出现代审美趣味的"绽开了一朵朵/血红的嘴唇"出现时,红色依旧未褪。这与其黑色的冷峻和白色的冷漠迥异的红色,反映出北岛冷峻和冷漠的深处埋藏着热切真挚的对"爱"的笃信,对生活的向往、自由的渴望。"走向冬天"过后,红颜色就少见了。

和古今中国其他诗人相同,北岛用过许多"月亮"。

有关季节的描述,无不带有传统东方大陆性气候孕育出的感时伤世的特色,季节与"失落""憧憬"不可分开。

四、《白日梦》浅析

> 我梦寐突破人间格局
> 到你的城廓里退化为一只寄居蟹
> ——宋琳

"梦,它不是空穴来风,不是毫无意义的,不是荒谬的,也不是一部分意识昏睡,而只有少部分乍睡少醒的产物。它完全是有意义的精神现象。实际上,是一种愿望的达成。它可以算是一种清醒状态精神活动的延续。它是由高度错杂的智慧活动所产生的。"[①]

弗洛伊德的学说对现代超现实主义大师们的启示就在于以白日梦作为创作的重要方式,即在非梦(生理)的状态下对潜意识的挖掘和半睡眠状态对潜意识的导引。

《白日梦》全诗长达二十三节,三百九十多行,直接取名"白日梦",即意在通过梦境手段表达对审美客体的感受。象征手法仍居优势。

北岛在诗中以梦境的跳跃和对"你"的等待、对话、奔赴把各个单

---

① 弗洛伊德:《梦的解析》,作家出版社,1986年,第37页。

独的梦境连接起来。"你"在诗中有多重含义,它可以理解为离异的情人,也可以指共同生存相依为命的爱人或另一个我,有时还可以看作一种愿望,或某种人类追求的超感觉的意义,甚至可以是一个无意义的符号。全诗把充满怪异的梦象同叙述者与"你"的对话(这一对话极富现实生活情景)穿插在一处,表达出若梦非梦的意识流效果。"你"的影子贯穿全诗,却终未明了,这是北岛的高明与成熟。

与此同时,强烈的理智也始终贯穿于全诗,或隐匿于超现实手法的背后,表现为全诗结构的序列安排,或用理念、概念直接加入意象的撞击。如:"地衣居心叵测地蔓延/渺小,有如尘世的/计谋,钢筋支撑着权力/石头也会晕眩/这毕竟是一种可怕的/高度,白纸背面/孩子的手在玩影子游戏"(《白日梦—14》),北岛对于潜意识的探索显然没有流于一味地为展现而展现的极端;其诗句的规则和梦呓的节制也使自身的风格同传统超现实主义梦呓的泛滥形成对比。这里,我们暂不去讨论其中的得失。不过有一点是应该明确的:北岛在诗艺的嬗变中,始终保持着艺术家的鲜明个性和吸收、探索诗学奥妙的独立、非被动状态。

由于对生活状态的厌倦和对人生、世界极为透彻的洞察,北岛诗歌一直具有"冷"的格调,回避柔情,也回避亮色的趋向日益明显,后期着意书写硬板、无色的物象,以衬托内心的真实。到了《白日梦》,这种追求更为剧烈。在主要抒写内心对世界的感受过程的前半部,北岛极为渲染情感的"钙化"状态。就让拿第一节来说:"在秋天的暴行之后/这十一月被冰霜麻醉/展平在墙上/影子重重叠叠/那是骨骼石化的过程/你没有如期归来/我喉咙里的果核/变成温暖的石头"。有文章批评《白日梦》时说:"他再不是只为自我宣泄、自我完成而写诗了,而是缩在著名诗人的硬壳中,把真正的自我严严实实地封闭起来,只向读者献上一个经过精心梳妆的、整整齐齐、漂漂亮亮的'他我'。"(《再论新时期文学面临危机》,《百家》1988年第1期)我们先不谈此文一味主张文学只是所谓"本身生命""本能地""宣泄"和"骚动"的体现这一提法的得失,我只想提醒两点:第一,其对超现实主义的主张和其文学形态的了解正像此文批评李陀对"意象""意向性"的"合璧"一样,是

"一种最浮浅、庸俗、外在、廉价"的一窍不通。这篇文章中一方面反复唠叨"每个人""最起码的个性都难以得到发挥",另一方面粗暴地扼杀北岛的个性。第二,什么叫"他我"?难道个体生命的体验只能诉诸"我我"而不能诉诸一个"自我"在作品中独立出来的符号?笔者倒认为北岛在诗歌美学上的突破恰恰就在这里,把叙述角度上升到脱离体验角度的层次上。当然,这并不标明什么"发展方向",只是北岛个人的探索而已。"世界上有很多道理,其中不少是彼此对立的。应允许别人的道理存在,这是自己的道理得以存在的前提。"(北岛)[①]

在"北岛的心态历程"一节中,我们之所以没有过多地涉及《白日梦》,就是因为《白日梦》是作为北岛对自己二十余年人生探求和诗歌道路的一个总结而出现的,不是某种情绪、感觉的记录。因而很难或曰不必将这首诗扯入"阶段"这个主观得出的划分中去,也不能当作新的心灵历程的标志。

北岛在《白日梦》中简述了生命个体探知世界的经历,同时一次推出对人生、世界的意义、个体的存在、人类的存在、命运、生活的全部思考。诗歌表现出幽远的长焦距感,仿佛是一个宇宙人在向我们诉说什么,包括对主客观两方面的深刻体察。

《白日梦》共二十三节,各节表现的内容大致如下:

1. 奠定全诗情绪基调,然后通过"摆动""奔走""敲打"等富有动感的外界行为意象与"一年的黑暗在杯中"的内心真实形成强烈的心理反差,暗示对世界的认知已给诗人带来了极度的超情感的孤独,含有自我毁灭的意念。

2. 对生存的"场"的阐述,单调、静态、"远离太阳"。"一个准备切开的苹果/那里没有核儿","玻璃房子里生长的头发/如海藻",远离生机。否定对客观世界作出任何真伪的判断,因为我们处在"避开真实的风暴"的围困中,探讨本质毫无意义。人的存在只是这种必然的"迷失"状态的偶然产物。

---

① 北岛:《谈诗》,《上海文学》1981年第5期。

3. "死"如同那"大理石的底座上／那永恒事物的焊接处／不会断裂",组成了存在的一切。距离"我们在无知的森林／和草地的飞毯上接近过天空"(《别问我们的年龄》)已如此久远,北岛陷入理智导入的忧郁,是那无情的"并不忧郁"的时间让北岛意识到人与死亡的媾和,而死让北岛超越了"时间",看到"人们从石棺里醒来／和我坐在一起／我们生前与时代的合影／挂在长桌尽头"。内心深处所有关于"山林湖泊"的期待都像那些"喃喃梦呓的书"的呓语从不兑现事实。

4. 基本上从梦幻和象征中走出来,插入自白,仿佛与"你"对话。"如期归来"可以理解为没有达成的任何愿望。"一次爱的旅行／有时就像抽烟那样／简单""所有的文字四散／只留下一个数字／——我的座位号码。"人对"坏天气"的拒绝,不想"打开窗户",在这里象征诗人对亮色的情感的冷遇。

5. 对人类原本状态的构想。"绳索打结","鱼群悬挂在高处"意味着时间停止,原始状态的记忆全被拉回,山"变得年轻",与现时生存状态的衰老形成对比,这种新鲜的记忆使得北岛对原初状态的设想中竟以为"没有人居住"。是的,"那自源头漂流而下的孩子",不会是我们,那是"人类的孩子",我们和历史、峭壁一道只能"静默"地"目送"。

6. 关于自由。"笼中的鸟需要散步／梦游者需要贫血的阳光",但"占据广场的人说／这不可能",人的自由受到庞大的社会管理机制的制约、人与人之间也"需要平等的对话",然而"道路"经常"撞击在一起",人际的不自由。"铀""剃刀""剧毒杀虫剂"诞生了,象征暴力的出现。北岛这种叙述依旧是对人类发展过程的描述,具体说是对原初状态向现时状态演化的描述。

7. 与人类的发展过程相吻合,个体生命的成熟却以童年——那个拥有自由,生命力奔放的世界——的丧失为代价。"死的那年十岁／那抛向空中的球再也没／落到地上",然后"被列入过期的提货单里",供死亡阅读。下片,自然而然从"阅读"转入与"你"的诉说,"你"是什么呢?一张"热情"的"脸",是冥冥中神秘的力量,生的呼唤。活着便永远处在"你所设计的阴影中"。

8. 生命在追求自由和解脱的历程中，留给我们一幕幕壮烈的记忆，"主人公"（悲剧）从火中逃亡，"白马展开了长长的绷带""木桩钉进了煤层／渗出了殷红的血"，容易让读者想到北岛曾信奉的英雄观。但时非彼时，地非彼地。北岛看到的是"河流干涸"后"露出那隐秘部分"的"空荡荡的博物馆"。清醒的荒诞感之下，人自身仿佛是展品。

9. "谎言般无畏的人们／从巨型收音机走出来／赞美着灾难"是北岛对那个时代英雄主义的倡议和赞美的讽刺，并以"医生"的身份说："没有免疫的自由／毒害了你们"，那个时代的个体的膨胀导致了自由的彻底丧失，北岛对"自由"的不可能性，在这里从自由本身出发得到论证。存在只是"合法继承"了"繁殖"，"简单而细弱"，不是别的什么。

10. "手在喘息／流苏在呻吟"，个体生命痛苦地在生与死的地平线上日夜挣扎。"一支箭"有如"牛顿死了""上帝死了"的信号"敲响了大门"，结束了追逐梦想的年代，"噩梦"同信仰一同倒下，随后便迎来了"衰败"不堪的状态，人们发现了真实，又展示着真实，在疯狂的世态中，"疯狂"只"是一种例外"。

11. 自白：由于悲观走向枯死。"秋天""是残废者的秋天"，"女人"的"手"，"干燥"，因而"我""远离海洋"，"心如枯井"，迷失的地点也毫无用处。

12. 集中表达价值的虚无。"白色的长袍飘向那／不存在的地方"，对"人的价值的追求""自我实现"给予否定。"心如夏夜里抽搐的水泵／无端地发泄"，对心灵的躁动和情绪宣泄的自渎态度。"蜉游在水上写诗／地平线的颂歌时断时续"，对诗、颂歌价值的否定，反文化的态度（主要表现在文化虚无主义情绪）。"谎言与悲哀不可分离／如果没有面具／所有钟表还有什么意义"，由对"谎言"的愤恨变为彻底的认可，"反讽"意味明显。"当灵魂在岩石上显出原形／只有鸟会认出它们"，嘲笑灵魂的伟大。

13. 接触新哲学的感受。"你们并非幸存者／你们永无归宿"的困惑借古人的口说了出来，"新的思想"（存在主义、尼采哲学）的出现与北岛的思路一拍即合，"击中时代的背影"。"苍蝇的血"的运用也是反讽处境。

14. 审视人生、尘世的可怕和淤闷感。"九十九座红色山峰／上涨，空气稀薄／地衣居心叵测地蔓延／渺小，有如尘世的／计谋"。

15. 关于爱。"我的一生""凝聚在"爱情的"钻石上"，爱情独立于充满恐怖的"嘴巴"的世界的角落里。但这唯一生命的维系，也没有获得，"你没有如期归来／我们共同啜引过的杯子／砰然碎裂"。

16. 关于人类生存。人类的生存永远是"黏合化石的工作"，是和美好的"春天"进行的战争，不断地"改变地貌"，破坏生态，是一种"冒险"，冒毁灭之险。而"黏合化石的工作"何其无为，"古生物的联盟解体了"，"黏合"掩盖不了生命原初状态的丧失。

17. 个体的困惑。"几个世纪过去了／一日尚未开始"，凝聚了等待的落空和希望的破灭，而"男人的喉咙"在"成熟"，时间继续，希望有如"枣""果核""石头"，光秃秃的。"我"像"动物园的困兽"，被置入生活的"城中之城"。

18. 个体的孤独和世态的冷漠。"罂粟花般芳香的少女／从超级市场飘过／带着折刀般表情的人们／共饮冬日的寒光"。诗，也不能够作为心灵的寄托了，"像阳台一样／无情地折磨我。"

19. 生活的黑暗和坦然的心境。北岛经过种种反思，终于获得了坦然的心境，面对"空旷"，他想到"笑容"（虽然笑容也"不真实"），面对"苦根""黑暗处的闪电"，他听见了水晶撞击的音乐。"冬日疯狂的马车"也能够缓缓地"穿过夏日的火焰"，"我们安然无恙"。

20. 对世界新的观察原则。不再以唯一的价值标准去统揽所有的事物，不再作什么单一的判断，不作判断，因为没有必要。北岛认为"文化是一种共生现象／包括羊的价值／狼的原则"。与此相反的态度是"放牧"，放牧是要有共同的羊的主人——牧羊人（共同尊奉的偶像），共同的鞭子（羊儿遵守的价值尺度），而现在北岛看到羊群因得了"热病"而膨胀上天了，死去了。北岛的这一哲学命题——"不去选择，没什么选择的，因毫无必要"——与当今风靡的存在主义不尽相同。存在主义强调行动，选择即自由。北岛的诗学给我们提供了一个以价值虚无为核心的新的哲学。他觉得"轴心"时代的人，那些"圣贤们"都"无限寂寞"，因为他们各自确立了一套学说，一套价值体系，并设想全天下的人都信奉他的学说。孔子影响了两千年，柏拉图、亚里士多德的影响仍在继续，这些圣贤取消了人类的其他可能性，他们本身多么寂寞，人类又多么寂寞。

21. 对人类生存状态中可能性的发展受到种种制约的具象描绘。"寻找激情的旅行者／穿过候鸟荒凉的栖息地""石膏像打开窗户／艺术家从背后／用工具狠狠地敲碎它们""一种颜色是一个孩子／诞生时的啼哭"（每个孩子的哭声皆相同，世界单调得表现为同一颜色）。而生活在单调性中的人们却"不愿看见白昼／只在黑暗里倾听"，仿佛一场巨大的悲剧因落幕而永远化为石像，根本无法改变了。此可谓"人类劣根性"了。

22. 悲剧被上帝撒在生活的每一个细节上，悲剧如果还有什么意义的话，那就是"琐碎"。诗中又一次采取了蒙太奇手法，各种悲剧的零件散落在大街小巷，像瘫痪一样不可医治。"悲剧的伟大意义呀／日常生活的琐碎细节"，否认悲剧的意义，典型的以卑微代替崇高的美学观念。看似与后现代主义相近，但由于各基于不同思想背景，路途迥异，而终点毗邻。

23. 对生命的质问。到了诗的结尾，我们领悟到所谓"白日梦"并非非理性主义指导下迷狂混浊的梦境，而是标明这样一个诗歌愿望：对生命的追问。这个线索像"你"一样贯穿始末，可见北岛工于构思的水平。"从死亡的山岗上／我居高临下／你是谁／要和我交换什么？"生命的赋予究竟给北岛、我们、地球上的高级动物带来了什么呢？"白鹤展开一张飘动的纸／上面写着你的回答／而我一无所知。"北岛运用了中国文化中表现缥缈无期的"白鹤"的形象，把生命的疑问和疑问的惆苦呈现无遗。结尾仍不忘记"你没有如期归来"的再度重复。

对诗的解析，使我对诗犯下了罪过。

五、北岛在中国诗坛·结束语

> 寡妇用细碎的泪水供奉着
> 偶像，等待哺乳的
> 是那群刚出世的饿狼
>
> ——北岛

据说，新诗潮的贡献在于使"诗"重新回到诗，不仅表现在诗人主体性的觉醒，更主要在于把诗作为把握世界的一种艺术方式，诗的复归衔接了"五四"以来的新诗传统，并与世界诗歌潮流产生契合。

北岛创办《今天》，揭开了新诗潮的序幕，但促使他成为新诗潮的代表人物的还是他的诗歌本身。毋庸讳言，新诗潮时期北岛诗歌所展现的强烈的现代意识和全部的诗歌技巧的的确确超过了其他几个代表人物。

后新诗潮的崛起是以"Pass 北岛""打倒北岛"为先声出现的，和历次艺术浪潮的更迭类似，年青的一代瞄准了新诗潮的代表人物。后新诗潮的一些人对北岛的指责主要针对北岛前期诗歌。

他们反对北岛的"英雄意识"，主张平民意识，以"反讽"代替"崇高"，对生活状态进行白描。笔者认为这些追求已或同或稍异地暗含于北岛的后期创作中，这是中国诗歌不断摆脱功利性（社会功利）的必然结果，也是北岛个人不断探索、领悟的境地。另外，"平民意识"与平庸无缘，以"平民意识"来反对审美主体对客体切入的深度，只能导致诗感的钝化和中国诗坛的再度荒芜。

他们反对意象的累叠，主张"用地道的中国口语写作，朴素、有力，有一点孩子气的口语"。[①] 这里有新诗潮兴起之后一些非"诗"人盲目组造诗句给诗坛造成意象杂芜、堆砌的背景原因。除此之外，就只剩

---

① 王小龙：《远帆》，老木编：《青年诗人谈诗》，北京大学五四文学社，1986年。

下不同诗人因对诗的形式的不同理解而导致的不同主张了。北岛没有放弃象征的财富，而一些青年诗人或由于文化构成层次较低，或由于受欧美后现代主义的影响，强调口语化。

显而易见，北岛的《单人房间》《青年诗人的肖像》《艺术家的生活》的反文化倾向已然可以同所谓第三次浪潮中反文化派达到某种沟通，《白日梦》里"文化虚无"倾向可以看作北岛在这方面思考的独到之处。北岛《白日梦》中对生命的追问正暗合了当代诗坛对生命意识的强调，而更富深刻性。北岛对生命原初状态的遥望或可能性（人类发展）的探讨不仅与当代诗坛"史诗派"的追求有趋近之意（仅指史诗派关于"人的文化创造中的那些未被发展的可能性"[①]的关注），而且更富有个体深刻的经验感受和超验感知的色彩，并且绝不会出现因为置身历史文化之中而易导致被古文化同化的倾向。从北岛的"文化虚无"，我们自然又联系到非非主义的"超文化"追求，二者也许丝毫没有联系，但其中共同达到的诗学成熟的思考，足可以让我们有理由预期一个新的突破的到来。

我并不想把北岛的诗歌与其他流派的主张生拉硬扯凑到一块儿以证明北岛的"前卫"位置，只是想表明第三次浪潮的种种浮躁情绪和排他意识乃是当代诗歌状态病态的体现，这主要归咎于一些青年诗人盲目无知和潜意识中对成就者严重的对抗性心理。而我们的评论家们往往人云亦云，捕风捉影也跟着大喊"浪潮"与"蜕变"，争相制造更新的"新生代"。

"对于年青的挑战者，我要说，你已经告诉我们，你将要做什么？那么，让我们看看，你做了什么？"[②] 北岛则做了许多。

最后我要提到的是这样一个提法："以北岛、江河、杨炼、顾城为代表"的"朦胧诗"，"艺术特征是单主题象征"；以廖亦武、欧阳江河等为代表的"生命寻根"和"文化寻根"派，"艺术特征是多主题象

---

① 张颐武：《从超越的文化到文化的超越》，北京大学硕士学位论文（1987），第38页。
② 舒婷：《潮水已经漫到脚下》，《当代文艺探索》1987年第2期。

征";"以《非非》诗派"等为代表的第三次浪潮"艺术上强调对语义的偏离和语感还原"。① 这样的归纳基本正确。有关三种艺术风格尤其是象征和语言方面的相异之处,它们之间的关系,还有待深入研究和阐释,由于篇幅所限,本文未及深入讨论,笔者将另文论述。

① 周伦佑:《论第二诗界》,《非非评论》(报)第1期,1986年8月20日。

台湾新诗研究

论杨牧《十二星象练习曲》，兼及现代性

郑慧如

前言：重新安排的"现代"与"中国"
——从《十二星象练习曲》到《现代的中国诗》

本名王靖献（1940—　）的杨牧是台湾诗人抒情声音的代表，尤其在笔名仍是叶珊的青春时期。[①] 一般认为杨牧的诗以浪漫为主要基调，即使勾勒内在思维的知性之作亦复如此；而与以前卫、实验性著称的诗风有相当距离。

然而尽管秾丽而宛转，浪漫的潮水打在过渡到杨牧的叶珊身上，并未将他全然湿透，1971年出版的《传说》，即可谓浪漫叶珊到现代杨牧的里程碑，就中七篇叙事诗创作，镕铸了叶珊时期奠定的诗法，寓暗示

[①] 杨牧在台湾出版的中文诗集（不含翻译的诗集）有：《水之湄》（蓝星诗社，1960年）、《花季》（蓝星诗社，1963年）、《灯船》（文星书店，1966年）、《非渡集》（仙人掌出版社，1969年）、《传说》（洪范书店，1971年）、《瓶中稿》（志文出版社，1975年）、《北斗行》（洪范书店，1978年）、《杨牧诗集Ⅰ》（洪范书店，1978年）、《禁忌的游戏》（洪范书店，1980年）、《海岸七迭》（洪范书店，1980年）、《有人》（洪范书店，1986年）、《完整的寓言》（洪范书店，1991年）、《杨牧诗集Ⅱ》（洪范书店，1995年）、《时光命题》（洪范书店，1997年）、《涉事》（洪范书店，2001年）、《介壳虫》（洪范书店，2006年）、《杨牧诗集Ⅲ》（洪范书店，2010年）、《长短歌行》（洪范书店，2013年）。叶珊时期出版的诗集包括《水之湄》《花季》《灯船》《非渡集》《传说》。

于冷静的笔触,在浓缩的篇幅里策动声色意象,照顾语言与情思而富于张力。①

杨牧《传说》中的叙事诗可谓台湾现代诗叙事转向的枢纽。置诸1970年代台湾的文化语境,叙事诗的技巧得到发展,叙事诗的风潮因而重启,杨牧《传说》中的叙事诗功不可没。1970年代之初,以纪弦为首的现代派运动逐渐式微,而杨牧最后一本以叶珊为笔名的诗集:《传说》,却密集以七首长篇叙事诗展开创作实践。1970年代初期的台湾还没有著名诗人倾如此之力于长篇叙事诗;以媒体为主的文化界要到1970年代中期以后,由高信疆等为主的报社文学奖大力倡导,长篇叙事诗才风起云涌,得到诗人的普遍瞩目。故而《传说》七首叙事长诗的历史定位,放到当时的诗潮与及文化语境更显特别。因为杨牧的前导与实践,我们知道,1970年代中叶以降,倡言走入社会、关怀现实、介入世界的叙事诗风潮,于实际的诗史发展已非首发;而因文学奖大力倡导常见的松散、平板或冗沓,并非叙事诗这个诗体本身的局限:杨牧早就接通抒情与叙事,突破叙事过程中的意念先行,在叙述者和诗中人之间穿梭自如,以精致的语言和宛转的情思,转化私密经验与集体意识。

《十二星象练习曲》,是《传说》中较长的作品,写于1970年,总行数100。与同诗集中的数首叙事诗相较,《十二星象练习曲》更受诗坛瞩目。② 它受到瞩目的表面原因是书写性事而造成的"隐晦";③ 但如果仅是这样,很难解释《十二星象练习曲》历久弥新的吸引力。全面搜罗

---

① 包括《序韩愈七言古诗"山石"》《延陵季子挂剑》《第二次的空门》《流萤》《武宿夜组曲》《十二星象练习曲》《山洪》。见叶珊:《传说》,洪范书店(台北),1971年。
② 杨牧曾为《传说》中的《山洪》不若《十二星象练习曲》受到诗友称赞,以"酖于远航"、"扯帆而不识水性"自嘲,亦自有垦殖之愉悦在焉。参见叶珊:《前记》,《传说》,洪范书店(台北),1971年,第2页。
③ 郑慧如在《身体诗论》中,引《十二星象练习曲》为论述台湾1970年代"隐喻的身体"的例子。略谓:"就一九七〇年代台湾新诗的身体书写而言,隐喻的身体面临三个诗学任务:第一,转化现代主义的思考方式,思索切身的现实问题;第二,把身体观从由内向外的感官解放,转为由外向内的厚沉聚敛;第三,排除身体书写的惯性思考和模糊不清的温存诗意,给诗作严肃而清醒的内涵。"见郑慧如:《身体诗论》,五南出版社(台北),2004年。

《传说》前后时期的叙事诗，① 可知《十二星象练习曲》在篇幅、题材、结构上，都不是一枝独秀。② 若仅就题材比较，《妙玉坐禅》与之类似，使用的词汇更华丽。③ 但是《十二星象练习曲》也是杨牧长篇叙事诗中，诗文本的意涵较不依赖所用典故的作品，相当特别。从《十二星象练习曲》的叙事事件出发，可捕捉杨牧诗作难得的反讽、一向的隐喻，以及沉湎于激情中的感官栖止、令读者感到"隐晦"的真正原因。

1976年，杨牧发表《现代的中国诗》一文。从"现代派"以《现

---

① 《传说》收有写于《十二星象练习曲》之前的作品，包括《续韩愈七言古诗"山石"》(1968)、《延陵季子挂剑》(1969)、《第二次的空门》(1969)、《流萤》(1969)、《武宿夜组曲》(1969)；后于《十二星象练习曲》者，则有收于《瓶中稿》的《林冲夜奔》(1974)；《禁忌的游戏》的《郑玄寤梦》(1977)、《马罗饮酒》(1977)、《吴凤成仁》(1978)；《有人》的《班吉夏山谷》(1984)、《妙玉坐禅》(1985) 等名篇。

② 表列杨牧组诗之行数及组成统计如下：

编号	诗 题	总行数	组数	组成方式
01	《续韩愈七言古诗"山石"》	31行	2组	1、2
02	《延陵季子挂剑》	38行		
03	《第二次的空门》	23行		
04	《流萤》	32行	3组	上、中、下
05	《武宿夜组曲》	22行	3组	1、2、3
06	《林冲夜奔》	186行	6组	第一折、第二折、第三折甲、第三折乙、第三折丙、第四折
07	《郑玄寤梦》	61行		
08	《马罗饮酒》	52行		
09	《吴凤成仁》	64行		
10	《班吉夏山谷》	46行		
11	《妙玉坐禅》	206行	5组	(一)鱼目、(二)红梅、(三)月葬、(四)断弦、(五)劫数

③ 《妙玉坐禅》从《红楼梦》取材设事，以代言体操作形神分离的许多想象，让诗作了向外延展的特质;亦用了双关、镶嵌、影射等技巧来转化《红楼梦》中妙玉坐禅的故事。诗分五节，冠以标题为：鱼目、红梅、月葬、断弦、劫数，分别描绘妙玉坐禅、宝玉生辰、宿命谶语、入魔惊梦、强盗入庵等五个情节，深入诠释文学典故，表现妙玉的心理挣扎，直探情欲需求。作者用繁复的感官意象暗示妙玉的性醒觉，以对比情欲和宗教之间的冲突，并使用一再重复的句子来状写妙玉的心情，采取的是听觉意象和视觉意象的交替、错综和串联。相关论述参见郑慧如：《身体诗论》。

代派信条》揭竿而起,到1972年现代诗论战之后、1978年乡土文学论战之前,《现代的中国诗》着墨的焦点触碰到论战口水罕能及义的"现代性"。杨牧在该文中,主张发扬汉语因素、文化传统、在地情境,强调"中国"的质地、性格和精神,取代富于砥砺与挑逗、"以现代技巧表现现代精神"的"中国的现代诗"。[①] 既主张倾听民族诗风的脉搏,又兼顾平衡"西而不化"的作诗弊病,确是转移诗潮的折中观点。

《现代的中国诗》重新安排的"现代"与"中国",在发表该文前六年的《十二星象练习曲》中,杨牧已经有极佳的创作展示。本文将从诗作本身印证、发掘《十二星象练习曲》的独特魅力。先就话语因子探究历来学者认为的"晦涩"之因,再从"地支"与"星象"的主客易位讨论"十二星象"在诗行里的效应,然后从时间序列中提取形式与声音,诠释《十二星象练习曲》的既定命题。

"隐晦"之由:两两互生、补缀救济的话语因子

多位学者为《传说》中的《十二星象练习曲》撰过令人更想一窥究竟的评文。[②] 比对原诗,根据周边资料,学界对这首诗的共识为:

[①] 见杨牧:《现代的中国诗》,《文学知识》,洪范书店(台北),1986年,第3—10页。虽然如何"中国",其实仍与如何"现代"一样,堂皇的口号等待诗作的实践来填空与完成;但是《现代的中国诗》无论就杨牧个人的诗观或当时台湾现代诗发展上,都具有指标性的意义。

[②] 参考尉天骢等:《评杨牧"十二星象练习曲"》,《诗宗季刊》第5期,1972年3月;杨子涧:《"传说"中的叶珊与"年轮"里的杨牧》,张汉良、萧萧编:《现代诗导读(批评篇)》,故乡出版社(台北),1979年,第329—375页;陈慧桦:《从神话的观点看现代诗》,孟樊编:《当代台湾文学评论大系4:新诗批评》,正中书局(台北),1993年,第53—85页;陈芳明:《杨牧现代抒情的诗艺:阅读"十二星象练习曲"》,彰化师范大学国文系编:《第六届现代诗学研讨会论文集:台湾前行代诗家论》,万卷楼出版社(台北),2003年,第123—138页;马苏菲(Silvia Marijnissen):《"造物":台湾现代诗的序列形式(以杨牧〈十二星象练习曲〉为例)》,李家沂译,《中外文学》第368期,2003年1月,第192—207页;丁旭辉:《在天地性灵之间:杨牧情诗的巨大张力》,《彰化师大国文学志》第23期,2011年12月,第1—28页。

1. 最早出现在散文集《年轮》的《第一部：柏克莱·天干地支》。①
2. 作者以一个上午修整旧作，组成此诗。②
3. 此诗以一对男女的性爱过程为主要题材。
4. 此诗援用越南战争为部分意象之背景。③
5. 此诗以中国十二地支、西方黄道各宫、罗盘上的方位等标示时间的方法结构为诗，建立各子诗类别与顺序上的关联。

回到诗作本身，《十二星象练习曲》诗行中有一些似续若断的话语因子，如星象、生肖、地支、方位、时间，这些因子看似可有可无，却强韧如蜘蛛丝，彼此以凝练的诗语互相补缀救济，刚刚好缚系整个意象群于不坠，以致读诗如解谜。易感觉晦涩的地方有几处：（1）"星象"和"地支"的关系；（2）"生肖"和"星象"的关系；（3）"方位"和"星象"的关系；（4）"时间"和"星象"的关系。表1（见下页）以段落为序，腾列这些因子在各节的作用与表现。

根据表格审度该诗引发晦涩的几处，则可解释为：

1. "星象"和"地支"的关系：倘若覆案诗题以寻掇诗意，"十二星象"是此诗的焦点、隐喻生发的基础，"十二地支"仅作各节标示顺序之用；但是反复诵读，即可发现"地支"才是整首诗凿壁偷光的源头，"星象"反而是内在影像转化为意象结构的客体。换言之，《十二星象练习曲》的语感冲动来自"地支"。
2. "生肖"和"星象"的关系："星象"与"生肖"一西一东，各为不同文化语境下用以占卜的符码。"生肖"依地支纪年而来，"星象"则依黄道十二宫而来，两者在诗外水米无干，在诗中也没有对应的关系。会令读者产生混淆，是因为两者的动物代码共同围

---

① 见杨牧：《年轮》，四季出版公司（台北），1976年，第104—126页。
② 参见叶珊：《前记》，《传说》，洪范书店（台北），1971年，第2页。
③ 见杨牧：《年轮》，第104—126页。

论杨牧《十二星象练习曲》，兼及现代性

表1

段落	地支	与地支相应之中气	农历月份	生肖	时间	方位	星象	与星象相应之中气
1	子	冬至	11	鼠	23:00—1:00（我们这样困顿地／等待羊夜）	北（我挺进向北）	白羊（转过脸颊去朝拜久违的羚羊夜）	3.21—4.20
2	丑	大寒	12	牛	1:00—3:00（四更了，虫鸣霸占初别的半岛）	偏东北（NNE3/4E）	金牛（我以金牛的姿势探索那广张的／合地）	4.21—5.20
3	寅	雨水	1	虎（波斯地毯对你说了什么／泥泞对我说了什么）	3:00—5:00（破晓）	偏东北（倾听 东北东偏北）	双子（双子座的破晓）	5.21—6.20
4	卯	春分	2	兔（向来春奔跑的野兔）	5:00—7:00	东（请转向东方）	巨蟹（当巨蟹／以多足的邪裘）	6.21—7.20
5	辰	谷雨	3	龙（龙是传说里偶现的东）	7:00—9:00	偏东南（NNE3/4E 东南东偏南）	狮子（在西方是狮）	7.21—8.20
6	巳	小满	4	蛇	9:00—11:00（上午）	偏东南	处女（或者把你上午多露水的花留给我）	8.21—9.20
7	午	夏至	5	马（风的马匹）	11:00—13:00（正午的天秤宫）	南（新星升起正南，我喜爱你屈膝跪向正南的气味）	天秤（天秤宫垂直在失却尊严的浮行河）	9.21—10.20
8	未	大暑	6	羊（收获的笛声）	13:00—15:00	偏西南（收获的笛声已经偏西了，偏西了）	天蝎（午后的天蝎、剧毒的星座）	10.21—11.20
9	申	处暑	7	猴（请如猴猴升起）	15:00—17:00（拥抱一片清月）	偏西南（四十五度偏南）	射手（午后的射手小倒）	11.21—12.20
9	酉	秋分	8	鸡	17:00—19:00（太阳已经到了正西）	西（太阳已经到了正西）	魔羯（魔羯的犹疑）	12.21—1.20
10	戌	霜降	9	狗	19:00—21:00（初更的市声）	偏西北（WNW3/4N）	宝瓶（盛我以七洋的盐水）	1.21—2.20
11	亥	小雪	10	猪（请你复活于橄榄的田园，为我，并为我翻仰）	21:00—23:00（这是二更）	偏西北（北北西偏西）	双鱼（接纳我伤在血液的游鱼／你也是璀璨的鱼）	2.21—3.20

绕作品的中心主题开展，在模糊而闪烁的感发中互相投射。

3. "方位"和"星象"的关系：此诗各节对应的方位依从地球和太阳的相对位置而来，呼应诗中所述事件在一日之中按照顺序发生的时间，遵循及衍伸的是"地支"与"钟表"的方位，而非"星象"。例如子对应北方，午对应南方。天文学中用以测量星座方位的星座图，所测的是天上；此诗所测为人间男女。

4. "时间"和"星象"的关系：相应于十二地支顺序呈现的十二星座，其对应的中气并不等同于该段地支所对应的中气；与地支相应的农历月份与二十四节气，在《十二星象练习曲》也没有发挥真正的作用。而一天中相对于地支的时间，在诗行里可找到对应。证实《十二星象练习曲》演绎的是二十四小时中的性爱。

从地支到星象的练习：《十二星象练习曲》的生成与效应

诗作与表格对照后，几个容易引起误解的因素都来自"地支"与"星象"的主客易位，那么看来误导阅读方向的"十二星象"在诗作中生成怎样的效应？这个提问触及《十二星象练习曲》"扯帆"出航之后诞生的语感及语意。

回到此诗的基本阅读共识，《十二星象练习曲》前身收于《年轮》诗文同构的长篇作品《柏克莱》。《柏克莱》长达 125 页，以反越战为创作背景，主述者为作者虚拟代言、参与越战的美国二等兵弗兰克·魏尔西。用作收煞的长篇组诗题为《天干地支》，共两大节，各以"天干"标目，组为前十小节 81 行、"地支"为标目，组为后十一小节 100 行。《天干》以女性向爱侣发声，召唤《柏克莱》的主角弗兰克·魏尔西，但在诗行中隐去此名；《地支》以男性发声，其中的女性人名"露意莎"在《柏克莱》的文脉中纯为幻设，并无情节对应。杨牧对切《天干地支》，使得《十二星象练习曲》为《天干地支》后半部《地支》的过录与修改。

《十二星象练习曲》用作标目的"地支"原来相应于"天干",而为一首完整组诗的后半段,和前半段的《天干》有结构和情节上的对应关系;《天干》刊落之后,《天干地支》前半段具延续性的叙事线索均皆断裂:诸如战场意象、男主角的士兵身份、男女主角因战争而分隔的六年时间、取材于越战的情节等等。独立后的《地支》改题为《十二星象练习曲》,从传播与发表层面切断与娘胎《柏克莱》的因果关联,摒除手足《天干》的叙事支应,然因创作血缘而来的点点滴滴,则或在诗行之间的呼应下而摇落成符号般的暗示,或因顿失所依而看似空中抓取的浮沫。也因如此,对号入座的阅读方式特别不适合用在《十二星象练习曲》——首先,"以越战为背景"已无法当作对此诗的有效认知,学界的既有研究应作修正;诗中的"战争"可以是任何战争,也可以只作为床战的虚拟映衬。其次,《地支》中作为弗兰克·魏尔西性幻想对象的"露意莎",在《十二星象练习曲》中更强化其声符而削弱其意符,空间意义减少,时间意义增加。缺少如《天干》与《地支》那样对应的《十二星象练习曲》,每一声"露意莎"同时充溢着生命与绝望,而且浩叹更大过呼唤,表现出诗中人对生命不停息的挣扎。独立于《天干》而炉灶另起的《十二星象练习曲》,其主题与其说是学界既定的性爱记事,不如说是寄托于春梦的生命追问。

　　《十二星象练习曲》由标目"地支"引起晦涩的主要原因,不是因为增加了与"星象"无干的元素,而是因为减去了与"地支"对称的另一半。删除与《天干》的对话之后,作者不再弥缝补缀;然而断不掉的创作血缘就像不间断的意识,在诗行中拾遗于错落相应于"地支"的诗语,转化成阅读干扰。

　　另一方面,"地支"与"星象"经由诗题导引后的主客易位,不但改变《十二星象练习曲》从《天干地支》演化而来的关系结构,也改变了整首诗的意涵与风格。"星象"负载隐喻中"诗人"的意谓,从《地支》的浮流窜升,但同时也暗指人间烽烟,由此演绎杨牧耽思傍讯的知性与秾丽宛转的抒情诗风,以纷然罗列的十二星象为主轴,发挥联想机制的中枢作用,调动"十二星象"拓张而成的关系网为意象流动的轨迹，让原本以"地支"为想象中心的相关元素：方位、时间、生肖，变成诗的叙事背景，多轨前进，支撑表演的主角："十二星象"。

所谓"十二星象"，乃假想太阳在天上每年巡逻一周的轨迹为黄道，把两侧各八度的恒星十二等分，得十二宫，依次为白羊、金牛、双子、巨蟹、狮子、处女、天秤、天蝎、射手、魔羯、宝瓶、双鱼。《十二星象练习曲》以黄道十二宫的相对位置为性爱意象或时间指涉，从三月二十一日开始的白羊座，到二月二十一日开始的双鱼座，依照春夏秋冬四季安排十二星象出现的顺序，各星座以相应的诗语探入诗行，依序为：白羊（转过脸去朝拜久违的羚羊吧）、金牛（我以金牛的姿势探索那广张的／谷地）、双子（双子座的破晓，倾听吧）、巨蟹（请转向东方，当巨蟹／以多足的邪亵摇摆出万种秋分的色彩）、狮子（在西方是狮）、隐喻的处女（或者把你上午多露水的花留给我）、天秤（天秤宫垂直在失却尊严的浮尸河）、天蝎（午后的天蝎沉进了旧大陆的／阴影）、射手（驰骋的射手仆倒，拥抱一片清月）、魔羯（魔羯的犹疑／太阳经到了正西）、宝瓶（盛我以七洋的咸水）、双鱼（接纳我伤在血液的游鱼／你也是璀璨的鱼）。

因而就内涵而言，杨牧拈取旧作《天干地支》的《地支》，使得由"地支"而来的"生肖""方位""时辰"等元素成为此诗的基本意象，进而撒豆成兵，与反客为主的"十二星象"在同异之间承续错综、相呼相应，铺叙纸上谈兵的竟日春梦，演练为有始有终、有先有后的时间艺术，从子时的白羊座到亥时的双鱼座，将并置渲染的星座意象与战争意象互相浮雕，展现发酵定型后的内在语象，是为《十二星象练习曲》。

形式与声音的练习：时间序列中的云端春梦

诗和乐曲的结构感必须在时间的序列中呈现，因而同为时间的艺术。现代诗发展的过程中，不乏诗人向音乐汲取声音表现的灵感，痖弦即为着例。① 而着重诗作韵律的杨牧,其《十二星象练习曲》即以取题的内涵向语音节奏致意。

"练习曲"为曲式的一种,指的是为训练特定的演奏或演唱技巧而作的曲子,经常为了特定乐器的表演技巧而量身定做。在杨牧的《十二星象练习曲》发表以前,台湾现代诗史上以"练习曲"定题的名作,以方莘的《练习曲》②为着。该诗以一位名为"林达"的女主角,为诗中第一人称独白与恋慕的对象,于呼唤"林达"的同时,焕发诗行以细碎缠绵的韵律,在语音速度上有独特的表现。《十二星象练习曲》以"练习曲"取题,从精神上转嫁技巧演练的意涵,情调上遥接同辈诗友的名篇而更诉诸内在的律动,在个人的创作史上尤发扬了叙事诗的民族性与意象性。

杨牧很重视诗的形式与音乐性,不但在文章中多所阐释发明③,更在诗创作中经营实践。相较于同样从音乐提取概念的其他诗作④,《十二星象练习曲》行数较多,尺幅千里,声音的发展与延伸更看得出特质与效果。从技巧演练的层面重新检视,《十二星象练习曲》的声音表现便从湮没于"性爱"的主题框架中凸显,更重要的是,我们对此诗的叙事风姿也将有进一步的理解。以下讨论,将从时间序列中提取形式与声音,作为诠释《十二星象练习曲》既定命题的基本面向。

(一) 形式

在形式上,《十二星象练习曲》特别值得留意之处有三:其一,正如迄今对《十二星象练习曲》最具阐释力的马苏菲从"异素"的角度发现,第六地支只有一行,位居《十二星象练习曲》正中,是整首组诗

---

① 如痖弦《如歌的行板》。
② 方莘:《练习曲》,《蓝星季刊》第 4 号,1962 年 11 月,第 26—27 页。
③ 例如《音乐性》,《一首诗的完成》,洪范书店(台北),1984 年,第 146—149 页;《出发》,《搜索者》,洪范书店(台北),1982 年,第 14—15 页;《诗的自由与限制》,《杨牧诗集 II》,洪范书店(台北),1984 年,第 514—515 页。
④ 如《子午协奏曲》《未完成三重奏》这些在标题上显示音乐意象或精神的作品。

100 行中的第 51 行。[①] 其二，以十二地支为段落布局，敷演而成的组诗，只有十一首，诗章数不等于地支数，因为其中《申》《酉》合为第九首。其三，《十二星象练习曲》大致上每一首都有两节，但是第十首诗《戌》只有一节，第六首《巳》则一行成诗。这三点特质使得《十二星象练习曲》更具向心力，更紧密结合由地支贯串的时间与数字序列。依次讨论于下。

首先，位居 100 行正中的第 51 行独立成诗，在语法、结构、意涵上，都有统合全诗的作用。该诗以："或者把你上午多露水的花留给我"构成。在语法上，"或者"一词承接、联系前此的诗行。在结构上，仅只一行特具"醒"的作用；在《十二星象练习曲》里，《巳》以其形式颠覆了整个结构，也因而强调了它的特殊地位。在意涵上，"上午"暗示时间上与"巳"对应的 9：00 到 11：00；"多露水的花"具有阴阳两面的影射，阳面呼应《十二星象练习曲》唯一未在字面上提到的星象：处女座，阴面投向与"巳"对应而特有阳具暗示的生肖：蛇。

其次，《申》《酉》合为第九首而使得《十二星象练习曲》的诗章数不等于地支数，则在时间序列的意涵上与结构互相发明，给人"内容即形式"、"形式内在于文本"的思索。按，对应隐于诗行的时间，第九首描绘的是 17：00 到 19：00 的事件。揆诸全诗循序渐进的时间推演，诗中许多意象明显支持将该诗诠释为：一对男女遵循循环的时间系统，而在一日内重复、连续生发的性事。例如"羚羊"借代为女阴的三角形地带，"金牛"为男性埋首苦干的姿势，"游鱼"并指伤亡的精子和女性扭转翻腾的体态，"巨蟹"象征欲焰里窜舞的手足；"射手"为性爱中冲刺的男性。那么从朝拜"羚羊"象征前戏，到"金牛"探索谷地的爱抚，"双子""巨蟹""狮子"的狂欢，以致"处女座"汩汩的体液，"天秤宫"象征垂头丧气的阳具，"天蝎"东山再起，"射手"卧倒杀场，"魔羯"和

[①] 见马苏菲（Silvia Marijnissen）：《"造物"：台湾现代诗的序列形式（以杨牧〈十二星象练习曲〉为例）》，李家沂译，《中外文学》第 368 期，2003 年 1 月，第 192—207 页。该文所谓"异素"，定义为规律系统中不安定的逸走元素。"异素"的作用可使系统与自身都受到注意。

"宝瓶"的恍惚,迄于"双鱼"伤亡在彼此的激情,人体的正常反应与梦魇而酣畅的性爱过程应有合理的呼应。故而《申》《酉》合为一首,如"升起,升起,请如猿猴升起/我是江边一棵哭泣的树","猿猴"和"哭泣的树"即嘲讽、暗示诗中主角心有余而力不足,诗之尾声将至。

其三,第六首《巳》及第十首《戌》以形式的偏离暗示内涵的逸走,诗意因此偏移,情节缝隙加大,尖锐而隐晦的当代感性更为凸显。《巳》以起于犹疑而结以决断的语气一行成诗,夹在多半以两节组成一首、每首约十行的组诗结构里,就阅读长篇叙事诗而言是一个转折和休息站。《戌》以四行煞尾句组成,虚指的方位开篇后,焦点集中在"初更的市声伏击一片方场/细雨落在我们的枪杆上",特写津液洋溢中的幻丽洁净。

(二) 声音

《十二星象练习曲》一贯保持杨牧悠然舒缓的慢调。因为此诗以长达二十四小时的激情性事为主要叙述情节,声音与题材便由逆向拉扯而造成特殊的张力。烬余的沉静取代激烈性爱的快节奏,透过回忆与想象,沉淀到笔下,组成交织着危机与往事的印象空间;[①] 隐隐的躁动还在,但已是抽离当下之后,因内心挣扎而显示的独白,整首诗充盈着中断、寻思、质疑、犹豫的语调。[②]

[①] 石计生借本雅明(Walter Benjamin, 1892—1940, 台湾译班雅明)的"印象空间"诠释杨牧诗中的"内在森林",提到水印、马赛克的观念。参见石计生:《印象空间的涉事:以班雅明的方法论杨牧诗》,《中外文学》第31卷第8期,2003年1月,第234—245页。

[②] 杨宗翰认为,杨牧诗的形式选择建立在他自己的格律认同上。在旺盛的企图心展现后,又要求自己需继之以冷静的思考后再下笔,但呈现出来的又带有对现实的万分无奈,和一开始的热情参与顿时有了颇大的距离。当诗人心绪中参与的热忱越高涨,诗作中叙述者的态度就越暧昧。不定的问号如满天星斗,表现在刻意的语言不确定、犹豫迟疑的语调、反复的自我否定与质问,和一贯抒情、微带忧伤的笔调。见杨宗翰:《摆荡:论杨牧近期的诗创作》,《台湾诗学季刊》第14期(1996年3月),第114—120页。这个观察有助于了解《十二星象练习曲》的声音表现——尽管杨宗翰对杨牧诗的声音设计态度保留,认为杨牧有时刻意迁就格律而压缩字数,反而造成诗质稀薄。

以下从两方面观察《十二星象练习曲》的声音与题材逆向拉扯而造成的张力：召唤咏叹的语气、慢镜头的视象叙述。①

《十二星象练习曲》以第一人称独白体开展，叙事声音强烈认同着诗中的"我"，朝向"我"的同一边而凸显抒情性格，也因此而多咏叹，少讽刺。叙事者透过诗中"我"对于和"露意莎"互动的事后描述，以过程中的心理活动达致类似角色扮演而来的仪式作用，可谓另类"面具"的应用方式。诗中人屡屡呼唤的"露意莎"同时具备情人、上帝、野兽的特质；诗行中的"死亡的床褥""霜浓的橄榄园"，以弹跳的、浮雕般的时空动线来展现"露意莎"或诗中人的性欲，而诗中人呼告"露意莎"之时，往往危机也随之显现；例如："发现我凯旋暴亡／僵冷在你赤裸的身体"。在声东击西的迷离幻境里，召唤"露意莎"的语调有如强烈拍击的韵律，使得行进中的诗行达成祝祷般的效果。

以星象为隐语，纷陈而辽远的十二星象一方面表现燎原的情欲，另一方面表达对性欲的疑虑和避忌；例如："倾听，葡匐的伴侣／不洁的瓜果"、"你也是璀璨的鱼／烂死于都市的废烟"。透过呼唤"露意莎"，诗中人向爱神顶礼恳求，叙事者则以代言人之姿，为沉湎至深的爱情求得一个纸上谈兵的收场。几乎每节必呼告的"露意莎"，既有牵引各节诗语以断续相连的作用，也促使《十二星象练习曲》的性爱氛围由躁入静、由急而缓。以"露意莎"为名，邻近的前后文主要是绵密、不安、神经质的告白；稍远于"露意莎"的，则是章句交织的宁静、爱怜和暴烈，以及荡开各层次的意象、思想辨诘。比如从"露意莎"宕开、以水为核心的意象群："多露水的花""溪涧""丰满的酒厂""失却尊严的浮尸河"等等，即用作转腔过调，有如石计生文章中所谓的"印象交叠的水

---

① 陈大为认为："杨牧的叙事节奏一向都相当舒缓，有时候近乎停顿，写了十几行还在原来的位置。这种慢镜头的视象描述较适合短诗，杨牧的短诗大都是非常舒缓的，仿佛时光随之栖止在美好的事物上。而视觉的栖止，让杨牧捕捉到更多让我们容易忽略的微小事物。"见陈大为：《诠释的缝隙与空白——细读杨牧的时光命题》，《当代诗学》第 2 期，2006 年 12 月，第 58 页。

印"。① 又因"露意莎"介入思索者"我"展开的叙事，话语便在独白和倾诉之间摆荡，则"我"和"露意莎"可谓一体的两面，叙述主体分成两个扞格的自我，在情欲和社会的规范中雌雄同体，交缠厮杀，思索僵局，接通自我与他人，既保有"叙事诗"想当然尔的叙事意味，又策动声色意象，以凝练的诗语互相救济。

《十二星象练习曲》最值得留意的声音表现是悠缓节奏与慢速镜头造成的静止效果。权且借用王次照的说法②，假如"慢"是杨牧诗作的声音风格所系，那么杨牧在诗中表现音色样态的情绪，毋宁大多数是与"慢速"相关、酝酿或浸淫而得的沉静、安定、自在、闲适等正面情绪，或愁闷、彷徨、忧苦、烦心等负面情绪；而不是爆发性的狂喜、亢奋等正面情绪，或震怒、崩溃等负面情绪。然而题材相当程度框架了《十二星象练习曲》的情绪表达，而杨牧仍以惯用的慢动作镜头调理诗中情侣经历巅峰经验时的激动情绪，声音速度与情节效应就形成很大落差，而使得诗行刺促前进时冒现巨大的摇曳感。出于文字经营出的画面与诗中叙述的实际时间、心灵时间既构成反差，又呼应隐然的因果关系，于是纷飞的意象与歧出的细节反倒成为奠定整首诗的背景，变成《十二星象练习曲》定调的关键。杨牧为人熟知的迟疑、摆荡、略带忧伤的笔路，在题材的对比下，成为优势。

---

① 石计生《布尔乔亚诗学论杨牧》提到杨牧的浪漫主义骑士精神、布尔乔亚诗学性格、浸淫于古典诗词的人文素养，又说杨牧诗追求的多半不是行云流水般的连续与协调，而是中断、停止、喘息，以阿多诺（Adorno，1984）所谓的"知识性核分裂"，揉合主体与客体的印象交叠的水印，创造诗的乌托邦。文收于孟樊编：《当代台湾文学评论大系4：新诗批评》，正中书局（台北），1993年，第375—389页。另，关于杨牧叙事诗的内向感情投射，可参考张芬龄、陈黎：《杨牧诗艺备忘录》，林明德编：《台湾现代诗经纬》，联合文学（台北），2001年，第240页。
② 王次照以为，如果从表现性的角度来衡量音响要素，音色应居于首要考虑。因为音色是象征情绪变化的综合因素，不仅能象征情绪的紧张与松弛、激动与平静，而且还能象征情绪的积极、增力和消极、减力的效用。见王次照：《音乐美学新论》，万象图书（台北），1997年，第17页。

《十二星象练习曲》中，穿梭在激烈行动里的慢速声音，既是诗中人情思所系，也相当程度地表现了叙述者的思路牵递过程。其实叙事情节非常单调干枯；反而杨牧以声音表现去弥合叙述的缝隙，在情节敷衍之中呈现的逸走现象，才是值得关注的美学焦点。意象的浓淡疏密是此诗表现声音的主要方式。演绎出来的独特声音姿势，是意象从纷繁到单一、语句从断裂到平稳、情思从忐忑跳沓到定静沉淀、"音色"从浮躁悬疑到从容清明、声音从缭绕流转趋于偃旗息鼓。

　　此诗一开篇，写在山洪欲来的性爱事件之前，是以遥远而纯真感的意象切入的；与激烈性爱的飞扬不同，表现了沉坠感。诗行如此展开："当时，总是一排钟声／童年似地传来"，充满由瞬间氛围引发追忆的出世、茫然。这样的美感效应统领全局，每在诗中人陷入沉思的刹那间，慢镜头般的叙述就歧出于床上的肉搏战。比如："饥饿燃烧于奋战的两线／四更了，居然还有些断续的车灯／如此寂静地扫过／一方悬空的双股"，第一句蓄满性爱的紧张气氛后，镜头立即调远拉长，而以"断续的车灯"权充滤光镜，拓展床战的声色变易，与"一方悬空的双股"摩擦出光线的无声对话，表达诗中人刹那间的情思逸离。诗中人如是且战且走，浪头般袭来的思绪即出入于意识与潜意识之间，发酵为流转的诗句。诗行进行到中间，慢速所造成的停顿感越趋增强，如："我是没有名姓的水兽／长年仰卧。正午的天秤宫在／西半球那一面，如果我在海外……／在床上，棉花摇曳于四野。"意象塑造的时光栖止之感映照诗中人幽凉的情思，而连续几个待续句回应了飘摇动荡中的悠然，间接也暗示诗中人一直处在过渡的空虚和充实的预备状态里。

倾斜的"现代"与"中国"：吞吐于创伤论述的现代性修辞

　　长期以来，弱势论述以各种不同的面目支撑着台湾文学的现代性，依于不同的时代背景，探索或诉求的重点可能是彷徨失所的文人心灵，也可能是大环境造成的无依边缘人。投资弱势、强化苦难、控诉强权、抵抗主流、摆脱中心、寻找"弱势"的能动性；骨子里依赖幽暗意识而忽略作品本身的创伤论述，是许多学者及作家有意或不自觉援以证明台湾文学"现代性"、实践历史想象的方式。

回看历史脉络，日据时期的文学，就以"抗争""控诉"为标签，行诸多年；一直到厌倦全球盛行的"竞相成为受难者"而兴起新的认同想象，以"海洋台湾"取代"悲情台湾"，"受伤者的逻辑"才以另一种变貌存在。① 甚至有学者历经多年思索，尝试在文学史论述中以"后殖民"取代"后现代"，也不免掉落"去中心"论述的陷阱：在"去中心"的强力论述下，新的话语权力中心于焉树立。而在1987年解严之后，各种长久压抑于霸权论述的微弱声响，在学者相继剔出后涌现，一度展现强大的论述威力，成为"众声喧哗"下的显学：如与异性恋对峙的同志文学、与男性沙文主义对峙的女性主义文学等等。倘若作者把"为伤口唱歌"的夸饰修辞当作创作的轴心，作品就难免单薄；而若读者放大作品的创伤论述而无视于其他，此读法乍看是文化的，其实是政治的，久之也就背离了创伤论述的抵抗精神。于是吊诡地，复制创伤论述受压迫的结构以凸显或更新某种话语权力，变成日据时期以降，学者或史家诠释台湾文学流变的常见策略；然而所有曾经的"弱势"与"伤痕"一旦被大张旗鼓，最后都好像望坟而笑的婴儿②，在壮大的过程中，一方面等着早晚会推翻它的后起"弱势论述"，一方面证明了藉由它呈现的历史想象如何朝向话语权力倾斜。

"现代性"虽然不见得必与现代主义紧扣，但是学界普遍的论述网络中，台湾文学的"现代性"仍无法与现代主义断然切割；而在台湾，现代主义文学思潮是跳跃前进的，和西方沿着写实主义、现代主义、后

---

① 周蕾提出的"受伤者的逻辑"，曾是20世纪90年代台湾学者用以解释中国现代文学与历史的论述手法。"受伤者的逻辑"凸显待解释的历史主体被侵略、压迫、蹂躏的受害者位置，以赋予历史资产新的符号，安置到以意识形态及国族认同为主的文化想象里。参见周蕾：《妇女与中国现代性：东西方之间阅读记》，麦田出版社（台北），1995年。
② 借用洛夫《石室之死亡》诗句。

现代主义顺序进行的次第差别很大,尤应留意的:台湾在流行所谓现代主义文学的1950—60年代,是以刻画心灵放逐与原乡追慕的存在主义为主要精神依归,放眼所及均为无所不在的悲伤,正是悲情或弱势论述的另类表现。则倘若"现代性"意味着现代意识取得了话语权力,而"现代意识"以对时间上的断裂为基本内涵,谋求与自己、与过去的决裂,那么《十二星象练习曲》就更值得关注了,因为它不仅兼具"现代性"的反叛精神,又有涟漪不断的自我质疑,创作与发表时间又在"现代派"已呈疲态之后、现代诗论战开始之前,作为长篇叙事诗风潮的领头羊,《十二星象练习曲》具有"被强调""被论述""被定位"的优良基因。

以上这段讽人兼自讽,抑或可视为《十二星象练习曲》的侧面观想。但无论如何,代表从叶珊过渡到杨牧的《十二星象练习曲》的确汇聚了杨牧个人的诗风特质,其声音姿势、造意措辞、诗思之勃兴、指涉之隐匿等等,的确力能创新以待来人。发端于战争的意象集中于前线士兵,联结风景和大自然,并结合性爱,回应洪流翻滚的世界,动用的故实可有可无,叙述方向虽不至于断线而去,也不宜禁受读者追问,因为属于诗人的慧眼所看到的悲伤到处都是,只能是一些涟漪,而在飘摇的记忆和认知中,诗中人内心的困顿已足够为人侧目了。

结论:后设的现代性

研究当代诗的一个乐趣,是为作品找出合理而精辟、犀利而有效的诠释路径,在追捕的过程中,实现相对正义而体贴的评价。经典化而又烟雾弥漫的《十二星象练习曲》因而正是我们讨论的对象。

《十二星象练习曲》以天体喻人体,游移在耽美的语言风格和睥睨世俗的情调里,表现了两种个性的碰撞。杨牧以越战发动诗情,又从天文知识中渡来悬疑,从漫兴自白里拓展声色变化,喻体与喻依互相修饰,往来追逐。既以"地支"和"星象"组成重重烟幕,但是撇开非必要的方位及生肖之修饰词后，就可发现云雾后面的面貌才是整首诗的基础音色。"地支"固为标题所依而为末节，"星象"作为诗情所酝亦非本体，二者都指向隐喻，勾勒内在思维，用作引发诗思成型的元素。在诗史和诗艺上，《十二星象练习曲》各子诗透过带有明显性指涉的意象产生互动，在许多印象叠合的细节里，演练穿织于戏剧独白与假面诗学的叙说技巧，展开心象的剖视、生命主题的思索，以隐喻展现沉思和肃穆的姿态，成功完成从叶珊到杨牧的换位。

对照写于六年后的《现代的中国诗》，《十二星象练习曲》为中国诗的现代性开创了焕发的活力。

附录：

杨牧《十二星象练习曲》(1970)

子

我们这样困顿地
等待午夜。午夜是没有形态的
除了三条街以外
当时，总是一排钟声
童年似地传来

转过脸去朝拜久违的羚羊罢
半弯着两腿，如荒郊的夜哨
我挺进向北
露意莎——请注视后土
崇拜它，如我崇拜你健康的肩胛

丑

NNE3/4E 露意莎
四更了,虫鸣霸占初别的半岛
我以金牛的姿势探索那广张的
谷地。另一个方向是竹林

饥饿燃烧于奋战的两线
四更了,居然还有些断续的车灯
如此寂静地扫过
一方悬空的双股

寅

双子座的破晓,倾听吧
大地涌动愤懑的泪
倾听,匍匐的伴侣
不洁的瓜果
倾听　东北东偏北
爆裂的春天　烧夷弹
剪破晨雾的直升机　倾听

啊露意莎,波斯地毯对你说了什么
泥泞对我说了什么

卯

请转向东方,当巨蟹
以多足的邪亵摇摆出万种秋分的色彩
Versatile

我的变化是，啊露意莎，不可思议的
衣上刺满原野的斑纹
吞噬女婴如夜色
我屠杀，呕吐，哭泣，睡眠
Versatile

请与我齐向东方悔罪
向来春奔跑的野兔
跃过溪涧和死亡的床褥
请你以感官的欢悦为我作证
Versatile

辰

在西方是狮（NNE3/4E）
龙是传说里偶现的东。这时
我们只能以完全的裸体肯定
一座狂喜的呻吟

东南东偏南，露意莎
你是我定位的
蚂蝗座里
流血最多
最宛转
最苦的一颗二等星

巳

或者把你上午多露水的花留给我

午

露意莎，风的马匹
在岸上驰走
食粮曾经是糜烂的贝类
我是没有名姓的水兽
长年仰卧。正午的天秤宫在
西半球那一面，如果我在海外……
在床上，棉花摇曳于四野
天秤宫垂直在失却尊严的浮尸河

以我的鼠蹊支持扭曲的
风景。新星升起正南
我的发胡能不能比
一枚贝壳沉重呢，露意莎？
我喜爱你屈膝跪向正南的气味
如葵花因时序递转
向往着奇怪的弧度啊露意莎

未

"我愿做你最丰满的酒厂"
午后的天蝎沉进了旧大陆的
阴影。亢奋犹如丑时的金牛
吸吮复挤压，汹涌的葡萄

汹涌的葡萄
收获的笛声已经偏西了
露意莎还在廊下饲鸽吗？

偏西了,剧毒的星座
请你将她的长发掩盖我

申 · 酉

又是一支箭飞来
四十五度偏南:
驰骋的射手仆倒,拥抱一片清月

升起,升起,请如猿猴升起
我是江边一棵哭泣的树
魔羯的犹疑
太阳已经到了正西

戌

WNW3/4N
盛我以七洋的盐水
初更的市声伏击一片方场
细雨落在我们的枪杆上

亥

露意莎,请以全美洲的温柔
接纳我伤在血液的游鱼
你也是璀璨的鱼
烂死于都市的废烟。露意莎
请你复活于橄榄的田园,为我
并为我翻仰。这是二更
霜浓的橄榄园

我们已经遗忘了许多
海轮负回我中毒的旗帜
雄鹰盘旋,若末代的食尸鸟
北北西偏西,露意莎
你将惊呼
发现我凯旋暴亡
僵冷在你赤裸的身体[①]

---

① 杨牧:《传说》,洪范书店(台北),1971年,第83—91页。

试论台湾新诗史回归期
（1972—1983）的特征、成因与起点

杨宗翰

一、台湾新诗史回归期（1972—1983）的主要特征

台湾诗坛或学术界习惯以十年为一期划分诗史，此种"竹节式"分期法看似便利，实则充满问题，值得商榷。职是之故，笔者曾多次提出异议并尝试另辟蹊径。① 吾人若有机会参与"台湾新诗史"的撰写工程，应可将其分为以下七期：

第一期：冒现期（1924年——追风发表日文诗作《诗的模仿》、来年张我军出版中文诗集《乱都之恋》）
第二期：承袭期（1933年——《风车》创刊，盐分地带诗人逐渐崛起）
第三期：锻接期（1953年——《现代诗》创刊）
第四期：展开期（1959年——《创世纪》改版，积极发展超现实主义）
第五期：回归期（1972年——"关杰明、唐文标事件"，同年罗青出版后现代先驱之作《吃西瓜的方法》）

---

① 杨宗翰：《台湾新诗史：一个未完成的计划》，《台湾史料研究》第23期（2004年8月），第121—133页；杨宗翰：《台湾新诗史：书写的构图》，《创世纪诗杂志》第140、141期合刊（2004年10月），第111—117页；杨宗翰：《被发明的诗传统，或如何叙述台湾诗史》，《当代诗学》第1期（2005年4月），第69—85页。

第六期：开拓期（1984 年—— 夏宇出版后现代诗集《备忘录》，众多"新世代诗人"首部诗集陆续面世）

第七期：跨越期（1996 年—— 迎接数位文学与跨界诗风潮）①

本文以为，承先启后的"回归期"（1972—1983）诗史主要特征，在于回归传统、正视现实、关怀乡土、肯定明朗、拥抱民族。传统、现实、乡土、明朗，分别对应诗的源流、风格、题材、语言，欲对抗者为之前风行的恶性西化、超现实主义、内心风景、晦涩聱牙。至于所谓"民族"，最初高举之大纛与认同的对象，实是"中国"而非"台湾"——在乡土文学论战未爆发、台湾出生的战后世代诗人成长以前，台湾意识与本土论述一直隐而未显，未曾跃上诗坛成为焦点议题。就算是陈千武提出的"两个根球"说（声称承续自日本殖民地时期台湾诗人及其精神的本土根球，有别于纪弦等自大陆带来的"现代派"根球），也仅能视为 1970 年他替笠诗社建构本土根源、复位正朔的努力，不妨视为一种"被发明的诗传统"。②

会有回归传统、正视现实、肯定明朗、关怀乡土、拥抱民族这几项特征，乃起因于以下四点：

1. 诗作风格丕变
2. 文学论战四起
3. 诗社诗刊涌现
4. 空前"外交"变局

---

① 判断能否入史的准则有三，分别是创新、典型与影响。章节分配构想，另请参见本文"附录"。
② 可参考陈千武《台湾现代诗的历史和诗人们》。此文原为《华丽岛诗集》（东京：若树书房，1970）后记，并曾刊于与同年 12 月出版的《笠》，后收入郑炯明编：《台湾精神的崛起——"笠"诗论选集》（高雄：文学界杂志，1989），第 451—457 页。相关批评可见杨宗翰：〈被发明的诗传统，或如何叙述台湾诗史〉，《当代诗学》第 1 期（2005 年 4 月），第 69—85 页。

试论台湾新诗史回归期（1972—1983）的特征、成因与起点

先谈"诗作风格丕变"。在台湾新诗史锻接期（1953年起）与发展期（1959年起）皆十分突出、活跃的洛夫、余光中、郑愁予三人，回归期以洛夫著作最丰，计有《魔歌》《众荷喧哗》《时间之伤》《酿酒的石头》四部诗集；余光中亦有《白玉苦瓜》《天狼星》《与永恒拔河》《隔水观音》四部（《天狼星》所录皆为60年代旧稿新修）；郑愁予先有总前期创作大成之《郑愁予诗选集》，继而推出新作《燕人行》。经过了发展期之现代主义洗礼，三人不可能满足于素朴的"以诗反映现实"，但亦不愿陷入超现实及无意识书写之诱惑。三位诗人改以创作来反思50年代"横的移植"以降之局限，但他们所求，既非仿古、更非复古，而是想从中国古典文学之意象、节奏、声韵、词汇乃至抒情方式中汲取资源，再铸新诗。更明显的转变，应是重新结合"诗"与"歌"之尝试，"以诗入歌"遂成为彼时"民歌运动"的一大特色。1975年6月6日，台湾大学毕业的杨弦在台北中山堂的创作发表会上，演唱了八首由余光中的诗谱曲之作。不久后他又发表《中国现代民歌集》专辑，开了台湾民歌运动的第一枪。这张专辑的歌词大都来自余光中诗集《白玉苦瓜》（1974），《乡愁》《江湖上》遂成为传唱一时的名作。余光中受到英美摇滚乐的影响，诗史回归期的部分作品刻意用类似民谣的诗语言，重视句型、节奏与声音效果，可歌、可吟，在三位前行代诗人中，堪称最能结合中西之长处，兼容诗乐之优点。余光中除了右手写诗，左手写散文，当时还译介了多篇关于摇滚乐的文章，尤以披头（The Beatles）及鲍勃·迪伦（Bob Dylan）最令他着迷——《江湖上》便是余光中向后者名曲"Blowin' In The Wind"致敬之作。民歌运动与现代诗的结合，是回归期台湾诗史的重要一页，除了余光中，洛夫《向海洋》、郑愁予《偈》都曾被改编成民歌，进而收入专辑与现场演出。

这样的风格丕变是整体性的，在青年诗人身上更为明显。此波民歌运动中，罗青、杨牧、席慕蓉都有诗作被改编为歌曲，但他们的起手式与前行代已甚不同。毅然告别了犹在超现实诡奇中耽溺的前行代，杨牧、杨泽、罗智成的作品唤醒了阅读中文抒情诗的美好经验——尽管"瓶中稿""蔷薇学派""鬼雨书院"都带有一定密教性质及遍布个人化

语码。同时期起步的诗人中，还有一些名字甫出现便刻印在诗史之上：席慕蓉、张错的抒情及幽微，吴晟、向阳的土地书写，渡也、非马如匕首般锐利的短诗，萧萧语言的透明清朗及融诗之编、写、评、教为一，方娥真、温瑞安的"神州"传奇及武侠想象……彼时最具有标志性意义者，当为罗青及其首部诗集《吃西瓜的方法》(1972)。诗集出版不久，余光中便以《新现代诗的起点》为题，写了一篇万字长文读后感。文中指出罗青的出现"象征着六十年代老现代诗的结束，和七十年代新现代诗的开启"。他在罗青身上看到"现代诗运如何运转，如何改向，如何在主题和语言上起了蜕变"。余氏以为《吃西瓜的方法》像是"不流血革命"或"一阵无痛的分娩"，宛如在知性的轨道上行驶感性，是一种"感性的思索"。我则认为"新现代诗"一词应属前行代诗人对后辈的推荐、提携，未必能通得过文学史学的严肃检验；但我也确信，罗青一部《吃西瓜的方法》及其所代表的诗风转折，应被视为台湾新诗史回归期的真正起点。①

二、1970年代新诗论战的焦点

再议"文学论战四起"。1970年代台湾文坛最引人瞩目两场文学论战，允为1972至1974年的"现代诗论战"及1977年发生的"乡土文学论战"。"现代诗论战"由关杰明、唐文标两人点燃批判之火，可称为"关、唐事件"；"乡土文学论战"则起于《仙人掌》杂志1卷2号的乡土文学专辑，终于"官方"代表王升召开的"国军文艺大会"。两者让台湾文学的现实主义路线重获重视，最终促成80年代以降台湾文

---

① 罗青前三本诗集《吃西瓜的方法》(1972)、《神州豪侠传》(1975)、《捉贼记》(1977)，题目及内容都能巧妙地平衡趣味与知性。写诗还写诗评、绘画亦作画评的罗青，不但在诗与画之间出入自如，新诗史开拓期更从影像出发铸造另一种"新现代诗"：《录像诗学》(1988)。他在这部诗集中，利用电影或摄影机运作术语（譬如：淡出、淡入、远景……），盼糅合机器思考方式与中国语言文字，最后透过诗篇来表现深层之图像／影像思维。

试论台湾新诗史回归期(1972—1983)的特征、成因与起点

学本土化论述及"台湾意识"的凝聚建构。二战后出生的台湾作家借此反省文学与历史、社会、土地间的关系,并尝试跳出冷战结构下的美国保护伞及其视域,在几无言论自由的条件下,努力以笔替岛屿显影。在文学创作上,书写乡土的现实主义小说涌现;而在文学论述上,虽各家路线有别,但同样肯定文学应反映及关怀现实。① 一向扮演文学革新(乃至革命)火车头角色的新诗,在关、唐二人点火及新生代诗人接棒下,貌似欲一举焚尽前期的超现实主义晦涩诗风。其实在"关、唐事件"以前,70年代与新诗有关的论战还有三起,分别为麦坚利堡论战(1970—1971)、招魂季论战(1971—1972)与台风季论战(1972—1973)。再往前推,回归期新诗论战的遍地烽火,早在1962年便现端倪。当时的青年创作者为了新诗是否应走"明朗化"道路,在《纵横》诗刊上有过讨论,主张诗语言应趋明朗而避晦涩。② 余光中更在1962年6月出版的《纵横》第六期发表《论明朗》一文,提及:

> 现代诗正面临两大危机——内容的虚无和形式的晦涩。经验的混乱,加上表达的混乱,已经使我们的现代主义,挟"太平洋三二一"式重吨火车头之威势而滚进的现代主义,冲入了并无出口的黑隧道之中。作者们耻于言之有物,也耻于言之可解。发展到今日的地步,广大的读者之不解现代诗已属不争的事实,即使现代诗作者与作者之间,也演成了失却联系的局面。……
>
> 任何时代都应该提倡明朗。例如在五四时代,诗坛太浅显一点,宁可强调含蓄。今日的情形趋向另一极端,乃感明朗之可贵。现代

---

① 游胜冠指出,乡土文学论战中对现实主义文学的论述,可区分为三种:以王拓为代表的"社会改革派现实主义文学论"、以叶石涛为代表的"本土论",以及陈映真为代表的"民族主义论"。见游胜冠:《台湾文学本土论的兴起与发展》,前卫出版社(台北),1996年,第294—318页。

② 羊城、江聪平、帆影、许其正、黄怀云、蔡茂雄、刘祺裕、刘国全等大专学生先在《纵横》诗刊第五期(1962年3月)提出讨论,第六期乃有余光中《论明朗》一文发表。

诗的疟疾已经害够了，让我们恢复清醒。走出自虐的斗室，去晒晒太阳，去跟邻居聊聊天吧，去约春天一同去野餐吧！

余文直言批判现代诗"内容的虚无"和"形式的晦涩"，进而肯定"明朗之可贵"，无畏流俗、针砭时弊之举，比关杰明、唐文标两人早了十年。同样在1962年，《葡萄园》诗刊于7月创刊，《创刊词》便写道："我们是一群新诗的爱好者，对现代诗抱着积极的态度。今天，我们之所以要在诗刊销路最不景气的时候，来创办这个刊物，也就是希望对现代诗的'明朗化'与'普及化'的问题，做一些倡议和推动的工作"。为了探讨与厘清如何让诗走向"明朗化"，《葡萄园》自第二期起连续发表《谈诗的明朗化》《现代诗人努力的方向》《论诗与读者》《论诗人的觉醒》《论晦涩与明朗》《论诗与明朗》等多篇专文，另邀请前辈诗人撰文剖析自己的创作，如覃子豪《〈金色面具〉之自剖》、纪弦《关于〈零件〉》等。严拒晦涩、力主明朗的《纵横》与《葡萄园》，前者只出版到第7期便告停刊，后者则虽自创办后坚挺迄今逾半世纪，但始终没有诞生足以撼动台湾诗坛的代表性诗人诗作①——可见刊物短命或长命并非重点，能否发挥影响力才是真正关键。

进入70年代，除了"台风季论战"主要针对颜元叔的新诗批评方法而起，"内容的虚无"和"形式的晦涩"依然还是几场新诗论战的焦点。②若论规模及影响，当然它们都不及关杰明、唐文标引发的"现代诗论战"来得既大且深。关杰明是秘鲁华侨后裔，在香港长大，取得英

---

① 《葡萄园》自1962年7月创刊，始终坚持健康的内容、明朗的风格、中国的特质，历五十余年而不坠。可惜《葡萄园》始终没有培养出足以撼动诗坛的代表性诗人诗作。同样的问题，也出现在整体取向以明朗清新为主、1974年1月由古丁创办的《秋水》。

② 1972年颜元叔于《中外文学》创刊号发表《细读洛夫的两首诗》，引来读者投书反对。他继而于该刊第二期发表《台风季》重申严肃的批评立场及方法，更加刺激支持及反对者议论，被称为"台风季论战"（1972—1973）。麦坚利堡论战（1970—1971）、招魂季论战（1971—1972）则分别以罗门诗作《麦坚利堡》、洛夫主编《一九七〇诗选》为检讨对象，来自笠诗社赵天仪、白萩、李敏勇等人之批评，实指向台湾新诗典律（canon）的递嬗更迭。

试论台湾新诗史回归期（1972—1983）的特征、成因与起点

国剑桥大学博士学位后，赴新加坡国立大学任教。因为学生在阅读叶维廉英译之《中国现代诗选》时，误以为书中诗作原本就是用英文所写，让他惊觉应该反思新诗的过度西化问题。1972年2月及9月，他在《中国时报》"海外专栏"发表《中国现代诗人的困境》与《中国现代诗的幻境》，点名批判《中国现代诗选》《中国现代诗论选》《中国现代文学大系·诗卷》及洛夫、白萩、叶维廉的诗作，更对彼时台湾的现代主义诗篇提出质疑："一味的学习模仿西方欧美现代主义诗作，使台湾现代诗看起来像西方欧美现代主义诗的中文翻译。"① 与此相较，关杰明推崇的是能够表现中国文化传统、阅读后能够获得中国文化归属感的诗——譬如余光中和周梦蝶作品。祖籍广东、香港成长、移民美国，1972年甫来台任教的唐文标，先是1972年11月在《中外文学》（第1卷第6期）以笔名史君美发表《先检讨我们自己吧》声援关杰明，1973年7到9月间更连续发表《什么时代什么地方什么人——论传统诗与现代诗》《僵毙的现代诗》《诗的没落——香港台湾新诗的历史批判》与《日之夕矣——献给年轻朋友的自我批判》四篇文章，直斥台湾新诗已走入死胡同，且严重缺乏社会关怀。

唐文标批评等同全面否定由纪弦组织、1956年以"领导新诗的再革命，推行新诗的现代化"为号召的"现代派"，及其"横的移植"路线。他的说法引起新诗人及其支持者的强烈反击，仅1974一年便有三份杂志以专号形式探讨此事：《主流》第10期"评论专号"、《中外文学》第3卷第1期"诗专号"及《创世纪》第37期"诗论专号"。我认为唐文标文中观点纵使失之褊狭、行文或过于霸道，但挞伐他的文人也高明不到哪里。像余光中发表《诗人何罪》批评唐氏这样的数学教授没有资格谈论文学，并说唐文标有"幼稚而武断的左倾文学观"。② 此文不但有扣人红帽之嫌（比余氏发表于乡土文学论战期间、1977年8月20

---

① 《中国现代诗人的困境》与《中国现代诗的幻境》皆分为上、下两部，1972年2月28、29日及9月10、11日刊于《中国时报》第12版"海外专栏"。此处引自《中国现代诗的幻境（下）》。
② 余光中：《诗人何罪》，《中外文学》第2卷第6期（1973年11月），第4—7页。

日刊于《联合报》的《狼来了》更早），也恰好落实唐文标指控新诗沦为"特殊阶级的玩物"一说。① 此外，我们不应忽略唐文标多篇文章写于海峡两岸保钓运动风起云涌，会要求诗人正视当下现实及文化归属，并非事出无因。关、唐事件及这场"现代诗论战"，让反西化、重写实、尚明朗，在一片追逐"纯诗"与超现实的彼时，虽缓慢却逐渐取得了诗坛认同。数年后，小说界遂引爆一场更大规模、更全面性的"乡土文学论战"。

三、"战后世代"诗人们跃登诗坛

续说"诗社诗刊涌现"。若从重要诗社的成立来看台湾新诗史，日治时期的"风车"、1950年代的"现代诗""蓝星""创世纪"与60年代的"笠"，都是不应遗漏的重要团体。但是到了回归期，70年代后创办的新兴诗社、诗刊数量不但多于过往每一阶段，且创办者皆为第二次世界大战后出生的青年诗人。就连老牌诗社"笠"也因为李敏勇、江自得、郑炯明、陈明台等战后世代的加入，增添了更多创新与批判的因子。② 新兴诗社普遍具有鲜明集团性格及命名要求，且强烈批判前行代诗人的西化倾向与晦涩风格。他们强调诗作语言的明朗易懂，化日常生活为书写题材，重拾民族意识及文化传统。他们尝试在创作上反映大众

---

① 至于部分诗人斥关杰明为"以英文写作的华侨"故认知浅薄，或谓唐文标是因为写诗投稿，屡次未获刊登才攻击现代诗，因为实在不值一驳，在此不赘。

② 据蔡秀菊统计，"笠诗社"成立以来成员一直保持译介外国诗作的优良传统，四十年来共有130位翻译者，译介了67国的1080位诗人，作品数量更高达4178首。翻译各国作品数以日本最多，法国第二，德国第三，美国第四，对推动台湾诗作、诗学跟外国文坛接轨，居功厥伟。见蔡秀菊：《让数字说话，四十年来〈笠诗刊〉诗译介累计》，郑炯明主编：《笠诗社四十周年国际学术研讨会论文集》，"国家"台湾文学馆筹备处（台南），2004年，第253页。必须一提的是，诗史回归期"战后世代"的加入，强而有力地维持、延续"笠"此一传统。"笠"诸君对东洋（日文诗）的翻译，抵抗了台湾诗坛几乎全盘依靠、认同西洋之弊与病。

心声,题材上拥抱土地现实,意识上呈现城／乡原型及两者变迁。当这些新兴诗社、诗刊结合报纸副刊、文学奖征文,常能达到推动诗潮／文运之效果。回归期新诗史中最显著的例子,就是"叙事诗"的兴起。自1979年《中国时报》首设叙事诗奖,《风灯》《诗人季刊》《阳光小集》便接连推出叙事诗专栏或特辑,80年代初期遂催生了多首饶富情节、力求明朗的长篇叙事诗作。从历届叙事诗获奖者名单可知,罗智成、向阳、渡也、白灵等"战后世代"诗人可谓皆借此机会跃上诗坛,为众所知。①

末论"空前外交变局"。70年代初一连串"外交局势"变化,让台湾作家陷入身份与认同危机,也召唤起民族及文化认同:先是1970年爆发钓鱼岛事件,引发知识分子的民族主义觉醒与"保钓运动"。1971年中华人民共和国取代"中华民国"在联合国的代表权。1972年美国总统尼克松访问中国并签署《上海公报》,承认中华人民共和国是唯一合法的中国政府。同年,日本宣布和中华人民共和国建交,并与"中华民国"断交。随后是"邦交国"断交潮。知识分子与作家们只能自立自强,一方面努力重振民族及文化,一方面尝试回归乡土与关照现实。

前行代诗人的西化倾向、对欧美现代主义及其价值判准的全盘认同,自然就成为被检讨与批判的主要对象。为了呈现在资本主义高度发展下,现代人的孤寂和疏离,走入个人内心、书写内在风景、挖掘幽暗深渊……便屡屡出现在现代主义文学创作中。但台湾现代主义文学的部分末流,竟以晦涩聱牙、全不可解为风尚,逃避现实社会及刻意恶性西化,尤为读者所诟病。"战后世代"诗人们当时犹能无视省籍藩篱,积极思考自我身份及过往诗潮流弊,扬弃"世界性""超现实性""纯粹性"等现代主义主张,改朝"民族性""社会性""世俗性"等现实主义路线发展,进行书写与行动的双重实践。需要提醒的是,这类书写与行动中的批判对象(譬如现代主义文学)有可能只是代罪羔羊,并未能直面和清理背后真正的"体制问题"。有学者指出:70年代写实的批判精

---

① 1979年《中国时报》第二届时报文学奖增设叙事诗奖项,至1982年为止,共征稿四年。

神,原是为了暴露社会中偏颇的政治经济体制;但格于当时高度的思想检查羁绊,反而是60年代的现代主义文学成了代罪羔羊。从70年代初期的现代诗论战,一直到1977年的乡土文学论战,乡土文学与现代主义文学竟然成为对峙的两个阵营。这样的发展,使得国民党赖以生存的统治机器只是受到间接的影射批评,在整整70年代论战中却毫发无伤。

四、罗青的书写实践及其所代表之诗风转折

1972年1月巨人出版社隆重推出《中国现代文学大系》,余光中《总序》写道:"书以'中国现代文学大系'为名,除了精选各家的佳作之外,更企图从而展示历史的发展,和文风的演变,为二十年来的文学创作留下一笔颇为可观的产业","我想提醒翻译家们,如果他们有志把中国现代文学介绍给外国的读者,这部大系正提供了相当丰富的代表作。……我尤其要提醒研究或翻译中国现代文学的所有外国人:如果在泛政治主义的烟雾中,他们有意或无意竟绕过了这部大系而去二十年来的大陆寻找文学,那真是避重就轻,一偏到底了。"[①]大系"诗卷"序文由洛夫所撰,其中一段对年轻诗人的表现颇有意见:"领中国未来诗坛'风骚'的自然有待另一批新的诗人,他们将以全新的美学观点和形式来取代我们今天流行的诗。他们是谁?我们不得而知,他们决不是今天诗坛上年轻的一代","除非社会性质与形态起了遽变(譬如由今天的半农业社会进入全面的工业社会),我想即使再过二三十年,我们诗坛恐怕仍难有'新的一代'出现"。诗卷一共选录了七十位作者,其作品能否被青睐,取决于是否能够"达到艺术上的客观标准,譬如创造性、纯

---

① 中国现代文学大系编辑委员会编:《中国现代文学大系(诗:第一辑)》,巨人出版社(台北),1972年,第10—11页。

粹性、丰富性等"。①果然如诗卷编者序所言,诗坛上年轻的一代最后几无能够被选入大系者。摒除洛夫跟年轻诗人或新兴诗社的恩恩怨怨(这对一部文学史来说通常意义甚微),就以其编序中"客观标准"而论,不禁让人反思:诸如"纯粹性"这类标准,在内外动荡的1972年,对年轻诗人们究竟还有多少说服力?

就在洛夫忧虑"新的一代"难觅之际,1972年10月10日幼狮文化印行了罗青第一本诗集《吃西瓜的方法》。值得探究的是:若以前行代诗人的标准(如前述大系)来审视,《吃西瓜的方法》既无"纯粹性"又欠缺"张力",为何这部诗集印行后迅速三刷,销售与反应堪称不恶。我以为原因至少有二,一为来自青年诗人与读者的深切共鸣,二为获得诗坛前行代的推荐提携。关于第一点,既有对过往流行之"超现实""纯粹性""自动写作"等玄虚概念的不满,亦有诗集命名及"诗谱"之因素。罗青前三本诗集《吃西瓜的方法》、《神州豪侠传》(1975)、《捉贼记》(1977),书名常让读者误会是食谱或武侠小说——显然皆为作者特意安排,以达到出人意表之效果。在那篇充满后设趣味、原拟作为诗集序文的《方法册:"吃西瓜的方法"的方法》中,罗青说这本书是他第一本"诗谱",意指凡一本诗集"在整体上,有组织脉络的计划,有起伏照顾的韵律,就叫诗谱",以示与"诗集"(多首诗的集合)有别。《吃西瓜的方法》这份诗谱重视结构、主题与节奏起伏,收在谱中的诗亦然,其理由如罗青所言:"因为写诗不单是一种精密计算的过程,也是一种小心设计的偶然。因为节奏帮助语言的精整,结构帮助主题的显现,而主题是诗人的意旨———首诗成形的开始。"②在超现实主义诗作兴盛的年代,计算、设计、结构都是欲去之而后快的对象。罗青则以《吃西瓜的方法》四卷、八辑、七十多首诗作的书写实践,重新召唤它们回到诗中,尤以末三辑"吃西瓜的方法""柿子的综合研究"和"月亮·月亮"最具代表性。

---

① 中国现代文学大系编辑委员会编:《中国现代文学大系(诗:第一辑)》,第23—24页。
② 罗青:《罗青散文集》,洪范书店(台北),1976年,第135—139页。

至于第二点,当以余光中在《幼狮文艺》发表的万字长文读后感,以"新现代诗的起点"为题推荐《吃西瓜的方法》,影响最为深远。余光中说罗青"象征着六十年代老现代诗的结束,和七十年代新现代诗的开启"、在罗青身上看得到"现代诗运如何运转,如何改向,如何在主题和语言上起了蜕变"。① 其实罗青跟余光中最为类似,两人皆兼擅新诗、散文与翻译,堪称艺术上的"多妻主义者",但罗青还多了绘画一项。② 在此不讨论前行代如何提携后辈,70年代初期台湾诗坛收获这部《吃西瓜的方法》,其所代表的正是现代诗诗风之剧烈转折。因为罗青的诗迥异于时俗,富于理趣且不避口语、俗语甚至成语。他长于结构布局,重整体设计胜于二三佳句,能巧妙平衡知性与感性。《吃西瓜的方法》书中作品多发表于痖弦主编之《幼狮文艺》,最晚创作完成的《房子》《盒子》《报仇的手段》《床前的月亮》《水手的月亮》与《三二九号的月亮》六首皆写于1971年5月,还比"关、唐事件"及《龙族》推出"评论专号"等震撼弹来得早。罗青一向严拒虚无及晦涩,他藉由诗创作示范了诙谐如何抑制滥情,以及诗想方法如何决定语言形式。更重要的是作品题材开阔,生活所见所感、大小时事皆可入诗,诗题又充满了现代感——相较于只重视自我内心风景的前行代,罗青笔下似乎才堪称具有当代性的"现代诗"。

以1969年7月20日人类首度登陆月球为例,罗青不诉诸浮泛滥情的赞扬或歌颂,却代之以十二首"××的月亮"(××有:蜜蜂、水手、床前、盘子橘子、工友老宋……),合为一辑诗作"月亮·月亮"。罗青从现实的登月壮举,结合了历史神话,启发出无涯诗想,笔下却又不忘扣回日常生活:

---

① 余光中:《新现代诗的起点——罗青"吃西瓜的方法"读后》,《幼狮文艺》第232期,1973年4月,第10—30页。
② 罗青出版过诗画集《不明飞行物来了》(纯文学出版社[台北],1984年),并有与摄影师董敏合作的诗/摄影集《隐形艺术家》(兴台彩色印刷公司[台北],1978年)。

试论台湾新诗史回归期（1972—1983）的特征、成因与起点

月亮，又停在
大挡风玻璃的右上角了
活像一张圆圆的"交通"标语
白白的，贴在那里
印着"保持距离以策安全"的一面
向外，车里的人
谁也看不见

有人下车就有人上，虽是循环线
不过车里的人，谁也弄不清起点和终点

收音机和电视机都说
有些人到月亮里去了
不知道，他们会在月亮背后印些什么
阿土一面揣测，一面——
握着方向盘的手，更加谨慎了起来
配合着颠波滚转的轮胎
配合着静静旋转的地球

——《司机阿土的月亮》

  传播媒体播放着登月成功的消息，司机阿土却得在陆地继续日常工作，最多只能揣想航天员在彼端的可能行动。天上地下，两相对比；循环路线，有上有下……其中所指，莫不是在隐喻无奈却不得不接受的"人生"？此外，罗青一向擅长借喻，本篇便以"月亮"和"交通标语""方向盘""轮胎""地球"互补并联，以其相似的浑圆外形，书写现实却又自然溢出，最终遂能不为现实表象所羁绊，衍而为人生哲学之思索。在罗青最好的诗作中，大抵皆有此一特质，譬如同时期所作之

《苦茶记》（1971）、《苹果记》（1972）等。①《司机阿土的月亮》也是罗青自创之"飞鸟体"②佳例，中间两行如鸟之本体，首尾二段各七行如鸟之翅翼，兼顾外在形式美感与内在结构所需。唯新诗发展到后来自由惯了，类似"飞鸟体"这类限制毕竟不易遵循，遑论对外推广？罗青后来的诗作也不再坚持这类实验。

《白蝶海鸥车和我》则采散文诗（罗青好用"分段诗"一词）形式，从日常事物开始，由句生句，层层推演，至最末句方豁然开朗：

> 只因为，在赶班车时，偶然，看到一只，小白蝶
> 孤独的，面对一大片起伏不定的屋瓦，挑战式的
> 飞着，便停了下来——顾盼之间，顿然惊觉
>
> 竟忘了什么叫海了
>
> 不过，车子总还是要赶的，海，也只不过是偶尔
> 想想罢了，当然，有时望着车窗外起伏的建筑出
> 神时，冷不防，亦会想出一只无处栖止的，海鸥
> 面对全世界起伏不定的海洋

"赶班车"是上班族经常会遇到的状况，首句"小白蝶"在一大片屋瓦间挑战式地飞着，叙述者显然由此获得启示，惕励自己应勇于挑战

---

① 《苦茶记》《苹果记》皆收入1977年出版的《捉贼记》。罗青因为坚持采"诗谱"而非"诗集"概念来规划出版版，重视全书整体组织脉络（而非仅是多首诗之集合），故多按特定主题整理编纂，导致同一时期作品常分布在不同诗集之中。

② 飞鸟体是内在结构上一种"新的形式"，罗青认为：一首诗可分三段，首尾二段的行数为了配合诗情需要，可做十行以内的出入（最低不可少于七行），且首尾二段行数不必一定相同，但中段的两行，则是固定的——或承或转，或为首段之因，或为末段之源，运用变化全在个人兴味。余光中：《新现代诗的起点——罗青"吃西瓜的方法"读后》，《幼狮文艺》第232期，1973年4月，第132—133页。

生活规范或桎梏。"海"在此宛如叙述者心中之乌托邦，或可谓期待未来能抵达的理想之地。但一个"不过"在提醒着：车（现实）总要继续赶，海（理想）只能偶尔想。但叙述者心犹未死，通勤途中竟"想出"一只无处栖止的海鸥来——自己的化身遂从小白蝶变为大海鸥，起伏不定者则由一大片屋瓦扩大到全世界的海洋。全诗首尾相扣，那"无处栖止"的岂止是海鸥，实指涉重复着日常生活轨道的全体上班族。这种由句生句，层层推演的模式向来是罗青拿手好戏。有时他更进一步，全诗借一个主要意象出发，从生句到生段，从段与段间再衍为一整篇诗作。例如从观看桌上"一个柿子"出发之《柿子的综合研究》，便在写从早到晚、从餐桌到床上对柿子的观察及研究情况。内容竟也比照研究报告规范，索性命名为《研究动机》：

> 一个柿子
> 突然
> 自我零乱起伏的早餐桌上
> 冒出
>
> 对我，摆出了一副
> 日出寒山外的姿势

有《研究动机》，当然也有《研究结果》，中间则是《研究结果》的十一组片段，譬如柿子的长相、生平、秘密与"柿子观"……以及"柿子"与"我"之间一共四回合的角力。主要意象虽同为"一个柿子"，意义却不断翻转变化，其所指涉的涵盖了对存在意义的认知、对自我的期许、对社会的批评、对自然的向往等。柿子在《研究动机》时突然冒出早餐桌上，到了《研究结果》却变为霍然、悲壮地落在水平的床上，摆出的姿态亦从"日出寒山外"到最后换成"长河落日圆"。在观察中时间不知不觉地消逝，由早看到晚，从生走至死，如此循环间一粒"'柿'子"仿佛也是"人'世'"的缩影，遂更有研究后者一番之必要。

罗青在诗史回归期的诗作，语言灵活、机智诙谐、题材广阔，几无不能入诗者：或辩联考（《就是大专联考没有错？》），或写农村（《水稻之歌》），或论武侠（《李陵剑》），或议思想（《茶杯定理》）……加上《柿子的综合研究》竟借"柿"言"世"，又裹上一件学术研究的外衣，如此题材及设计，堪称台湾现代诗的创举。

五、解构思维与后现代"先驱"之作

《吃西瓜的方法》中最脍炙人口、允为真正有诗史回归期"起点"意义的诗，应是那首充满解构思维的《吃西瓜的六种方法》。写这首诗时，罗青刚大学毕业、正服兵役，他以青年诗人的天分及敏感度，一下笔就跳过了超现实与现实主义的缠斗纠葛，具体示范了一种新的写诗"方法"。此诗本身亦分六种方法（吃法），第六种方法直接跳过不说，其余按照五四三二一的顺序，逆着说下去。细绎便知每种方法间没有必然的因果关系或逻辑次序，最末"第一种"方法直接用一句话"吃了再说"作结束，其余四者则分论西瓜的血统、籍贯、哲学、版图。每一方法各分为两节，一节五行，外在形式相当工整。内容及语言则饶富谐拟、嬉戏精神与不确定性：

没人会误会西瓜是陨石
西瓜星星，是完全不相干的
然我们却不能否认地球是，星的一种
故而也就难以否认，西瓜具有
星星的血统

因为，西瓜和地球不止是有
父母子女的关系，而且还有
兄弟姊妹的感情——那感情

就好像月亮跟太阳太阳跟我们我们跟月亮的
一，样
——"第五种 西瓜的血统"

　　刻意采取童骥口吻，视地球、月亮、太阳皆为星的一种，故推论彼此间应该有关系跟感情。这条"血缘"竟也能延伸：既然地球是星的一种，跟地球外形一样浑圆的西瓜，怎会没有星星的血统？怎么不能纳入这个星球大家族中？看似有理，实则无理；并非无聊，而是嬉戏。

　　罗青的诗没有华丽的辞藻，诙谐与奇喻（metaphysical conceit）才是其当行本色。他曾经于80年代末期指出："1970年，我自己发表《吃西瓜的六种方法》，充满了解构式的观念，运用留白，开启单元相互对照的多元技法，是新诗中后现代倾向的一个先声。"[①] 应该肯定诗集《吃西瓜的方法》中一部分作品有谐拟手法、嬉戏精神与不确定性，允为后现代"先驱"之作；唯仍须待1984年夏宇推出台湾首部后现代诗集《备忘录》，台湾新诗史才到达下一个崭新阶段。

引用书目

1. 专书

　　中国现代文学大系编辑委员会编：《中国现代文学大系（诗：第一辑）》（台北：巨人出版社，1972年）。

　　余光中：《白玉苦瓜》（台北：大地出版社，1974年）。

　　唐文标：《天国不是我们的》（台北：联经出版公司，1979年）。

　　游胜冠：《台湾文学本土论的兴起与发展》（台北：前卫出版社，1996年）。

[①] 罗青：《什么是后现代主义》，五四出版社（台北），1989年，第320页。

赵知悌编：《文学，休走——现代文学的考察》（台北：远行出版社，1976年）。

郑炯明编：《台湾精神的崛起——"笠"诗论选集》（高雄：文学界杂志，1989年）。

郑炯明编：《笠诗社四十周年国际学术研讨会论文集》（台南："国家"台湾文学馆筹备处，2004年）。

罗青：《吃西瓜的方法》（台北：幼狮文化，1972年）。

罗青：《神州豪侠传》（台北：武陵出版公司，1975年）。

罗青：《罗青散文集》（台北：洪范书店，1976年）。

罗青：《捉贼记》（台北：洪范书店，1977年）。

罗青：《水稻之歌》（台北：大地出版社，1981年）。

罗青：《不明飞行物来了》（台北：纯文学出版社，1984年）。

罗青：《录像诗学》（台北：书林书店，1988年）。

罗青、董敏：《隐形艺术家》（台北：兴台彩色印刷公司，1978年）。

2. 期刊

余光中：《新现代诗的起点——罗青"吃西瓜的方法"读后》，《幼狮文艺》第232期，1973年4月，第10—30页。

余光中：《诗人何罪》，《中外文学》第2卷第6期，1973年11月，第4—7页。

杨宗翰：《台湾新诗史：一个未完成的计划》，《台湾史料研究》第23期，2004年8月，第121—133页。

杨宗翰：《台湾新诗史：书写的构图》，《创世纪诗杂志》第140、141期合刊，2004年10月，第111—117页。

杨宗翰：《被发明的诗传统，或如何叙述台湾诗史》，《当代诗学》第1期，2005年4月，第69—85页。

附录：《台湾新诗史》之章节与分期刍议

第一章　绪论

第二章　冒现期
（第一期：1924年——追风发表日文诗作《诗的模仿》、来年张我军出版中文诗集《乱都之恋》）

2.1　追风、施文杞、张我军

2.2　赖和与虚谷

2.3　杨华与陈奇云

2.4　杨守愚

2.5　王白渊

第三章　承袭期
（第二期：1933年——《风车》创刊，盐分地带诗人逐渐崛起）

3.1　水荫萍

3.2　利野苍与林修二

3.3　吴新荣与郭水潭

3.4　杨云萍

3.5　林亨泰与詹冰

3.6　锦连、陈千武、吴瀛涛

第四章　锻接期
（第三期：1953年——《现代诗》创刊）

4.1　纪弦

4.2　覃子豪

4.3　方思

4.4　杨唤

4.5　吴望尧

4.6　黄荷生

4.7　余光中（一）与夏菁

4.8　郑愁予（一）与白萩（一）

第五章　展开期
（第四期：1959年——《创世纪》改版，积极发展超现实主义）

5.1　痖弦

5.2　洛夫（一）

5.3　叶维廉

5.4　商禽

5.5　碧果

5.6　罗门

5.7　余光中（二）

5.8　管管与大荒

5.9　杨牧（一）

5.10　周梦蝶

5.11　白萩（二）

5.12　李魁贤

5.13　方莘与方旗

5.14　陈秀喜

5.15　蓉子

5.16　林泠

5.17　敻虹

第六章　回归期

(第五期：1972年——"关、唐事件"，同年罗青出版后现代先驱之作《吃西瓜的方法》)

6.1　罗青（一）
6.2　洛夫（二）
6.3　余光中（三）
6.4　郑愁予（二）
6.5　杨牧（二）
6.6　杨泽
6.7　罗智成（一）
6.8　吴晟
6.9　萧萧
6.10　林焕彰
6.11　向阳（一）
6.12　渡也
6.13　非马
6.14　张错
6.15　席慕蓉
6.16　方娥真与温瑞安

第七章　开拓期

(第六期：1984年——夏宇出版后现代诗集《备忘录》，众多"新世代诗人"首部诗集陆续面世)

7.1　夏宇
7.2　杜十三
7.3　罗青（二）
7.4　林燿德
7.5　陈克华（一）
7.6　罗智成（二）与陈黎（一）
7.7　简政珍
7.8　陈义芝
7.9　刘克襄
7.10　李敏勇
7.11　苏绍连（一）
7.12　白灵
7.13　杜潘芳格与利玉芳
7.14　朵思与罗英
7.15　冯青与零雨
7.16　汪启疆与尹玲
7.17　许悔之与鸿鸿
7.18　洛夫（三）
7.19　杨牧（三）
7.20　张默
7.21　辛郁
7.22　向明

第八章　跨越期

(第七期：1996年——迎接数位文学与跨界诗风潮)

8.1　苏绍连（二）、向阳（二）、颜文蔚
8.2　陈黎（二）
8.3　路寒袖
8.4　瓦历斯·诺干
8.5　陈克华（二）与焦桐
8.6　颜艾琳与江文瑜

8.7　陈育虹与罗任玲
8.8　詹澈与江自得
8.9　唐捐
8.10　陈大为
8.11　孙维民与李进文

8.12　鲸向海、李长青、林德俊
8.13　林婉瑜、杨佳娴、隐匿
8.14　洛夫（四）
8.15　余论：未来的诗与诗的未来

诗人研究

"画梦"的"符号"
——废名新诗理论中的新诗本体及语言问题

王静怡

1930年代中期，胡适"作诗如作文"的自由诗路径已成为威胁新诗"合法性"的重要问题。正如梁宗岱在《大公报·诗特刊》的发刊词中表示："我们似乎已经走到了一个分歧的路口。新诗底造就和前途将先决于我们底选择和去留。"① 以新月派为代表的部分诗人、理论家已试图为白话新诗这匹"野马"套上形式的"缰绳"，而由朱光潜等人组织参与的"北平读诗会"对于音律形式和新诗诵读的集体探索，一时成为北平学院诗坛的主流。② 一向不以诗人自居的废名却站在新诗的"十字路口"，反对把格律等外在形式等同于新诗的本质，他沿着"新诗应是自由诗"的自由诗体路径，以"诗的内容"和"散文的文字"对"新诗"重新命名，从本体的意义上直接划定了新诗区别于旧诗、散文等其他文体的界限。

"新诗要区别于旧诗而能成立，一定要这个内容是诗的，文字则要是散文的。旧诗的内容是散文的，其文字则是诗的，不关乎这个诗的文

---

① 梁宗岱：《新诗底十字路口》，李振声编：《梁宗岱批评文集》，珠海出版社，1998年，第129页。
② 冷霜《废名新诗观念的形成与1930年代中期北平学院诗坛氛围》一文，论及当时的诗坛环境之于废名理论形成的刺激意义，见《中国现代文学研究丛刊》2011年第6期。

字扩充到白话。"[①] 废名对新诗格律的批驳缘由在于，他认为新文学运动所解放的人的情感和思想，无须框束在形式的美学要求下，"诗的内容"才是新诗获得其文体独立性的本质所在。在自由诗体的前提下，"诗的内容"何以使新诗获得文体上确认的？诗人如何通过"散文的文字"对"诗的内容"进行有效表达，并使新诗语言有机地参与到现代汉语的革新进程中？废名讨论的这些问题在新诗史上不断构成回响。

一

"我们的新诗一定要表现着一个诗的内容，有了这个诗的内容，然后'有什么题目，做什么诗；诗该怎样做，就怎样做。'要注意的这里乃是一个'诗'字，'诗'该怎样做就怎样做。"[②] 废名虽然对"诗的内容"的表述语焉不详，常以"诗的感觉""诗意""诗的情绪"等语词对"诗的内容"加以置换，然而"万变不离其宗"，他"随意发挥"的诗论始终围绕"诗"的质素展开。对"诗"本体进行论述似乎易落入神秘主义的陷阱，但废名却将其置换为主体生命中的实感，正如他在《笼》一诗的附记中所指出的——新诗无非是对"生命的偶尔的冲击"之记录[③]。"诗的内容"的生成首先在于这一生命瞬间的获得，这种"感觉"既是诗人的实在经验，又并非庸常的现实中的普通感受，而是具有本质性可能的维度。

废名这一观点与其老师周作人对新诗的见解一脉相承，周作人在《谈小诗》中主张："小诗的第一条件是须表现实感，便是将切迫地感到的对于平凡的事物之特殊的感兴，进跃地倾吐出来，几乎是迫于生理的

---

① 废名：《谈新诗·新诗应该是自由诗》，王风编：《废名集》第四卷，北京大学出版社，2009年，第1629页。
② 同上书，第1624页。
③ 废名：《笼》，《废名集》第三卷，第1498—1500页。

冲动，在那时候这事物无论如何平凡，但已由作者分与新的生命，成为活的诗歌了。"① "对于平凡的事物之特殊的感兴"是周作人在现代的历史处境下对物我关系的重新论述，能够从琐细平淡的生活中体验到"特殊的感兴"实为诗人对主体生命的自我体认。废名对周作人《小河》一诗颇为推崇，正是由于此诗在平淡而自然的日常表述中借"小河"这一象征，表现出诗人主体内质的生存体验，这一诗学观念也反映在师生二人对陶渊明诗的相似评价上，只不过《小河》表现的是"现代的文明人"对现代生活的深刻体悟。②

这一"特殊的感兴"超越日常一般的情感或情绪，它洪水般涌向着主体的内心，使其有迫不及待的表达冲动从而成为"诗的内容"。"诗的内容"之所以具有"诗"的质性，是由于诗人从触动中获得的"诗的感觉""诗的情绪"，并非散文能够铺叙的思想或情感，它内质于现代主体的心灵深处，刺激诗人完成进一步的幻想。换言之，由日常现实触发的"诗的感觉""诗的情绪"并不止于日常感受，而是超越个人的实在经验，通向了理念化的诗性维度。

废名在讲稿中对胡适的《蝴蝶》青眼有加，也是在于《蝴蝶》不同于其他对现实进行白描的白话诗，而是对一个诗性瞬间的记录。"作者因了蝴蝶飞，把他的诗的情绪触动起来了……这个诗的情绪已自己完成，这样便是我所谓的诗的内容。"③ "诗的情绪"正如胡适自己所言，"心里颇有点感触，感触到一种寂寞的难受"，这种寂寞之瞬间不是一般经验层面的情感和思绪，而是更为内在化的现代人的孤独感受，所以废名认为此诗中有属于新诗的"诗的内容"。在废名看来："新诗能够使读

---

① 周作人：《谈小诗》，钟叔河编订：《周作人散文全集2》，广西师范大学出版社，2009年，第558—559页。

② 高恒文曾以陶诗"渐进自然"的美学观念、"晚唐诗"及象征等问题为切入点，详细讨论了废名诗学观念师承周作人，见《南朝人物晚唐诗——论周作人和废名对"六朝文章"、"晚唐诗"的特殊情怀》，《汉语言文学研究》2013年第4卷第1期。

③ 废名：《谈新诗·尝试集》，《废名集》第四卷，第1610页。

者读之觉得好,然后普遍与个性二事俱全,则是新诗的成功。"① "读者读之觉得好"并非意味着新诗要以浅白的语义贴近大众的理解,废名是希望能在"非个人化"的诗性空间里,实现作者和读者间的精神沟通,从而实现新诗普遍性和个性的平衡。这意味着,现代诗人从物我关系中获得的生命体验不仅是个人化的"感觉"或"情绪",更关系到现代人共同的心理结构,诗人需在日常中接纳新的历史气息,在个人与公共之间建立有效的精神机体。

如何把现实中感知到的"诗的感觉"同现实本身区别开,实现个人化的经验向"非个人化"的诗性本体的转变,废名是用"画梦"的诗学来说明新诗的创作状态:"下笔总能保持得一个距离,即是说一个自觉……古今来不少伟大天才,似乎还很少有这样一个,他们都是'诗人',一生都在那里做梦给我们看,却不是画梦,画梦则明知而故犯也。"② 废名首次提出"画梦"是在1930年,这一观念与他1927年《说梦》中提出的对现实的"反刍"不同,"画梦"强调了的"梦"的完整性和"画"的自觉性。正是由于诗人在某个生命的瞬间感悟到"梦"同日常现实的疏离,于是"下笔总能保持一个距离",即诗人明知描画的不是经验世界的实在状态,而执着于以幻想的方式描画出对现代生活的内在的、理念的、本质的体验。"梦"如同现实的镜像,却与现实间保持着让诗意栖息的距离。

废名以"梦"作为"有意味的形式",将"诗的内容"这一难以名状的理念化本体变得可知可感。就废名自己带有实验性的新诗写作而言,无论是《笼》还是1931年写成的《天马》《镜》,都呈现出这种超验的"画梦"倾向。例如《镜》中不断出现的"影""梦""水""画"等意象,"可以说是由'镜'衍生出来的一个意象群,总体上编织成了'镜花水月'的幻象世界,一个理念化的乌托邦存在"③。受于外而感于内

---

① 废名:《谈新诗·已往的诗文学与新诗》,《废名集》第四卷,第1646页。
② 废名:《随笔》,《废名集》第三卷,第1220页。
③ 吴晓东:《新发现的废名佚诗40首》,《中国现代文学研究丛刊》1998年第1期。

的"诗的感觉"赋予了诗人以诗性的目光来看待生命的情状,使其能超越现实的此岸,在"梦"的彼岸构筑起"理念化的乌托邦"。这一"画梦"的诗学观念也深刻影响着30年代的现代诗派,例如何其芳著名的散文诗集《画梦录》。"画梦"也成为理解现代派美学理想和文学路径的重要诗学母题,无论是卞之琳华宴般的"圆宝盒"、何其芳的"扇上的烟云",还是废名"镜花水月"的世界都是以"梦"的变体作为可追寻的理念彼岸。因而相对于正面描绘纷扰的人间现实,现代派诗人更执着于通过虚构的诗性乌托邦,呈现"明净"的内心幻境与审美理想。

废名等现代派诗人从主体的"梦"出发,他们30年代的诗作普遍都带有智性而深玄的风格,但这并不意味着诗人个体同时代历史的全然分离。废名的批评者过于关注其诗歌的玄学色彩,却忽略了"画梦"与"写实"的辩证结构,割裂了"诗的内容"同现代化的历史境遇间的内在关联。随着诗艺的增进,废名尝试将更具现代气息的事物纳入自己的写作中,以"写实"的方式重现"诗的感觉"诞生的具体情境。"写实"并非早期白话诗式的白描,而是选取特定的生活片断为"梦"的背景,描述主体与现代社会发生关联的情境,记录下现代主体一瞬间的内在体验。"诗人的感情碰在所接触的东西上面,如果所接触的东西与诗感最相适合,那便是天成,成功一首好诗。"[1] 目之所及的物象能够传递现代感,便无需征用其他的象征性的意象去凑泊即兴的"诗的感觉"。《街头》的写作正符合这一"完整"而"天成"状态,废名是站在大街上"吟"成了这首诗:

> 行到街头乃有汽车驰过,
> 乃有邮筒寂寞。
> 邮筒 PO
> 乃记不起汽车的号码 X,
> 乃有阿拉伯数字寂寞,

---

[1] 废名:《谈新诗·沫若诗集》,《废名集》第四卷,第1763页。

>   汽车寂寞,
>
>   大街寂寞,
>
>   人类寂寞。

驰过的汽车如同波德莱尔笔下"交臂而过的女子",与诗人发生了瞬间消逝的邂逅:"使城市诗人愉快的爱情——不是在第一瞥中,而是在最后一瞥中。这是自迷人的一瞬间契合于诗中的永远的告别。"[①] 诗人将"最后一瞥"带来的寂寞余光投射到种种现代事物及"人类"上,从日常图景的观看衍绎到"人类寂寞"的宏大想象。"最后一瞥"之中包蕴着的现代感受既源于废名的个人经验,又是每个立在街头的现代人都可能油然而生的情绪。这首诗所表现的现代人普遍的生存境况,超越了日常生活的本身而提升到了诗性的维度,因而具有属于新诗所在时代的"诗的内容"。

"现代诗人的梦真应该在火车站上!"[②] 废名对卞之琳《车站》如此评论,正是出于对新诗"诗的内容"的深刻认知。现代派之前的众多诗人更多将现代社会作为一种新奇的现象,而未能深入到城市的肌理中去触摸现代人的生命脉搏,也并未表现出新的物我关系中强烈的主体体验。废名等现代派诗人对西方象征派、现代派的理解和接受,不仅在于象征、暗示等修辞技巧的学习,更能从他们的文本和理论中,深刻地体悟到如何以现代人身份站在现代社会的历史图景中,感受到现代人的普遍生命状态和心理结构。"诗的内容"恰恰捕捉到现代诗乃至整个新诗的核心,即那些本真的却又飘忽不定的现代之"梦"。

当然,现代诗人在现代社会中所遭遇的外在现象和内在感受,也只有不受形式束缚的新诗才可以瞬间容纳和自由表现。废名在讲稿中谈及自己的诗时说:"我的诗是天然的,是偶然的,是整个的不是零星的,

---

① 本雅明:《论波德莱尔的几个母题》,《启迪:本雅明文选》,张旭东、王斑译,第184页,生活·读书·新知三联书店,2012年。
② 废名:《"十年诗草"》,《废名集》第四卷,第1779页。

不写而还是诗的。"① "诗的内容"是"天然的""偶然的",因为它源于现代主体"生命的偶尔的冲击",而其完全性也在于主观感受的瞬间获得,不需要顾及诗的格律、字数等外在形式,也不需要像散文一样通过上下文来铺叙,在书写之前已经凝聚在诗人的心灵中。在废名看来,旧诗在于"平常格物",新诗则在意料之外"当下观物"②。新诗"诗的内容"源于"生命的偶尔的冲击",但旧诗诗人多从"格物"中"致"某个已被经典化的意境情调,而忽视了主体当下充沛的生命感触,所以旧诗中诗情并不充足到能完成整首诗,废名称这种延宕的诗情为"散文的内容"。

新诗自由表达的是每个现代主体由具体的生命体验构成"梦",同时好的新诗也表征着现代社会中普遍的时代征候和美学品格。旧诗的意境宛若一场繁华旧梦,已经无法表现机械轰鸣声中的现代生活,所以废名认为新诗的"诗的内容"是旧诗容纳不下的。他曾多次强调白话新诗要有符合自己时代的、"新鲜"的"诗的内容",而不是为求得某种经典化的"诗意"去仿拟出与时代脱节的古典意境,复制出同现代人的生命状态无关的"滥调",这也是为何废名把"新文学的命脉"基于作者"修辞立其诚"的"诚"字上。

二

然而当"诚"即已立,"修辞"何为?在废名的诗学观念中,作为新诗本体的"梦"在书写之前已经"自己完成",故而用什么形式、什么"修辞"记录"梦"的问题似乎无关紧要。然而,我们从废名对新诗的完整定义中可以发现,"诗的内容"需要由"散文的文字"进行呈现,新诗并非由"诗的内容"独立完成,它的写作是从"诗的内容"到"散文的文字"、从"梦"到"画梦"的完整过程。废名对新诗的命名逻辑

---

① 废名:《关于我自己的一章》,《废名集》第四卷,第1822页。
② 废名:《谈新诗·冰心诗集》,《废名集》第四卷,第1737页。

一定程度上同施蛰存当时对"现代诗"的定义如出一辙:"纯然的现代诗,它们是现代人在现代生活中所感受的现代情绪,用现代的辞藻排列而成的现代的诗形。"①"现代的辞藻"乃是"现代情绪"的必要载体,对新诗的讨论依然要回归到语言的维度中。新诗怎样以"现代的辞藻"脱离旧诗"诗的文字"的屏障,用"新鲜"的文法开拓中国诗文学的新路,有机地构成了新文学之书写问题中的重要面向。

1934年,在寄给程鹤西的信中,废名具体谈到了从"梦"到文本的问题:"前日夜里忽然有一个诗的感觉,自己觉得这感觉很好,但也就算了,不想用纸笔把它留下来的,接到你的诗,为得表示欢喜起见,我乃同算算学一样把我的前夜的诗用符号记录如下——"②诗人首先获得"诗的感觉",而后采用"符号"来记录,这意味着"诗的感觉"在新诗实践中是第一性的,新诗的"符号"不是一个自足的修辞体系。③从诗人主观的"梦"到文本世界需要用"算算学"的组织方式,即诗人要通过自己的联想、想象将这些零散的"符号"加以编排,而不是像旧诗一样不需多加幻想便可用"情生文文生情"敷衍某种情调。可见,"诗的内容"从现实到幻想是在诗人心灵中瞬间"完全"的,但文学书写是一个延时的组织过程。此外,诗最终以文本的形式呈现在读者面前,才能获得其文学表达的意义。作者需要通过纸笔将自己的"梦"转化为可邀读者进入的诗性空间,从而在读者接受的层面达到个性和普遍性的统一。

废名此处所言的"符号"主要指代的是在语言维度中,能够承载"诗的内容"的"散文的文字"。但"散文的文字"与"散文的内容"中的"散文"含义不同,"我前说新诗要用散文的句法写诗"④,新诗"散文

---

① 施蛰存:《又关于本刊中的诗》,许觉民、张大明主编:《中国现代文论》下,安徽教育出版社,2010年,第405页。
② 废名:《诗及信》,《废名集》第三卷,第1328页。
③ 西渡《废名新诗理论探颐》指出,在废名的表述中旧诗是修辞系统的内部增值,"完全"的新诗则是"内容的完全呈现也就是其形式的完成",见《新诗评论》2005年第2辑。
④ 废名:《谈新诗·沈尹默的新诗》,《废名集》第四卷,第1651页。

的文字"强调的是不重格律骈偶的句法文法。由于"散文的文字"容易与传统旧诗中的"以文入诗"产生混淆,所以我们选用废名信中所用的"符号"这一概念,来分析其诗论中关于新诗语言的问题。

废名认为"新诗所用的文字其唯一条件乃是散文的文法",是否用韵则是诗人的书写自由。"散文的文法"关系到文字组织的具体语法,相对而言是内在的形式问题,而音韵、格律、诗行等则是"符号"外在的形式因素。废名首先意在对"诗的文字"的音乐性进行"祛魅"。"文字的音乐性能够限制才情,将泛滥的东西围成一个形式"[①],旧诗的音韵格律所形成的只是"调子",是框束"散文的内容"的外在空壳。当新诗拥有了"诗的内容"这一核心后,"符号"的音乐性并不关系到诗意传达的有效性,更无所谓文体的成立问题了。所以用来"画梦"的"符号"是一种"无声"的"符号",它更在意视觉化情境的描画。

语言之筏能否顺利穿过意义的迷雾抵达诗性彼岸,是诗歌书写中无法回避的问题。然而,恐怕在"言意之辨"的古老命题外,新诗还面临着新的表达困境与可能。《诗及信》第二辑另有收录废名回复卞之琳的信,他试图进一步讨论作为"现代辞藻"的"符号"如何"画梦"的表达问题,信里写道:"我复鹤西的信里所写的一首诗,虽然是想如实的画下来,其结果与当时的感觉却很不一样。当时的感觉并没有那么多'大话',只是觉得玲珑可喜,看了你的《道旁》我乃另外用一个方法来描画一下,结果仍是失败。"废名意识到从偶然的生命感受到诗歌文本,暴露出的语言局限不仅包括"文不达意"还存在"文不称意"的问题。所以他试图变化"算算术"的写作思路,对同一"诗的感觉"做了不同"符号"的"描画"。两首附诗可作为对照来看:

(一)
我是从一个梦里醒来,
看见我这个屋子的灯光真亮,

---

① 废名:《谈新诗·草儿》,《废名集》第四卷,第1714页。

原来我刚才自己慢慢的把一个现实的世界走开了
大约只能同死之走开生一样，——
你能说这不是一个现实的世界么？
我的妻也睡在那壁，
于是我讶着我的灯的光明，
讶着我的坟一样的床，
我将分明的走进两个世界，
我又稀罕这两个世界将完全是新的，
还是同死一样的梦呢？
还是梦一样的光明之明日？"

（二）
糊糊涂涂的睡了一觉，
把电灯忘了拧，
醒了难得一个大醒，
冷清清的屋子夜深的灯。

目下的事情还只有埋头来睡，
好像看鱼儿真要入水，
奇怪庄周梦蝴蝶
又游到了明日的早晨

可见，拉开"梦"与私人经验的距离不在于音韵格律的变化，而是文字作为"符号"为读者提供了想象的可能。从诗意较为明确的第一首诗中，我们大致可以判定"诗的感觉"的产生是由于诗人于梦醒时分，陷入了现实与梦境、生与死、真实与虚无之间的辩证思绪。但"如实的画下来"的第一首因过多口语化的"大话"，使这一"诗的感觉"消解在了散文式的场景白描与内心独白中。修改的诗省略了第一首中频繁出现的主语"我"，把主观性的种种观感转化为客观性叙事，自我辩诘式的语言也凝聚在"鱼儿入水"和"庄周梦蝶"两个对应物上——把由梦入醒的内心体验比喻为鱼儿入水,并以"庄周梦蝶"的典故表达梦与现实之间的迷离状态。第二首的"符号"承担了将"诗的内容"客观化、具体化的功能。卞之琳《道旁》中"家驮在身上像一只蜗牛"一句,也是把"家累"这一现代情感巧妙地具体化,由对久经漂泊"倦行人"的外在描写进入到诗性幻想之中。

此外,去掉主语的第二首简省了主谓宾的现代汉语句式,但并未影响语句的流畅性和意义的理解。这说明在口语表达的基础上,对句法进行灵活处理可以在精简"大话"的同时,令新诗语言更富弹性。废名对卞之琳《十年诗草》的评论中曾谈及卞诗"句子是真好","欧化得有趣,欧化得自然",卞之琳"造句子而讲究文法,故有时又像是欧化"。① 我们今天可能对现代汉语语法中的西化痕迹已习焉不察,但在 1930 年代现代汉语尚未定型的时期,"散文的文法"意味着告别旧诗,甚至整个文言系统的文法、句法结构,需要重新探索新的表达可能。因为文字形态未有大的变动,所以在不考虑格律等外在形式的情形下,建立"现代辞藻"意义上的新诗"符号"系统需要崭新的句法。而寻求某种不悖白话文法又不完全贴近口语的书写语言,是新诗能够以言达意的关键。从废名描画方式的转变来看,舶来的外文语法和传统的文言句式都被诗人选择性地纳入新诗语言的建构秩序中,为散文化的白话诗增添语言自身的魅影。

三

废名在信中以"符号"代指文字,也在于"符号"更具"画梦"的媒介象征功能。正如废名借莫须有先生之口道出:"思索到不可说境地,生死之岸来回一遍,全无着落,然后只好以文字做符号"②,"符号"难以

---

① 废名:《"十年诗草"》,《废名集》(第四卷),第 1774 页。
② 废名:《莫须有先生传·莫须有先生传可付丙》,《废名集》(第二卷),第 783 页。

"如实的画下来"并将"不可说境地"言说清楚,但可以介于"不可说"与"可说"之间,在梦和现实的张力里,以有尽的"言"昭示"意"之所在。

当然,旧诗的文字无论在书写还是阅读层面上都比新诗"符号"更易于通往某种"不可说境地",某种集体记忆中的"旧梦"。旧诗能"情生文文生情"地在文本层面敷衍"散文的内容"在于"文"和"情"紧密关联,旧诗的"情"通常是经民族审美不断强化的"意境",而"文"则是将"意境"具体化的"意象"。例如"古道西风瘦马"能把三个没有直接关联的形象拼凑在一起,是由于"古道""西风""瘦马"都能够表现萧瑟意境的传统"意象",或者说是已经被经典化的"典故"。胡适曾在《尝试集》序言中谈道:"因为许多人只认风花雪月、蛾眉、朱颜、银汉、玉容等字是'诗的文字',做成的诗读起来字字是诗。仔细分析起来,一点意思也没有。"①这说明旧诗"诗的文字"多是由雅化的书面用语构成的经典意象,与诗人自身的情感表达无关,因此"画梦"的新诗"符号"还要需要清除遗留在文字上的经典意象的痕迹。

废名之所以将"温李"一脉视为新诗发展的根据,由于"温李"能够从自身的欲望和情感出发,凭借诗人的幻想进行写作,走的不是"诗的文字"的捷径。例如废名从"鬓云欲度香腮雪"中的"欲度"二字体会到温庭筠自由的诗性想象:"鬓云""香腮雪"本是旧诗中常见而模式化意象,但温庭筠从云和雪的字面意义出发,凭借幻想重新描画了云"欲度"雪这一表象景观,便"由梳洗的私事说到天宇的白云万物"②。从"鬓云"到"云"看似是从词到词的文字游戏,但这一转化是统一在个人之"梦"中而非从旧诗意境的模板中敷衍出的。

新诗记录下的是诗人于"当下观物"中生成的"梦",不是现实本身,所以"符号"所指代的不是现实中的物,更多如"云度雪"般是个人幻想中的"表象"。现代诗人试图割裂固有辞藻中的"能指—所指"

---

① 胡适:《〈尝试集〉自序》,《尝试集》,人民文学出版社,1998年,第139—140页。
② 废名:《林庚同朱英诞的诗》,《废名集》(第四卷),第1794页。

的关系,凭借表象化"符号"重新建立与个人幻想相呼应的象征体系,这意味着新诗中的"词"和实际的"物"之关联常常是不稳定的,"符号"只能把握作为"词"的"物"之表象而非物本身。以废名《四月二十八日黄昏》为例:

> 街上的电灯柱
> 一个灯一个灯。
> 小孩子手上拿了杨柳枝
> 看天上的燕子飞,
> 一个灯一个灯。
> 石头也是灯。
> 道旁犬也是灯。
> 盲人也是灯。
> 叫化子也是灯。
> 黄昏天上的星出现了,
> 一个灯一个灯。

诗人是由"当下观物"中的"电灯柱"开始的想象。"灯"在第一句中还是实在的"物",但在之后诗句中"灯"是作为"词"存在的,"灯"可分别置换成"晃动""光明""警示"等含义的词语。如果不能理解"灯"由"物"向"词"的转换,那么象与象、物与物在这首诗中完全不对等。同样,不相关的物能够以"是"这一判断动词联结起来,也在于"杨柳枝""燕子""石头"等物是以表象的形式统一在主体的幻想中,并共同成为现代诗人于黄昏中寂寞心境的写照。

这些"符号"并不能像"古道西风瘦马"一样,以"情生文、文生情"的方式实现固定意象的联结,并召唤起隐喻背后的"集体想象",所以只有在表象的世界中这些非逻辑的联想才得以成立,而"符号"间流动的想象被隐匿在"是"字背后。正如朱自清曾以"远取譬"来说明自象征派以来的这种"奇丽的譬喻":"他们发现事物之间的新关系,并且用最经济的方法将这关系组织成诗;所谓'最经济的'就是将一些联络的字句省掉,让读者运用自己的想象力搭起桥来。"①诗人在"符号"之间留下足够的空白,使语言不可抵达之处以沉默的姿态显现。可见,"诗的内容"并非附着于某个单一的表象中,而是符号与符号之间那些被省略的曲曲折折的思维以及思维的空白中。如同破解"算算术"般,当我们从"符号"间的空白中细细琢磨思维的每次跳动时,也就自然体味到废名诗的理趣。废名认为卞之琳的诗巧妙之处在于,语法的层面上是"文从句顺"的"散文的文法",但语义上却表现出诗人"跳动的思想",而他自己的诗在这方面有过之而非不及。诗人以"算算术"的方式编织"符号"遵循了"梦"的非逻辑,因而"符号"描画的"表象世界"自然同现实保持着能让诗意遁入的距离。

个人化的"梦"松动了旧诗原有的词物关系,赋予了新诗语言摆脱旧诗意象系统的可能,使"符号"的"能指—所指"在诗人主体幻想中重新排列组合。就像废名在《栽花》《坟》两首短诗中所做的"符号"实验:"我梦见我跑到地狱之门栽一朵花,/回到人间来看是一盏鬼火"(《栽花》);"我的坟上明明是我的鬼灯,/催太阳去看为人间之一朵鲜花"(《坟》)。"花"与"鬼火"("鬼灯")的"所指"是同一个未知物,但在现实和梦境不同的结构下其"能指"又截然相反。诗人便是利用"符号"这一不确定系统,专断性地完成了其主观幻想。于是,不确定的语义使新诗向无限的诗性空间敞开,汉语表达的可能性洪流般地冲破了古典范式的藩篱。

以"散文的文字"作为"符号",注定了新诗在很长时间内面临着理解的困境。旧诗经由"诗的文字"的数代沿袭,我们可以凭借熟悉"意象",从文本表层语义直接抵达"意境"层面,实现从"词"到"物"的跨越。但在新诗尚未被经典化的漫长岁月里,诗人以"符号"描画的表象世界就是读者眼前的全部。如何使读者从新诗的"符号"中重新建立"词"与"物"的关联,构成了诗人个人想象和公共阅读经验

---

① 朱自清:《新诗的进步》,《新诗杂话》,生活·读书·新知三联书店,1984年,第8页。

之间的审美隔阂。即使诗人力图以"非个人化"的"诗的内容"使新诗达到个性与普遍性的平衡，作为读者的我们也时常迷惑于新诗表象世界，难以回溯到诗人由个人经验形成的"梦"。

废名写诗便过于执着自我的自由幻想，而患有语言"晦涩"的顽疾，如卞之琳所评价的："他竟有时对于其中语言表达的第一层的（或直接的）明确意义、思维条理（或逻辑）、缜密语法，太不置理，就凭自己的灵感，大发妙论。"① 我们之所以能从《四月二十八日黄昏》等诗中梳理诗人想象的路径，是出于对"本体—喻体"之间的相关性或相似性的把握，诗意也正是在层出不穷的隐喻或转喻之中实现。但当诗人将仅有的相关性或相似性完全切断后，"符号"便编织成一个文本的死结。《四月二十八日黄昏》一诗，如果不考虑"黄昏"等具体情境，读者只能看到"一个灯一个灯"在"符号"文本中闪烁，不知"梦"如何生成又如何表现。

因此，"符号"描画的或虚或实的情境，为理解"符号"非逻辑的联结提供了上下文的语境，是语言"画梦"的有效路径。通过"符号"塑造某种场景或事件，这一文字符号的组织方法正是卞之琳所谓的"戏剧性处境"，他在总结自己诗艺时谈到："我总喜欢表达我国旧说的'意境'；或者西方所说的'戏剧性处境'，也可以说是倾向于小说化，典型化，非个人化，甚至偶尔用出了剧拟（parody）。"② 诗人通过戏剧性的组织方式，以"符号"构筑非个人化的陌生情境，并借助冲突性的行为或对话进行书写，既能表现出"诗的内容"生成的具体场景，又能以陌生化的"梦"抵达诗性乌托邦。

---

① 卞之琳：《〈冯文炳（废名）选集〉序》，陈振国编：《冯文炳研究资料》，知识产权出版社，2009年，第252页。

② 卞之琳：《雕虫纪历·自序》，人民文学出版社，1984年，第4页。

四

已往的废名研究者都关注到晚唐等古典资源在废名诗中的"复活"。在这一问题上，孙玉石较早地提出，废名是以现代诗人的审美结构，对传统诗进行独特的观照。① 当然，废名等现代诗人不仅在朦胧含蓄的美学效果上达到了古今汇通，更试图将传统资源自觉地纳入新诗书写中。因此作为"典故"的古典语言和意象如何融汇到新诗的"符号"中，既关系到现代新诗发展中"符号"形态多样化的问题，也关乎现代诗人如何借"典故"有效地完成"画梦"的问题。

废名对庾信、李商隐、杜甫等古人文章中的用典之妙颇有心得，他在《随笔》、《神仙故事》（一）、《神仙故事》（二）、《谈用典故》、《再谈用典故》等文章中都有论及。典故之于大部分旧诗而言，并非仅在"符号"中的表意，"用典"作为常见的修辞手段通常指向的是字面背后所凝聚的故事、意境，如废名所说《离骚》里的神话典故，等于辞藻，这一份辞藻又等于代词"②，"代词"代指的作为典故出处的"前文本"更为关键，因此文学史上才会有"无一字无来历""以才学为诗"等诗学现象。然而在废名的诗学观念中，相对于对典故的"前文本"的考究和理解，他更关注的是"有一种典故，也可以说是辞藻，不过这里却有着作者的幻想"③，即典故不是作为经典的"意象"而是作为"符号"在新诗中呈现出新意，并由此来照见诗人由自身"诗的感觉"出发的想象。例如，庾信《小园赋》中的"草无忘忧之意，花无长乐之心"在废名看来便是"以典故为辞藻，于辞藻见性情"④。"忘忧"是萱草的别名，而"长乐"是紫花的别名，庾信借这两个别名的辞藻，将

---

① 孙玉石：《对中国传统诗现代性的呼唤——废名关于新诗本质及其与传统关系的思考》，《烟台大学学报》（哲学社会科学版）1997年第2期。
② 废名：《神仙故事（一）》，《废名集》第三卷，第1378页。
③ 同上。
④ 废名：《谈用典故》，《废名集》第三卷，第1461页。

诗人自己仕于北朝的无奈之情寄予"花"和"草",故而辞藻中包含着诗人的"性情"。

废名注意到李商隐"獭祭鱼"般的用典常常"以典故为辞藻"而不是以典故为"典故",即"不是取典故里的意义,只是取字面"①。例如"沧海月明珠有泪"一句,"沧海月明"与"珠有泪"各自在原有的典故语境中有各自的所指,但李商隐以"断章取义"方式将典故作为"符号"("辞藻")挪用至对自己对情景的描画之中。废名师法这一"断章取义"的用典方式,直接将旧诗中的原句镶嵌在自己的新诗之中。例如,《镜》一诗借李贺"溪女洗花染白云"描画安宁静谧的"桃花源",与"将军之战马"形成戏剧性的反差;《花盆》直接以谢灵运"池塘生春草"描绘池中之景;《宇宙的衣裳》里,废名用孟郊"慈母手中线,游子身上衣"来比照事物与影的关系(灯光中的世界如同"宇宙的衣裳")……上述例子中,诗句的引用是在"符号"层面上完成的,无需以"知识考古"的方式探典故原意。废名对古典诗句的挪用似是无意识地信口拈来,但他较为成熟的作品中对传统资源的征引则表现出更多写作的自觉性,例如《掐花》:

> 我学一个摘华高处赌身轻
> 跑到桃花源岸攀手掐一瓣花儿,
> 于是我把它一口饮了。
> 我害怕我将是一个仙人,
> 大概就跳在水里湮死了。
> 明月出来吊我,
> 我欣喜我还是一个凡人
> 此水不见尸首,
> 一天好月照彻一溪哀意。

---

① 废名:《再谈用典故》,《废名集》第三卷,第1467页。

首句直接挪用了吴梅村《浣溪沙》中的"摘花高处赌身轻",废名用"赌身轻"的超脱行为写出了生命之轻盈。"桃花源"出自《桃花源记》,废名借"桃花源"三个字的表意写"掐一瓣花瓣"的爱惜之情。而"此水不见尸首"源于《维摩诘经》"海有五德,一澄净,不受死尸"的典故,但废名此处也只取用了字面所呈现的美丽场景,成全此首新诗中死亡的寂静之美,正如废名所说"若没有这个典故这诗便不能写了"①。他在《小园集序》中曾回忆起朱英诞初次拜访时与之谈新诗的场景,而所谈的便是这首《掐花》,他写道:"我想郑重的说明我这首诗的写法,这一首诗是新诗容纳得下几样文化的例证。"②废名以典故为"符号"把古典诗文和佛家经典杂糅在个人的联想之中,写出了知识分子在诡谲的时代变更中"出世"与"入世"的心理矛盾。故而在这首"下意识"写成的新诗里,多种文化因素和心理结构被诗人编织进"符号"描画的"梦"中。

　　从"海不受死尸"这一典故的活用中可见,废名从古典传统中关注到的不仅是"镜花水月"作为意象所包含的隐喻美学,更是其字面即"符号"的能指层面的美感。"我尝想,中国后来如果不是受了一点佛教影响,文艺里的空气恐怕更陈腐,文章里恐怕更要损失好些好看的字面。"③旧诗或佛典中美丽的"符号"作为典故,已被滥用和僵化成了"诗的文字",废名试图将其"嫁接"到新诗中"化腐朽而神奇",亦是丰富了现代白话的语词。例如《理发店》这首诗中,废名活用了庄子"泉涸,鱼相与处于陆,相呴以湿,相濡以沫,不若相忘于江湖"典故的字面意义:

　　　　理发匠的胰子沫,
　　　　同宇宙不相干

---

① 废名:《关于我自己的一章》,《废名集》第四卷,第1826页。
② 废名:《小园集序》,《废名集》第三卷,第1338页。
③ 废名:《中国文章》,《废名集》第三卷,第1333页。

> 又好似鱼相忘于江湖。
> 匠人手下的剃刀
> 想起人类的理解
> 划得许多痕迹。
> 墙上下等的无线电开了
> 是灵魂之吐沫。

诗人利用了"相濡以沫"中"沫"字,从"胰子沫"自然过渡到了"相忘于江湖"。"鱼相忘于江湖"是重新用"符号"描画了这一"不相干"的关系,废名解释这首诗时说:"就咱两人说,理发师与我可谓鱼相忘于江湖",因而"我"和理发师之间只是相互隔膜的现代人的关系,犹如"胰子沫"和"世界"般"不相干"。诗中所写的"不相干""相忘"都指代人与人之间的疏离关系,只是诗中用两个表象关系的相互比拟,代替了现实中的关系。从现实中体会到的抽象的现代感性难以用"写实"的方式呈现时,诗人便以典故作"符号"对"梦"进行描画。

废名接下来再次用到了"涸泽之鱼"的典故则是借其"泉涸,鱼相与处于陆,相呴以湿"的意义比拟现代人的灵魂之枯泽。当理发匠的剃刀"想起人类的真理"于是打破了"不相干"的隔膜,于"代表真理的我"的脸上"划得许多痕迹",然而这些理解的"痕迹"又怎么会是真理的相通呢?现代人之间的理解和沟通无非像"下等的无线电"传来的低俗歌曲,只是"泉涸"的"灵魂"相互"吐沫"罢了。"胰子沫"在诗中是以具体的物象存在,而"灵魂之吐沫"中的"沫"字便只是从典故中借来的"符号"。经过典故"符号"化的表层意义和其"前文本"意义的双重黏结,"吐沫"与上一句的"鱼相忘于江湖"构成了关于现代人的一个完整想象。

可见,现代诗人虽然是用"散文化的文字"这一"现代的辞藻"来描画"现代诗人的梦",但古典的辞藻、典故甚至文法未尝不是丰富白话语言的一种方式。对于废名而言,"古与今相生长而不相及",新诗是从中国诗文学的传统脉络中延伸下来的"一整个的发达路程"①，新诗这一中西资源的"混血儿"无须以"弑父"的姿态强调自身的独立性、合法性，以及现代性，而是能以更包容和自由的书写意识容纳下古今中外的文化。

"他对中国的新诗可以说是最抱希望的一个人，心目又犀利朴实，一方面受了新文化的洗礼，一方面又能从中国过去的诗文学中认识到它的长处，取其精华。"②40年代沈启无曾对废名如此评价。废名灵活征用着国学与西学、古典与现代交织的资源，在中国新诗的"十字街头"垒起了一座思想的"塔"，但他并不是封闭在象牙塔中言禅论道的隐士。废名对现代人感觉结构的深刻理解，以及对汉语语言和诗歌形式的独特反思印刻在他尚未成体系的诗论中，生成难能可贵的理论褶皱，为我们今天的新诗写作提供了一面"可正衣冠"的"古镜"。

---

① 废名:《〈周作人散文钞〉废名序》,《废名集》第三卷，第1278页。
② 沈启无:《关于新诗》,《苦雨斋文丛·沈启无卷》,辽宁人民出版社,2009年,第144—145页。

吴兴华诗论研究
—— 以诗的想象力为中心

周小琳

夏志清1976年在误闻钱锺书逝世时曾有言:"陈寅恪、钱锺书、吴兴华代表三代兼通中西的大儒,先后逝世,从此后继无人。"① 这或许能够体现吴兴华的价值,以及他的英年早逝所带来的巨大损失。作为1940年代沦陷区诗歌重要代表人物之一,吴兴华的早慧和诗歌天才,非凡的外语能力,以及对中国古代典籍的博览——其最难以为人企及的几项才华,在他妻友的悼文中被多次提及。但正如有论者指出:"吴兴华的新诗写作固然颇有特色,但最终沦为文学史上的失踪者","沉默20年后,他才开始成为学术研究的对象,卞之琳、郭蕊、孙道临、张泉、吴晓东、谢志熙、张松建等人都发表过相关文章"②,吴兴华也由此被追认为是"被遗忘的缪斯"③。在追认的过程中,其"古题新咏"的长诗写作④及其通过"化古"和"化洋"⑤所努力实践的"新古典主义风格"⑥,"十四行

---

① 夏志清:《人的文学》,辽宁教育出版社,1998年,第140页。
② 张松建:《知识之航与历史想象:重读吴兴华》,《现代中国文化与文学》2009年第1期。
③ 评价吴兴华的该词最早出自 Edward. M. Gunn, JR.: *Unwelcome Muse: Chinese Literature in Shanghai and Peking, 1937–1945*, New York, Columbia University Press,1980。
④ 钱理群等:《中国现代文学三十年》,北京大学出版社,1998年,第453页。
⑤ 对吴兴华这一创作尝试的命名,最早出自卞之琳:《吴兴华的诗与译诗》,《中国现代文学研究丛刊》1986年第2期。
⑥ Edward. M. Gunn, JR.: *Unwelcome Muse: Chinese Literature in Shanghai and Peking, 1937– 1945*, New York, Columbia University Press, 1980.

诗体"中"对格律形式的苦心经营"①而尝试建构的"新格律"②诗,以及他在这两个方面所体现出的"现代与传统的接续"③和对四五十年代西方现代诗歌对中国文学之影响的一个补充,在目前有关吴兴华的史料整理和研究中,构成了其主要的几个价值。

不过,吴兴华诗歌成就的其他方面——比如他的诗论——还没有得到足够的关注和探究④,特别是他对"想象力"的重视和具有开拓性意义的阐述,由之所达到的对中国新诗从具象到抽象、从经验主义到超验主义的推动,以及其与"新批评"派之间深刻而密切的联系与回应,应被视为他给予中国现代诗学的独特贡献。本文将以吴兴华的《谈诗的本质——想象力》一文为切入点,就他的上述贡献进行讨论,以期为吴兴华研究开辟一个更为宽广的空间。

一

《谈诗的本质——想象力》原载于《燕京文学》1941年第2卷第4期,是吴兴华在阅读杜蘅之《诗的本质》之后,对于书中以"影像还未成字句以前的想象"为诗的本质这一定义的辨析,和由此引发的"想象力"对于诗歌本质的意义的相关论说。吴兴华首先例举了 Marinne Moore 包含"冷冷的分析和推理"的诗,古希腊的机智短诗和现代的 Eyra Pound 写 epigram 的诗,认为杜蘅之对诗的本质的这种"褊狭的定义""决不能概括一切所谓'诗'的作品,尤其是在现代"⑤。接着,吴

---

① 张松建:《"新传统的奠基石"》,《新诗评论》2007年第1辑。
② 对吴兴华这一试验的界定,见卞之琳:《吴兴华的诗与译诗》,《中国现代文学研究丛刊》1986年第2期。
③ 解志熙:《现代与传统的接续》,《新诗评论》2007年第1辑。
④ 吴兴华的诗论,部分被收入两卷本《吴兴华诗文集》,上海人民出版社,2005年;《新诗评论》2007年第1辑推出了"吴兴华专辑",收录其佚文8篇,包括《现在的新诗》等重要诗论。
⑤ 吴兴华:《谈诗的本质——想象力》,《吴兴华诗文集(文卷)》,上海人民出版社,2005年,第33页。

兴华对"想象力"的内涵进行了讨论,认为我们应当分别"装饰的想象力"和诗歌内在的想象力,前者在诗中"是可有可无的",但后者却是"想象力的试金石,不是真正的诗人是写不出来的"。① 区分这两种想象力的意义在于,"我们可以用一个新的态度来观赏大部分的诗",而第二种想象力的意义在于它"使读者能穿过诗看见另外一片境界并得到另外一种意义","它本身似乎就是由实物到观念的升华作用,我们似乎被举起到一个更高的气氛中","我们阖上书之后似乎觉得那力量仍然在那里,只要一打开就可以感动我们;它是绝对的,不因个人的热诚和接受程度而涨高或减低。这就是伟大的诗的记号",② 即诗歌的本质。

事实上,新诗史上关于诗歌本质的讨论由来已久,而"想象"于其始终是一个不容忽略的话题。在新诗初期,想象力被公认最为非凡和惊人的郭沫若认为"诗之精神在其内在的韵律(Intrinsic Rhythm)","内在的韵律便是'情绪的自然消涨'"③,想象与其的联系则可以从他那条知名的算式中观察:"诗=(直觉+情调+想象)(Inhalt)+(适当的文字)(Form)"④。在这里,想象力成为构成诗歌内容的成分之一。与郭沫若同为初期创造社重要成员的成仿吾认为"诗的本质是想象,诗的现形是音乐"⑤。这里,"本质"的含义显然指与"现形"所代表的"形式"相对的"内容",而这内容所意味着的"想象"显然更多的指诗歌内容由想象形成。而后,新月派的闻一多提出"音节究属外在的质素","幻想,情感"是"诗的其余的两个更重要的质素"⑥,所谓幻想也不外乎如此。而朱湘对于闻一多的"近于幻想(fantasy)而非想象(imagination)"⑦ 的批评,更是侧重想象的过程中对现实事物准确而有节制的描绘,认为

---

① 吴兴华:《谈诗的本质——想象力》,《吴兴华诗文集(文卷)》,第 34 页。
② 同上书,第 35 页。
③ 郭沫若:《郭沫若论创作》,《论诗三札》,上海文艺出版社,1983 年,第 233 页。
④ 同上书,第 238 页。
⑤ 成仿吾:《诗之防御战》,《成仿吾文集》,山东大学出版社,1985 年,第 75 页。
⑥ 闻一多:《〈冬夜〉评论》,《闻一多精品集》,世界图书出版公司,2010 年,第 126 页。
⑦ 朱湘:《中书集》据生活书店 1934 年初版影印版,中国文联出版公司,1995 年,第 176 页。

"属于听觉"的"唱"和"属于视觉"的"灿烂的明星"①不能连起来的观点,甚至否认了通感,枉论更为宽广和抽象的想象了。其后的早期象征派诗歌开始体现出对抽象、思想和玄学的偏好,其"纯诗"理念认为"诗的世界是潜在意识的世界","一首诗是表一个思想。一首诗的内容,是表现一个思想的内容",②但没有提出"想象"与表达潜在意识和思想内容的关系。到了现代派诗人戴望舒,他开始提出"诗当将自己的情绪表现出来,而使人感到一种东西,诗本身就像是一个生物,不是无生物"③,这"一种东西"戴望舒没有、也不可能给出明确的所指,因为这本身就是只可意会难以言传的体验,包含着通常所言的"诗意""境界""诗歌精神""诗歌本质"之类同样较为含糊、抽象的意味④,这里虽然已经谈到有关本质的抽象概念,也谈及"表现",但尚与"想象力"毫无关系。到了艾青,他认为"诗是由诗人对外界所引起的感觉,注入了思想感情,而凝结为形象,终于被表现出来的一种完成的艺术"⑤,同时他对意象有过这样的阐释:

  意象是从感觉到感觉的一些蜕化。
  意象是纯感官的,意象是具体化了的感觉。
  意象是诗人从感觉向他所采取的材料的拥抱,是诗人使人唤醒感官向题材的迫近。⑥

并"表明了这一过程是充满一系列的想象或联想活动的"⑦。这一诗论写于1938—1939年间,与吴兴华发表此篇文章的时间已经十分接近,但

---

① 朱湘:《中书集》,第184页。
② 穆木天:《谭诗》,《创造月刊》第一卷第1期。
③ 戴望舒:《论诗零札》(17则),《现代》第2卷第1期,1932年11月。
④ 徐秀:《中国新诗理论研究1927—1949》,首都师范大学硕士学位论文,2001年。
⑤ 艾青:《诗论·诗》,《诗论》,桂林三户图书社,1941年。
⑥ 艾青:《诗论·意象、象征、联想、想象及其他》,《诗论》。
⑦ 徐秀:《中国新诗理论研究1927—1949》。

仍更多地把想象力当作由抽象转化为具象（形象）的一种表达方式。综上，"想象力"虽然在关于诗的本质的讨论中常常被提及，但多被作为一种辅助性的工具，并不曾处于核心的位置。

"想象力"这一话题对于吴兴华而言显然具有更为重要的意义。早在他1940年推介布鲁克斯（Cleanthe Brooks）的《现代诗与传统》①时，吴兴华就体现出对"新批评派"有关"想象力"的辩驳的关注："因此，布氏肯定地说，读了现代诗便不能再像华兹华斯那样的分开'想象力'（imagination）和'幻想力'（fancy），因为，若按华氏看起来，现代诗中所用的暗喻多半只能算是'幻想'罢了。"②第二年他便写了《谈诗的本质——想象力》一文集中阐释自己的"想象力"理论——显然，吴兴华已有的对想象力的思考使之不能认可杜蘅之关于"想象力"的简单潦草的定义，他随之提出古今中外数种诗歌案例来进行仔细辨析和反驳，可见其观察的长久与深刻。同年，吴兴华又写了《现在的新诗》一文，以"想象力"为原因之一批评当时诗歌。③同时，值得注意的是吴兴华在翻译其极为推崇的里尔克（吴译为黎尔克）——他仅翻过的两位诗人之一——的诗作时，在1943年发表的《黎尔克的诗》中作出的评价："黎尔克所以能把这些人物写得如此细腻，一半固然是艺术的神奇，一半也因为他具有着一种几乎反常的敏锐的感觉与想象力。"④以及在《〈黎尔克诗选〉译者弁言》中体现出的对想象力的关注方式："但是翻译的存在也自有理由。它使我们接近其他的文化，其他的想象方式，而使我们对之有更亲切的了解。"⑤可以看出，吴兴华之"想象力"作为"诗的本质"的提出，并非一时兴起。

在诸多谈论中，"想象力"体现出了几个方面的作用。其一，是作为诗的本质，"想象力"成为判断诗的价值与高度的重要标准和观赏古

---

① Cleanthe brooks: *Modern Poetry and Tradition*, University of Carolina Press, 1939.
② 吴兴华：《现代诗与传统》，《吴兴华诗文集（文卷）》，上海人民出版社，2005年，第27页。
③ 吴兴华：《现在的新诗》，《新诗评论》2007年第1辑。
④ 吴兴华：《黎尔克的诗》，《新诗评论》2007年第1辑。
⑤ 吴兴华：《〈黎尔克诗选〉译者弁言》，《新诗评论》2007年第1辑。

今中外诗歌的重要方式：在《谈诗的本质——想象力》中，他通过对两种想象力进行分辨和区别的方式，对中国古代最为出色的诗人们：杜甫、李白、曹植、温庭筠、白居易……以及西方三大诗歌：《伊利亚特》《失乐园》和《神曲》，以及《仙后》等等作品之优劣与价值进行了对比分辨（并且不仅是诗人与诗人之间，还包括一首作品中的不同部分），从而得出了诗中最为动人的力量（诗的本质）究竟从何而来，那就是——以一种更高的想象力，使读者能穿过诗看见另外一片境界并得到另外一种意义。其二，是将"达到更高的想象力"作为脱离"平凡"的弊病——新诗的两大弊病之一——的方式。吴兴华在1941年发表的《现在的新诗》中提出：

> 我对于这种诗最反对的一点就是：它们的平凡无奇。它们没有深度，只有一个画面……艺术家 artist 和工匠 artisans 的异点就是前者能引人的想象力到较高的一层平面上，而后者仅能给人的眼睛一种快感，达不到心。……
>
> 为了避免"平凡"的弊病起见，最好的办法就是多读中外古人的诗歌。①

后来，吴兴华在翻译里尔克时提出：

> 我可以大胆的说一句，在诗里，一切文字字面上的问题都是次要的。②
>
> 一般诗人应该从黎尔克学习也就在这点上：他必须有耐心，把一切存储作脑子里等候未来的发展。不仔细思索我们绝料不到包围着一座花瓶，一只鸟，甚或一张白纸有多么厚的密雾，而穿过之后，

---

① 吴兴华在《现在的新诗》中提出新诗存在的两大弊病，一为"缺乏固定的形式"所导致的"读者摸不着头脑"，一为"平凡无奇"，文见《新诗评论》2007年第1辑。

② 吴兴华：《〈黎尔克诗选〉译者弁言》。

核心的神秘又是如何眩目可惊。我们日常见到的，讲论的都不是物体本身，而是人给它们的形容词。如何脱去凡庸，这是最确定，最不会错引的路径。①

其中，"把一切存储作脑子里等候未来的发展"，即如里尔克般"倾向于内心及冷静的观察"，"毕生期待和采集"，"等到它们变成我们的血液，眼色和姿势了，等到它们没有了名字而且不能别于我们自己了，那么然后可以希望在极难得的顷刻，在它们当中伸出一句诗底头一个字来"②，从而"趋向人物事件的深心，而在平凡中看出不平凡"③。这一"顷刻"显然通过"想象力"来最终完成，而这一过程，即达到"更高的想象力"的具体方式（同时我们或许可以由上断言，里尔克是吴兴华形成该理论的重要来源之一）。吴兴华对于此种想象力的推崇与重视，在这里是无需赘述的。其三，是将"诗的想象方式"作为翻译的重要意义之一。④其将想象力与"其他的文化"相并列的视角，可以反证想象力位于诗歌与文学的"本质"层面的深刻意义。

这些"想象力"的作用鲜明地体现出其在吴兴华诗论中核心而本质的位置，相较前人关于"想象力"的讨论程度，吴兴华应当是此举的首例。这或许意味着吴兴华在中国新诗理论史上的新意义。而从新诗理论的发展上来看，吴兴华这一观点的提出，亦达成了对新诗前期的具象性和后来的抽象性两个阶段的贯穿与联结：当具象性的诗歌意象为"装饰的想象力"所收束，"诗歌内在的想象力"便为诗歌内部抽象世界的打开提供了一个坚实的台阶；因为"使读者能穿过诗看见另外一片境界并得到另外一种意义"这一理解的提出，一个具有突破性和可操作性的视

---

① 吴兴华：《黎尔克的诗》。
② 同上。吴兴华认为里尔克在他的散文杰作《布列格随笔》中的这段话"适足以给他自己的诗歌下一个注脚"，文中所引用者系梁宗岱先生的译文，转引自梁宗岱：《诗与真》，商务印书馆，1935年，第30—31页。
③ 吴兴华：《〈黎尔克诗选〉译者弁言》。
④ 同上。

角仿佛让诗歌的前进道路豁然开朗。此外，综观目前有关吴兴华的史料整理和研究，多集中在"新诗的两大弊病"之"形式"问题，这一"想象力"理论或许能为其被忽略的另一方面的研究作补充。

二

纵览20世纪初期中国诗界有关"想象力"的讨论，除吴兴华对两种想象力的区分以外，朱湘对"想象"和"幻想"也进行过比照和区分。对比吴、朱二人的论述，我们能发现一些有趣的对照，吴兴华关于想象力的理论也由此体现出了一些新的重要特点和意义。

作为"最认真地实践了新月派'理性节制情感'的美学原则"的人，朱湘对浪漫主义风格的批评，并不局限于郭沫若，还包括徐志摩、闻一多等人。在《评徐君志摩的诗》中，他提到："《卡尔佛里》描写刑场的形形色色，无处不到……不是想象细密，艺术周到，是作不了的"[①]，从而把想象力作为帮助诗歌表达的工具之一，这是其一。在表达的过程中，他极力推崇对具象情境的表达的准确，他在《评闻一多的诗》中，认为"玉唾"比"唾沫"[②]文绉绉，更以夕阳"最多不过能照着墙头，它是决不能照到墙根的水洼里边去的"[③]来否定"夕阳浸在泥洼中的积潦里"一句中的"浸"一字，认为闻一多犯了"幻想"而非"想象"[④]的毛病，这是其二。此外，他将想象与境界一起作为判断诗歌好坏的指标之一，"闻君没有注意到'意境'两个字上去，而在字眼上极力的求其拥挤，结果便流入了重床叠嶂的重病"，而济慈的诗歌成熟时，"所作的诗是增之一分则太长，减之一分则太短，恰到好处的"，[⑤]以

---

① 朱湘：《评徐君志摩的诗》，《中书集》，第166页。
② 朱湘：《评闻一多的诗》，《中书集》，第176页。
③ 同上书，第180页。
④ 同上。
⑤ 同上书，第177页。

此批评闻一多的诗歌不如济慈,这是其三。其四,他以想象为写诗的一种重要的能力,"有想象有魄力的人是绝不肯滥用形容词的"[①]。其五,在《郭沫若的诗》中,他认为其诗"单色的想象"是构成"紧张的特质之一"[②],是"找到所想得的题材的玄想之翼"[③],将其归为新诗诞生初期诗人们体现其求破旧、求创造之精神的体现方式之一("但好些时刻也免不了张大其辞"[④])。这些都鲜明地体现出"想象力"在现代派之前限于注重描绘具象、真实和写作方法层面的经验主义的意义。

朱湘在其关于想象力的阐发中,曾明确表示对柯勒律治(旧译柯勒立、柯尔律治)的关注,而这亦可佐证朱湘对"经验主义"的认真追求[⑤]:

> 从前英国的柯勒立曾经唤起过一班从事于文学——尤其是诗——的人对于幻想与想象之区别的注意。简单一句话,我们可以说,幻想是假古董,只有想象是真的。想象是奇;幻想是怪。李白的……才是奇的,想象的;柯勒立的……才是奇的,想象的。这种真的想象作品,已经极少,至于好的,更是稀少到一种说不出的程度……

同时,朱湘也对"深奥"有所讨论[⑥]:

> 晦涩与深奥完全是两件东西,正如浅薄与明朗是两件东西一样。诗的内容有时是深奥的,即如在诗剧中描写复杂的心理变化的时候,然而这种时候是很少的。至于大部分的诗剧,以及一切的史诗、叙事诗、抒情诗则皆无深奥可言。诗缺乏深奥,并没有什么可惜,也

---

① 朱湘:《评闻一多的诗》,《中书集》,第178页。
② 朱湘:《郭沫若的诗》,《中书集》,第194页。
③ 同上书,第196页。
④ 朱湘:《评闻一多的诗》,《中书集》,第186页。
⑤ 同上书,第181页。
⑥ 同上书,第178页。

没有什么可羞；诗自有丰富、热烈、悠扬这三种物件，它们都是难得的，只是很少的诗人能够兼有它们这三种长处到一高的程度的。深奥与诗之内容的关系大概如此。

他在《评徐君志摩的诗》中提出："其实哲学是一种理智的东西，同主情的文学，尤其是诗，是完全不相容的。"①"我们研究英国文学的人平常总是听到说施士陂（Shakespeare）的人生哲学，但我们不可因此便说哲理诗是可以成立的。"②在这里，朱湘并没有把"深奥""哲理"与"境界"相联系，也没有呈现其与"想象力"之间的关联。同时，他对这两类诗显然毫无乐观与期待的态度。

吴兴华的诗论显然逸出了朱湘的阐述。朱的此番讨论只被归为"装饰的想象力"这一种，且被放在"可有可无"的一个位置；相较朱湘执着于分辨"幻想"是否破坏对"真实"的表现，吴兴华所追求的是如何通过"更高的想象力"来达到"另外一片境界"并"得到另外一种意义"。这一追求体现出吴兴华对诗歌几个方面的重视。首先，吴兴华在《现在的新诗》中表达了对"intellect"一词的强调：

然而，现在的新诗人中，有几个其作品中有所谓 intellect 的成分呢？我们要求的并不是哲理的，宗教的，有训育性的诗，或许新诗现在还没有达到这种程度。然而读了之后，使人想到："这位作者是个受过教育的人，他肯思想"，像这样的诗都极其稀少。……我们不必避免灰色和困难，然而我们必得把它变成与整篇诗气息相通的一部分，不能叫它作一个很明显的附加品，专用来眩人眼目。③

并在《谈诗的本质——想象力》中提到："想象力的试金石，不是真正

---

① 朱湘：《评徐君志摩的诗》，《中书集》，第157页。
② 同上书，第159页。
③ 吴兴华：《现在的新诗》，《新诗评论》2007年第1辑。

的诗人是写不出来的"①,即"知性"的重要;"它本身似乎就是由实物到观念的升华作用"②,"使读者能穿过诗看见另外一片境界并得到另外一种意义"③,即"思想"的必要;"我们似乎被举起到一个更高的气氛中"④,"我们阖上书之后似乎觉得那力量仍然在哪里,只要一打开就可以感动我们;它是绝对的,不因个人的热诚和接受程度而涨高或减低。这就是伟大的诗的记号"⑤,即对"玄学"的认可。这些方面鲜明地表现出吴兴华之"超验主义"的理论特点,二者的诗论亦代表了"经验主义"与"超验主义"的差别。同时,就二人来看,两种主义一个鲜明的矛盾点,在于是否认可"哲理"和"境界"可以与诗歌相容。吴兴华这番对想象力的含义的扩大,使之具有了追求深奥、哲理与境界的功用,这或许也为经验主义如何过渡到超验主义提供了一个新的视角和路径。

中国新诗史上对诗歌中向内的、抽象的、潜在意识的构造有一个发展的过程,"纯诗"理念的倡导者就曾提出:"现代象征主义诗歌非常重视象征的整体性,一首诗如同一个有机的整体,意象纵然跳跃跨度大,但意象与意象之间存在着必然的心理联系,可能是非逻辑的,但是同归属于想象或意识流范畴。"⑥相比对这种不确定的、抽象的概述,吴兴华对于超验主义的追求显得明确和笃定多了,其对于中国新诗理论的推进作用可见一斑。这一贡献,又与同时期西南联大的穆旦等南方校园诗人的诗学理论不谋而合。这或许也能为西南联大及以后的中国新诗派诗人群与北方沦陷区校园诗人的遥相呼应⑦提供一个补充。

---

① 吴兴华:《现在的新诗》,《新诗评论》2007 年第 1 辑。
② 吴兴华:《谈诗的本质——想象力》,《吴兴华诗文集(文卷)》,上海人民出版社,2005 年,第 34 页。
③ 同上书,第 33 页。
④ 同上书,第 34 页。
⑤ 同上书,第 35 页。
⑥ 参阅谷艳丽:《1917—1927:中国新诗理论研究》,首都师范大学硕士学位论文,2000 年。
⑦ 钱理群等:《中国现代文学三十年》,第 543 页。

三

　　身处燕京大学的吴兴华与西南联大的校园诗人在诗歌理论上的相呼应并非偶然。"新批评"派的重要人物瑞恰慈（I. A. Richards）曾于1929—1930年来华任清华大学教授①，而该派的另一代表人物燕卜荪（William Empson）也于1937—1939年任燕京大学及西南联大教授，又于1947—1952年再返中国任燕京大学教授②。同时，吴兴华本人亦表现出对"新批评"派极大的关注。吴兴华介绍的布鲁克斯的《现代诗与传统》本就包含了该派的许多重要的诗学理论，布鲁克斯本人亦是"新批评"派后期的中坚力量。而在推荐和评价本书的过程中，他也体现出对瑞恰慈、艾略特和其余新批评派和玄学派诗人与理论家的熟悉，例如："布氏为《荒原》一诗作了一个详细而新颖的分析，我个人认为这是全书中写得最好的一章。夏芝的讨论过于简略，不如威尔逊的书来得翔实。"③又如："这一张名单是非常不完全的，奥顿的友人们都没有上，这是一件尤其可惜的事。美国方面也忘却了罗宾逊（Edwin Arlington Robinson），爱肯（Conrad Aiken）及一些年轻的诗人。"除这本重要的"新批评"派诗论外，他还推介了奥登的新诗集《再来一次》④，又在《现在的新诗》中表达了对艾略特《荒原》的高度赞赏："我很起劲地读《荒原》，同时，尽管仍不大懂，很感兴趣地念关于《圆宝盒》讨论。"⑤他本科时期的毕业论文《现代西方批评方法在中国诗歌研究中的运用》⑥中对"新批评"派诗学理念的运用亦可成为佐证之一。因此，新批评派对于吴兴华及燕京大学的影响应当是不亚于九叶诗派的，而这一影响对

---

① 赵毅衡编选：《"新批评"文集》，百花文艺出版社，2001年，第628页。
② 同上书，第629页。
③ 吴兴华：《现代诗与传统》，《吴兴华诗文集（文卷）》，第27页。
④ 吴兴华：《〈再来一次〉》，《新诗评论》2007年第1辑。
⑤ 吴兴华：《现在的新诗》。
⑥ 陈越：《为中国诗的"隐晦""辩护"：吴兴华诗论研究》，中国现代文学新史料的发掘与研究国际学术研讨会，2009年。

于中国新诗理论的推动显然是至关重要的,正如《"新批评"文集》的引言中所说:

> 尤其应当指出的是,由于瑞恰慈、燕卜荪等人长期在中国讲学,由于三四十年代留学西方的中国文学界要角相当多,新批评派对中国理论界的潜影响,实际上相当深,值得重视。

因此,吴兴华在这方面的重要性或许尚未被充分关注。

值得一提的是,布鲁克斯对于吴兴华的"想象力理论"的影响显得十分直接。吴兴华在《谈诗的本质——想象力》中对想象力的定义(在这里所谓"想象力"并不一定借用明喻、暗喻、象征等才能得到表现,而是一种内在的、使读者能穿过诗看见另外一片境界并得到另外一种意义的能力[①])几乎是布鲁克斯与沃伦(Robert Penn Warren)合著的《理解诗歌》(*Understanding Poetry*,1938)中第4章 Analogical Language: Metaphor and Symbol 引言的直译[②]:

> Concreteness—the image of person, scene, action, or object—is, as we have earlier insisted, at the very heart of poetry. But we have also insisted that the image, in poetry, is never present *merely* as description, as report, as documentation; it has, at the very least, some aura of significance... A poet, it is sometimes said, 'thinks' by means of his images, or in his images. It might be said, too, that he feels by means of them and in them.

而吴兴华在该文中的下述段落:

---

① 吴兴华,《谈诗的本质——想象力》,《吴兴华诗文集(文卷)》,第33页。

② Cleanth Brooks and Robert Penn Warren: *Understanding Poetry*, Beijing: Foreign Language Teaching and Research Press, 2004. 该书至今尚无翻译版,故摘录英文原文。

它本身似乎就是由实物到观念的升华作用,我们似乎被举起到一个更高的气氛中,这就是想象力强烈的表现。

……我们阖上书之后似乎觉得那力量仍然在那里,只要一打开就可以感动我们;它是绝对的,不因个人的热诚和接受程度而涨高或减低。这就是伟大的诗的记号。①

几乎与布鲁克斯在这章中这一段话的含义雷同:

... is of the essence of poetry and is the source of its power.

To sum up, we may say that in this poem the imagery creates an atmosphere, but an atmosphere which, grounded in a psychological situation, has a symbolic aura.②

在现已发现的文献中,尚未发现吴兴华对布鲁克斯《理解诗歌》这本书的关注,因此以上所发现的呼应之处,或许可以成为布鲁克斯对吴兴华之影响的一个重要的例证。不过,布鲁克斯在想象力方面更进一步指出:

This density, this interpenetration, this fusion of thought, feeling, image, and, as we must add, rhythm and verbal texture, is of the essence of poetry and is the source of its power.③

这一对想象力构成的境界的组成成分的更为深入的剖析。这与吴兴华所

---

① 吴兴华:《谈诗的本质——想象力》,《吴兴华文集(文卷)》,第34页。
② 吴兴华:《再来一次》。
③ Cleanth Brooks and Robert Penn Warren: *Understanding Poetry*, Beijing: Foreign Language Teaching and Research Press,2004. 在该书的导读第3页中,北京大学英语系的胡家峦对这句话进行了这样的翻译:"思想、感情、语象……以及语言机质和节奏的这种密度,这种渗透,这种融合,乃是诗的本质,诗的力量的源泉。"

关注的想象力同样有着细微的差别。对这二者的进一步分辨，或许可以阐释出吴兴华在诗学理论方面新的意义。

如果说布鲁克斯影响了吴兴华对于两种"想象力"的理解和区分，那么里尔克则是吴兴华另一重要的诗学资源。里尔克本人是"诗是经验"命题的提出者，"注重将早期不可见的主观意念转化为可见的坚实存在"，"把诗人的使命规定为向'存在'转变，将可见的在者转化为不可见的'内在世界空间'，在最高程度的有效性上言说了诗与存在的同一关系"。[①] 吴兴华在翻译里尔克的诗作时显然注意到了这些，欣赏并对之表示借鉴。这种借鉴集中体现于"更高的想象力"的达成方式（把一切存储作脑子里等候未来的发展，毕生期待和采集，等到它们变成我们的血液，眼色和姿势了，等到它们没有了名字而且不能别于我们自己了，那么然后可以希望在极难得的顷刻，在它们当中伸出一句诗底头一个字来，从而趋向人物事件的深心，而在平凡中看出不平凡）——从里尔克的创作过程中得到启发，并以之为范例，向诗坛提倡。而这种借鉴的内在原因，则在于他被其中的超验维度所吸引，例如：

……然而黎尔克知道如何达到他们竭力想用繁重的礼仪，玩笑，或假装的莫不经意掩藏起来的"真心"。自然这"真心"的存在是否是在我们知觉之内？我们是否每人都是像他所写的杜丝（Eleanor's Duse）一样，"故意"在我们的行为透明的部分上呵气而使之蒙雾，而使它不泄漏我们深处最高的秘密？

……但更伟大却是那些进一步看透人千变万化的行为，而发现底下的基础的人。唯有他们能亲切的感到人类其实是如何相像，可怜的相像。这样的彻悟后产生的诗文才能供人咀嚼回味，他们是从一个高处摄取的，因之"真实性"所达的范围也就更广更远。[②]

[①] 马永波：《诗与存在：里尔克晚期诗学中的超验维度》，《湖北社会科学》2010 年第 4 期。
[②] 吴兴华：《黎尔克的诗》。

还有其所包含的"知性":

> ……不仔细思索我们绝料不到包围着一座花瓶,一只鸟,甚或一张白纸有多么厚的密雾,而穿过之后,核心的神秘又是如何眩目可惊。我们日常见到的,讲论的都不是物体本身,而是人给它们的形容词。如何脱去凡庸,这是最确定,最不会错引的路径。

> ……我们只感觉到整个希腊神话仿佛披上一层新的意义。①

> 我可以大胆的说一句,在诗里,一切文字字面上的问题都是次要的。
> 我们在读诗时应该假设有着一个脑子与眼睛之间的竞赛,在眼光由一句诗赶到另一句诗时,理解力应该早已先在那里等候……②

以及他看重的"思想"和"玄学":

> 这问题是大家永远辩论不清的。黎尔克无疑的认为人心中有一种更高的能力统治着,但是它只在一些紧要关头(这些关头也就是黎尔克所毕生追逐,取作题材的)才出现,而我们人人都"知道"它的存在。这种几乎是超人的能力常常会改变了事物原来的行程。

> ……希望在极难得的顷刻,在它们当中伸出一句诗底头一个字来。③

这些都与吴兴华诗论中的超验主义部分形成了强烈的关联。由此体现出里尔克对于吴兴华的重要影响,其具体内容自然也值得更深入的探究。

---

① 吴兴华:《黎尔克的诗》。
② 吴兴华:《〈黎尔克诗选〉译者弁言》。
③ 吴兴华:《黎尔克的诗》。

四

在西方现代文论史上,英美"新批评"与浪漫派一直有着深刻而复杂的联系与论争,布鲁克斯对于浪漫派的"想象力"进行过较多回应。有趣的是,他们仿佛与吴兴华和朱湘的论争有着某种相似。例如,浪漫派中"康德美学"的代表人物之一柯勒律治在《文学生涯》(*Biographia Literaria*,1817)第 14 章中写道:

> 诗是什么?这无异于问:诗人是什么?回答了其中一个问题,另一个也就有答案了。因为诗的特点正是天才诗人的特点……
>
> 理想中的完美诗人能将人的全部身心都调动起来……他身上会散发出统一性的色调和精神,能借助于那种善于综合的神奇力量,使它们彼此混合或(仿佛是)融化为一体。这种力量我专门用了"想象"这个名字来称呼,它……能使对立的、不调和的性质达到平衡或变得和谐……①

瑞恰慈的高足 M. H. 艾布拉姆斯后来在他的著作《镜与灯》中评价说:"柯尔律治把一个重要概念引进了英国批评,这个概念在我们这个时代的批评著述中再次出现,并起了主导作用。"这"主导作用"的体现,在作者的文献标注中被例举为"艾·阿·理查兹,《文学批评原理》,第 239—253 页;克林思·布鲁克斯,《现代诗歌与传统》(北卡罗来纳,1939 年),第 40—43 页"②。而布鲁克斯认为的"……读了现代诗便不能再像华兹华斯那样的分开'想象力'和'幻想力',因为,若按华氏看起来,现代诗中所用的暗喻多半只能算是'幻想'罢了",正类于朱湘对于"想象力"和"幻想力"的区分。

赵毅衡在编选《"新批评"文集》时提到:

---

① 转引自 M. H. 艾布拉姆斯:《镜与灯:浪漫主义文论与批评传统》,北京大学出版社,2004 年,第 138—139 页。

② 同上。

另一批浪漫主义者"从康德美学出发"发展了另一种诗辩：诗歌不必有理性，不涉及概念及利害计较，因此诗比只涉及理性的科学伟大。柯尔律治说诗与科学作品相反之处在于"它建议将快感而不是真理作为自己的直接目的"；而济慈在诗中说，美被哲学一触就全部消失。[1]

这亦与朱湘的说法有着高度的相似。而下面的这段比对新批评派和"康德美学"的评论：

这种撤出理性阵地以退为攻的办法成为十九世纪形式主义诗辩的主要路子。但新批评派却反对这种诗与真理不相容的观点，这是新批评派诗辩的一个最触目特点。[2]

恰可以概括吴兴华和朱湘在诗论上的分歧。

虽然吴兴华在抗战期间和50—60年代因为种种原因未能发表言论，但他的影响一直以另外一种方式传播着。这得助于他的好友与同学林以亮，在吴不知情的情况下，将其作品和诗论以笔名"梁文星"发表在台湾的文学刊物上，吴由此开始为台港地区和海外学者所关注，如叶维廉、余光中、梁秉钧、夏济安、夏志清等。相关情况已有论者做出详尽的阐述[3]，在此仅以刊发吴兴华文章最多的《文学杂志》略作说明。《文学杂志》由夏济安作主编的共有6卷（第2期止），其中前三卷大量发表了梁文星（吴兴华）和林以亮的诗论、诗作与译作，其中梁文星的诗作出现8次、翻译2次、评论2次；林以亮的诗作出现3次、翻译2

---

[1] 赵毅衡：《"新批评"文集》"引言"，百花文艺出版社，2001年，第15页。
[2] 同上。
[3] 张松建：《知识之航与历史想象：重读吴兴华》，《现代中国文化与文学》2009年第1期。

次、评论2次,出现频率远超过其他诗人。① 这些作品影响甚大,在不同层面上导引着《文学杂志》后期的诗歌创作,并"为《文学杂志》奠定了新古典主义的诗歌基调",从而使台湾《文学杂志》不仅承续了大陆30—40年代京派刊物《文学杂志》的刊名和编辑理念,而且将大陆诗界的诗学论争转接到1950年代台湾诗坛,酝酿了台湾现代主义学院诗的兴发以及新古典主义诗学的理论探讨,并将这种对形式与知性的理念,直接注入台湾学院诗的建设中。②

值得留意的是夏氏兄弟对吴兴华诗论的反响。在阅读过吴兴华的诗论后,夏济安在1957年发表的《白话文与新诗》中,引用了《现代的新诗》中的"intellect"一词作为对自己诗论的一个印证③:

> ……近代英美批评家认为一首诗不但在思想方面和音调方面是一个整体,连譬喻意象(images),都要有系统的组织起来。照这个标准来写诗,诗人除了灵魂、心,和敏锐的感觉之外,还需要一副供制衡、选择、判别、组织之用的头脑。没有这样的头脑(或者用梁文星先生的字:intellect),他仍旧可能有诗的灵感,但是很难写出好诗。

后来,夏志清在《文学杂志》第4卷中转述徐訏的话说:"艺术文学作品里的思想或人生见解不是冰冷的思想,而是通过了作者的生命的思想。"这种"情感和理智融合的活动,以创作心理学讲来,即是柯勒立治(Coleridge)所谓的想象(Imagination);其融合后而在读者身上所起的作用,我们可以称为'智慧'(wisdom)",而"伟大文艺作品

---

① 张志国:《台湾现代主义"学院诗"的兴发——论〈文学杂志〉之于台湾现代诗场域的建构意义》,《江汉大学学报(人文科学版)》2009年第2期。
② 同上。
③ 夏济安:《白话文与新诗》,《夏济安选集》,辽宁教育出版社,2001年,第76页。

所以耐人寻味者，不在其思想，而在其思想的具体化"。① 显然，夏氏兄弟对于"组织""融合"能力的关注，与柯勒律治的诗学观点有一定的交错。因此，夏氏兄弟与吴兴华在诗论上的些微差别，或许也显示了"新批评"在化用与融合柯勒律治想象力理论时的具体进程。当时倘若条件允许，吴兴华或许愿与夏氏兄弟进行促膝畅谈、磋商。

朱自清曾因"及时地注意到了瑞恰慈的理论和方法，遂努力将瑞恰慈的意义理论和文本分析方法运用于中国古典诗歌和现代新诗的解读，陆续撰写了《新诗杂话》《诗多义举例》等关于诗歌文本的新批评论著"②，而吴兴华却只来得及留下一篇本科毕业论文《现代西方批评方法在中国诗歌研究中的运用》。谢迪克教授在 48 年后追忆说，吴兴华"是我在燕京教过的学生中才华最高的一位，足以和我在康奈尔大学教过的学生、文学批评家哈罗德·布罗姆（Harold Bloom，耶鲁大学教授，英语文学批评界巨擘）相匹敌"，可惜我们已无法看到他似布鲁姆一般带领新的诗学理论流派留下享誉世界的成就的可能了。

---

① 参阅张志国：《台湾现代主义"学院诗"的兴发——论〈文学杂志〉之于台湾现代诗场域的建构意义》。
② 解志熙：《"诗的新批评"之重温——陈越著〈"诗的新批评"在现代中国之建立〉序》，《汉语言文学研究》2015 年第 3 期。

"转变"的心路

——关于穆旦诗歌《春》的版本考辨

包 晗

引 言

作于1942年的《春》是穆旦比较重要的作品之一。它虽然不像《诗八首》和《赞美》那样经常被学者们单独拉出做研究，但在有关穆旦诗歌的评论中却总会被提及。不过，在以往的研究中，对该诗的引用却又普遍存在版本差异的问题。其中研究者引用得比较多的还是《穆旦诗选》[①]和《穆旦诗集（1939—1945）》[②]，而这两个版本间的区别却并不大，——都是诗人在1947年以后修改的。而事实上，《春》一诗早在1942年就已经初次发表。1999年，姚丹《"第三条抒情的路"——新发现的几篇穆旦诗文》，第一次指出穆旦的《春》还存在另一个版本，即发表于1942年的《贵州日报》[③]。而李章斌则在《现行几种穆旦作品集的

[①] 穆旦：《穆旦诗选》，人民文学出版社，1986年。此版本为杜运燮与穆旦家属所编。

[②] 穆旦：《穆旦诗集（1939—1945）》，人民文学出版社，2007年。此集最初由穆旦在1947年5月于沈阳自费印刷出版。

[③] 姚丹提到"我在40年代《贵州日报》上发现的穆旦的几首佚诗"，其中就包括了《春》一诗最初的一版。姚丹先生还对新旧两版的《春》进行了对比，她认为《春》的修改，"以让人'惊艳'的'现代感'——语言的张力和游戏，傲视旧作"。姚丹：《"第三条抒情的路"——新发现的几篇穆旦诗文》，《中国现代文学研究丛刊》1999年第3期。

出处与版本问题》一文中指出穆旦《春》一诗至少有三个版本。[①] 而据笔者通过资料考证发现，穆旦在1942年作完《春》之后，曾经在1947年前后又对《春》进行了三次修改，穆旦的《春》这首诗应当至少有四个版本。

值得注意的是，在1948年底，穆旦对自己之前的诗歌创作进行了一个总结，自费印刷了《穆旦自选诗集》。这部诗集共分为四个部分：第一部：探险队（一九三七——一九四一）；第二部：隐现（一九四一——一九四五）；第三部：旗（一九四一——一九四五）；第四部：苦果（一九四七——一九四八）。按照这一划分，诗人将自己1948年之前的写作分为三个时期，也就是1937—1941；1941—1945[②]；1947—1948。而《春》一诗的写作和修改时间，恰好横跨了第二和第三个时期，因此对于《春》不同版本的考辨，也将有助于对诗人在这一时期转变的理解。

---

① 李章斌在文中指出"以穆旦著名的《春》（1942）一诗为例，作者对此诗曾作过多次修改先后发表于《贵州日报·革命军诗刊》和《大公报·星期文艺》（天津版）上，收入《穆旦诗集（1939—1945）》时作者又进行了修改，这三个版本有近半的诗行互不相同，例如第5—8行，三个版本分别为：如果你是女郎，把脸仰起，/看你鲜红的欲望多么美丽。//蓝天下，为关紧的世界迷惑着／是一株廿岁的燃烧的肉体；如果你寂寞了，推开窗子，/看这满园的欲望多么美丽。//蓝天下，为永远的谜迷惑着／是人们二十岁的紧闭的肉体；如果你是醒了，推开窗子，/看这满园的欲望多么美丽。//蓝天下，为永远的谜迷惑着／是我们二十岁的紧闭的肉体。"李章斌：《现行几种穆旦作品集的出处与版本问题》，《中山大学学报》（社会科学版）2009年第5期，第57页。

② 诗人将1941—1945年的写作分为"隐现"和"旗"两个部分。"隐现"部分写作的切口更小，同时个人情感和经验更多。而"旗"部分的诗作，如同《旗》一诗一样，试图容纳一个更大的中国。这里附上两部分诗作名录。"隐现"部分：《摇篮歌》《黄昏》《洗衣妇》《报贩》《春》《诗八章》《自然底梦》《幻想底乘客》《诗》《赠别》《裂纹（成熟）》《寄——》《线上》《被围者》《春天和蜜蜂》《忆》《海恋》《流吧，长江的水》《风沙行》《甘地》《隐现》。"旗"部分：《赞美》《控诉》《出发》《活下去》《退伍》《旗》《给战士》《野外演习》《七七》《先导》《农民兵》《打出去》《轰炸东京》《奉献》《反攻基地》《通货膨胀》《良心颂》《一个战士需要温柔的时候》《森林之魅》《云》。

一

　　解放前，甚至可以说一直到逝世，穆旦始终算不得一位拥有很大影响力的诗人①。关于穆旦的"研究热"是从上世纪 80 年代开始的，在此之前，作为诗人的穆旦最多算得上小有诗名。因此，在穆旦生前关于他诗歌的评论并不是很多，而对于《春》的评论笔者也只找到了两处。一是在《杂志，副刊，中国的新写作》②一文中有"简单然而美丽得使人不敢逼视的句子"之评语，一是在《读穆旦的诗》③一文中有"是他自己的，并且无论在何时何地都会被承认是一首好诗"。虽然简短，但这两条评论却给出了两个重要的信息：一是这首诗的艺术特点是"简单然而美丽"；另一则是这首诗是穆旦"他自己的"。第一点显然不难理解，而第二点则很重要。在《伪奥登风与非中国性：重估穆旦》这篇对于穆旦写作的批评文章中，江弱水先生对于穆旦最集中的质疑就是穆旦的诗作中似乎有着太多的"别人"的东西。必须承认，穆旦的许多诗作确然受到许多其他诗人的影响。《读穆旦的诗》一文中也已指出穆旦诗歌中有着艾略特、叶芝、多恩、马维尔等人的味道，虽然这不能简单地成为指责穆旦的理由。但《春》却"全然是诗人自己的"，因而其重要性也就不言而喻。

　　对于《春》，学界一般是从艺术性的角度加以分析，总结下来，主要有以下几个观点：

---

① 易彬在《"小职员"：穆旦 1940 年代社会文化身份的考察》一文的第三节"小职员：1940 年代穆旦的现实身份"中对此有详细论述。载《首都师范大学学报（社会科学版）》2012 年第 1 期。

② 《杂志，副刊，中国的新写作》，原载《平明日报》1947 年 3 月 22 日，引自李怡、易彬编：《穆旦研究资料》，知识产权出版社，2013 年，第 228 页。

③ 周珏良：《读穆旦的诗》，原载天津《益世报·文学周刊》1947 年 7 月 12 日，引自李怡、易彬编：《穆旦研究资料》，第 295 页。

（一）拥有奇特的意象：《春》这首诗之所以被认为"全然是诗人自己的"，很重要的一个原因便是在诗中"穆旦独创了几个独特的意象"①。比如"绿色的火""紧闭的肉体""泥土做成的鸟的歌"以及"赤裸的光影声色"等。

（二）充满矛盾与张力：郑敏先生在《诗人与矛盾》中指出，《春》"建立在一对对的矛盾着的力所造成的张力上"。"例如：泥质的鸟/歌唱；青春的冲动/传统的压抑；希望/幻灭；黑暗/难产的圣洁的感情；燃烧的现在/熄灭的现在；现在的光/过去与未来的黑暗；时间的创造/时间的毁灭；等等"。②而唐晓渡先生则在《欲望的美丽花朵：穆旦的〈春〉》中加上了"推开/卷曲又卷曲；自然开放的肉体/二十岁紧闭的肉体；短暂的醒/永远的蛊惑"③。可以说，这种矛盾而充满张力的结构，构成了全诗的整体气质。

（三）"敏感的知觉和玄学的思维的统一"：袁可嘉在《诗人穆旦的位置——纪念穆旦逝世十周年》④中，曾经分析了《春》所体现的"敏感的知觉和玄学的思维"这一现代派的重要特征；而唐晓渡同样指出：《春》既不是那种纯感性的诗，又不着理性的痕迹……达到了二十年代西方'意象派'所矢志追求的'理性和感性在刹那间交融、结晶'的境界。"⑤他认为："《春》内在的理性恰恰来自它表面上的非理性，或艾略特所谓的'现代感性'。"⑥周珏良则在《穆旦的诗和译诗》中评价穆旦的诗"结合炽热真挚的感情，深邃的沉思和完美的形式，成为一个艺术统

---

① 《春》并不是一首拙劣的诗歌，穆旦独创了几个独特的意象："绿色的火焰""挣出了土地"的"花朵"，以及"那泥土做成的鸟底歌"。摘自姚丹：《"第三条抒情的路"——新发现的几篇穆旦诗文》，《中国现代文学丛刊》1999年第3期，第153页。

② 郑敏：《诗人与矛盾》，杜运燮、袁可嘉、周与良编：《一个民族已经起来》，江苏人民出版社，1987年。

③ 唐晓渡：《欲望的美丽花朵：穆旦的〈春〉》，《名作欣赏》1993年第3期。

④ 袁可嘉：《诗人穆旦的位置——纪念穆旦逝世十周年》，杜运燮、袁可嘉、周与良编：《一个民族已经起来》。

⑤ 唐晓渡：《欲望的美丽花朵：穆旦的〈春〉》。

⑥ 同上。

一体"，并以《春》①作为例证。

而对于这首诗所表达的主题，各个研究者则有着各自不同的说法；但有一点共识却是可以确定的：这首诗是反我国古典诗歌的伤春传统的。王佐良认为《春》中有着"绝难在中国过去的诗里找到的名句"，这使得"《春》截然不同于千百首一般伤春咏怀之类的作品"②。唐晓渡也认为"古典作品中咏春的作品汗牛充栋，但多为怀春、伤春、惜春，无几如此强烈、道劲的情感表达……这一点立即将其与诗歌史上大量同类题材的传统之作区别开来"③。而丁丽、李积娥也通过大量古典诗歌的引证，论述了这一点④。

那么这首诗究竟要表达什么呢？一个被反复提及的关键词是"欲望"，一种被禁锢的"欲望"的挣扎。对于这种欲望的挣扎所表现的主题，有多种解读。唐晓渡先生认为这首诗所基于的是"一种更为彻底的生命本体立场"，因而诗人要"通过生命力的张扬，反抗普遍的精神压抑"。丁丽与李积娥则认为这首诗是作者对于"'欲望'会将年轻的生命引向何方"的一个玄学思考，并且诗人仅仅是提出了这样一个问题，并没有给出答案。

郑敏先生则在《诗人的矛盾》一文中给出了另一种解读，她认为这是一首典型的爱情诗："青春对诗人的诱惑是异常强烈的，绿茵因此也能吐出火焰……20岁的肉体要突破禁闭……矛盾是生命的表现，因此青春是痛苦和幸福的结合……穆旦的爱情诗最直接地传达了这种感觉：爱的痛苦，爱的幸福"。唐湜也认为这首诗表达了对于爱的焦灼的期待⑤。

---

① 这里的《春》的版本原文已说明是1947年出版的《穆旦诗集》。"这在1947年出版的《穆旦诗集》中发表的他30岁以前的作品中已经很明显的了。如《春》的最后两行……"，周珏良：《穆旦的诗和译诗》，李怡、易彬编：《穆旦研究资料》，第306页。

② 王佐良：《穆旦：由来与归宿》，杜运燮、袁可嘉、周与良编：《一个民族已经起来》。

③ 唐晓渡：《欲望的美丽花朵——穆旦的〈春〉》。

④ 丁丽、李积娥：《穆旦〈春〉解读》，《散文百家》（新语文活页）2012年第3期。

⑤ "这一场'爱'的期待是焦灼的。"唐湜：《穆旦论》，《中国新诗》第三、四集连载，1948年。引自李怡、易彬编：《穆旦研究资料》，第339页。

高峰在《穆旦〈诗八章〉等爱情诗"症候式阅读"》[1]中也将这首诗归入到爱情诗中。

其他的还有如陈红斌的解读。他在《清新独特 意蕴隽永——穆旦〈春〉之解读》[2]中提出《春》分为表层与深层两个层面：第一层，即表层是爱情诗。"这首诗的主题从表层来看显而易见是表现对爱情的渴望与追求的执著"。第二层也就是深层上，"《春》和《赞美》一样是一首民族生存力的赞歌"。他认为"在这些自然现象背后隐喻、暗含着一种精神，一种不可阻遏的生命尊严与精神力量"，"诗中那纠结着的矛盾与痛苦……是人们理想、信念和生命的内在力量遭到严酷压抑后的苦闷无依和不甘屈服"。这种情感，在他看来"是对生命、理想、信念和人类伟大事业的深沉热爱"。

以上是此前学界对于穆旦诗歌《春》的一些主要研究。遗憾的是大部分研究受材料的约束，并没有将《春》这首诗的多版本问题纳入研究视野。

二

《穆旦诗文集》共收录了《春》的两个版本，分别是 1942 年 5 月 26 日发表在《贵州日报·革命军诗刊》上的版本和 1947 年 3 月 12 日以《旧诗钞》为总题发表于《大公报·星期文艺》（天津版）的修改版[3]。

春（1942 年）

绿色的火焰在草上摇曳，
它渴求着拥抱你，花朵。

---

[1] 高峰：《穆旦〈诗八章〉等爱情诗"症候式阅读"》，厦门大学硕士论文，2009 年 4 月。
[2] 陈红斌：《清新独特 意蕴隽永——穆旦〈春〉之解读》，《中学语文》2005 年第 12 期。
[3] 穆旦：《穆旦诗文集》，李方编，人民文学出版社，2007 年，第 74 页。在《穆旦诗文集》中，此诗的出处误标为《大公报·文艺》。

一团花朵挣出了土地
当暖风吹来烦恼,或者欢乐。
如果你是女郎,把脸仰起,
看你鲜红的欲望多么美丽。

蓝天下,为关紧的世界迷惑着
是一株廿岁的燃烧的肉体,
一如那泥土做成的鸟底歌,
你们是火焰卷曲又卷曲。
呵,光,影,声,色,现在已经赤裸,
痛苦着;等待伸入新的组合。

春(1947年)

绿色的火焰在草上摇曳,
他渴求着拥抱你,花朵。
反抗着土地,花朵伸出来,
当暖风吹来烦恼,或者欢乐。
如果你是醒了,推开窗子,
看这满园的欲望多么美丽。

蓝天下,为永远的谜迷惑着的
是我们二十岁的紧闭的肉体,
一如那泥土做成的鸟底歌,
你们被点燃,却无处归依。
呵,光,影,声,色,都已经赤裸,
痛苦着,等待伸入新的组合。

这里有几个问题。根据《穆旦年谱》，3月12日《大公报·星期文艺》(天津版)一共刊载了四首穆旦诗作:《诗旧抄（一）、（二）》(之一为《赠别》第2章; 之二为《寄——》),《春》,《春天与蜜蜂》。关于《春》1942年版本并无疑义，但是《穆旦诗文集》所标注为刊载于1947年《大公报·星期文艺》(天津版)的《春》则并不来自于这个版本。在《杂志，副刊，中国的新写作》一文中，作者从《大公报·星期文艺》上引来的句子则是这样的:

> 如果你寂寞、推开这窗子，
> 看这满园的欲望多么美丽！
> 蓝天下，为永远的谜迷惑着
> 是人们二十岁的紧闭的肉体，
> 一如那泥土做成的鸟底歌，
> 你们燃烧着却无处归依。
> 呵，光，影，声，色，都已经赤裸，
> 痛苦着，等待伸入新的组合。

这篇文章刊载于《平明日报》1947年3月22日，与诗作在《大公报·星期文艺》上的发表时间仅仅相隔十日。《穆旦诗文集》的版本与杜运燮所编的《穆旦诗选》中的版本一致，因而可以确定，发表于1947年《大公报·星期文艺》时的版本应是"如果你寂寞、推开这窗子"这一版，也就是《杂志，副刊，中国的新写作》一文中所引用的版本。

除了这三个版本之外，还有一个版本出现在《穆旦诗集（1939—1945）》，这一版与《穆旦诗选》中版本的后半段有细微的差别:

> 蓝天下，为永远的谜迷惑着的
> 是我们二十岁的紧闭的肉体，

——如那泥土做成的鸟底歌，
　　你们被点燃，卷曲又卷曲，却无处归依。
　　呵，光，影，声，色，都已经赤裸，
　　痛苦着，等待伸入新的组合。

　　这本《穆旦诗集（1939—1945）》是由诗人自费在沈阳印刷出版的，根据《穆旦年谱》的推测，时间为1947年5月。因此这一版本的修改时间，应为1947年3月底至5月。

　　另外，穆旦在1948年年底前后自行编订过一本《穆旦诗集》，共拟收入1937—1948年的诗歌80首。这部诗集现以《穆旦自选诗集（1937—1948）》为名出版。① 在后记中，查明传有这样的叙述："这部自选诗集的原稿是由父亲手抄或由书报杂志所刊登他的诗作剪贴而成。诗稿多处留有父亲对文句的修改。"由此，可以判断这部诗集是解放前作者对自己的诗作的最后一次修改与整理。在这本诗集中，《春》版本与《穆旦诗文集》中标注为1947年的版本一致。结合《杂志，副刊，中国的新写作》一文所引用的版本，可以确定《穆旦诗文集》所选用的版本并不是1947年刊载在《大公报·星期文艺》上的，而是之后穆旦重新修订过的定稿。

　　至此，我们可以确定，穆旦的《春》前后至少有四个版本。第一版发表于1942年的《贵州日报》，第二版发表于1947年3月12日《大公报·星期文艺》，第三版收入于印刷时间为1947年5月的《穆旦诗集（1939—1945）》，第四版则收入于1948年年底诗人自行编选的《穆旦诗集》。为了行文方便，本文将按照时间顺序将四首诗分别标注为《春（1）》《春（2）》《春（3）》《春（4）》。

---

① 穆旦：《穆旦自选诗集（1937—1948）》，查明传等编，天津人民出版社，2010年，第64页。

三

通过上述引用文本可以看出,《春(3)》和《春(4)》之间的区别是比较细微的,仅有两处调整:一处是"——如那泥土做成的鸟的歌"改为"—如那泥土做成的鸟的歌",这处改动仅是节奏上的变化。另一处是"你们被点燃,卷曲又卷曲,却无处归依"中的"卷曲又卷曲"被删去。"卷曲又卷曲"是对于"火焰状"的形象的描述,而"点燃"已经可以传达出这一层含义。作者在此处将其删去,应也是作诗艺上的考虑,对于诗意的表达并无特别影响。同时,"被点燃"所体现的被动性,与"无处归依"也更加贴切。

应该说,最后两个版本的《春》之间,并无太大的改动,基本是出于诗艺上的考虑。因此,后文在诗歌对比时,仅将《春(4)》与前两个版本进行比较,《春(3)》不再提及。

比较来看,《春(2)》和《春(4)》之间,改动主要有三处:一是"寂寞"被改为"醒了",二是"人们"被改为"我们",三是"燃烧着"被改为"被点燃"。

先来看"寂寞"被改为"醒了"。"如果你寂寞、推开这窗子/看这满园的欲望多么美丽!"在这句中,推开窗户的原因是因为感到寂寞。而在"如果你是醒了,推开窗子/看这满园的欲望多么美丽"一句中,推开窗子的原因则变成"醒了"。然而,推开窗子的原因仅仅如文字表面所显示的那样,一觉醒来,推开窗户透气吗?显然,这里的"醒"并不简单的指睡醒,因为后面满园的"花草"已经直接被写作"欲望"。这里的醒其实是苏醒,苏醒的是"你"内心的欲望。而你苏醒的欲望显然是没有得到满足和慰藉的,因而才会推开窗子,才能有下文。欲望苏醒却无法满足,这是推开窗子的动因。我们回到之前的版本,作为推开窗子的动因——"寂寞",它的动因又是什么?不正是因为有欲望却得不到满足吗?所以,在这里用"醒了"代替"寂寞"是向深处推进了一步,同时相比于过于直白的"寂寞","醒了"一词虽然口语,却在此具有了新鲜感。因而在诗艺上也更具表现力。

　　再来看另外两处改动。"人们"被改为"我们"显示出作者观察的角度发生改变,从旁观变为了其中之一。"燃烧着"被改为"被点燃",则是突出了"被动性",体现出一种无力感。这种无力感使人感到,穆旦从旁观转变为人们中的一个,不仅仅是自我选择,而且受到了外力的裹挟。这两处改动比较重要,下文会着重进行分析。

四

　　对比《春(1)》《春(2)》和《春(4)》不同,有几处地方是值得注意的。

　　(一)从"单数"向"复数"的转变。《春(1)》中出现了"一团花朵""一株廿岁的肉体""你鲜红的欲望"等意象,与之相对应的,在《春(2)》和《春(4)》中,出现的则是"人们二十岁的肉体""我们二十岁的肉体""满园的欲望"。同时,从"一株"到"人们",再到"我们"。作者的位置是不断向他所观察的对象接近的,并且最终成为其中一个。对于这一变化,姜涛在《"报人"与"诗人"的视野同构:穆旦在1946—1948》一文中有精彩的论述:最初穆旦的写作"离不开纯洁、无辜个人与外部社会、历史之间的二元构图",但"在南来北往的奔波中……其观察、体知外部现实的视角,似乎随之悄然更换","'个人'不再停留在纯洁、无辜的封闭状态,而更多呈现于特定的社会脉络中,具有一定的公共性和社会连带感"。[①]

　　(二)对于世界认知的转变。在《春(1)》中,"迷惑"的是"关紧的世界"。关紧一词表明这世界是可以被认知的。而在《春(2)》《春(4)》中,"推开窗子"的动作,不禁让人想起先前"关紧的世界",这里"推开"的似乎正是五年前"关紧的世界"。然而推开之后作者看到

---

① 姜涛:《"报人"与"诗人"的视野同构:穆旦在1946—1948》,《文艺争鸣》2015年第11期。

的并不是清晰的答案，而是"永远的谜"，这成了作者新的"迷惑"。而且，"永远"二字表明这个"谜"是无解的。五年的经历，诗人从二十出头的热血青年，逐步迈向中年。"丰富和丰富的痛苦"使他渐渐意识到，也许世界是不可知的。因而，五年前面对"关紧的世界"的是"一株廿岁的燃烧的肉体"，而五年后面对"永远的谜"，则成了"我们二十岁的紧闭的肉体"。值得注意的是，对于"燃烧的肉体"和"紧闭的肉体"，穆旦都称其"一如那泥土做成的鸟的歌"。但结合上下文，在《春（1）》中，用"泥土"形容"鸟的歌"，使得"鸟的歌"更富有力量感。而在《春（2）》和《春（4）》里，"泥土"这一句却体现出沉重的束缚。

这种被束缚的无奈，在其他的诗句也有体现。比如《春（1）》中，"一团花朵挣出了土地"，到《春（4）》中就变为了"反抗着土地，花朵伸出来"。显然，"挣出"这个充满着力量感的词，表明花朵与土地是二元对抗的关系，并且花朵脱离了土地。但是，用"反抗"＋"伸"，表明尽管花朵与土地仍然是对立的，但是花朵并没有完全脱离土地的束缚。用一个形象的比喻，就像是囚犯从监狱的铁窗中伸出手。"伸"这个词的使用说明花朵的反抗是有限的。

也因此，在诗歌的结尾出现了一个标点的改动。《春（1）》是"痛苦着；等待伸入新的组合"，这里用了分号，说明穆旦认为痛苦是目前的，未来伸入新的组合后便可获得新生。而在《春（2）》《春（4）》中则变为了"痛苦着，等待伸入新的组合"，把分号改为逗号，表明诗人意识到这里痛苦与新的组合是相伴的，痛苦并不会因为新的组合而停止。

（三）"主动"向"被动"的转变。对于世界的认知，对于诗人而言显然是有影响的。《春（1）》中，"你们是火焰卷曲又卷曲"，充满着主动的活力。到了《春（2）》则变成了"你们燃烧着却无处归依"。而在《春（4）》中，穆旦似乎对于"燃烧着"这种中性的表达仍不满意，因而将诗句改成了"你们被点燃，却无处归依"，用"被点燃"来表达我们的"被动性"。

对于这种转变，需要分析一下穆旦的经历。

早年的穆旦是一个积极参与社会运动的热血青年。1931年

"九一八"事变之后,年仅十三岁的穆旦就积极参与到"抵制日货"的活动中[1],随后又主动参加 1935 年的"一二·九"运动,1938 年的"三千里步行"。1942 年作完《春》后不久,穆旦便参加了赴缅远征军。

但在经历了野人山,以及之后几年小职员的生活后,到了 1944 年,在给唐振湘的信中,穆旦已经表现出不同于早年的沉静。他称当时已"不是先有文学兴趣而写作,而是心中有物,良心所迫,不得不写一点东西的局势","我的生活如常,每日工作不多,看看书,玩玩,很应了人们劝我'安定一下'的话"。(穆旦年谱第 79 页)这时的穆旦"渴望安定的生活"(易彬语),而写作的动机也由原先的青年热血,转为"累赘的良心"所迫。

但需要说明的是,在最后修订的《春》一诗中,诗人在结尾处仍然沿用了发表于 1942 年《春》一诗的结尾——"等待伸入新的组合"。这恰恰说明诗人没有完全地封闭自己,即便是被动的,他的紧闭的肉体不也是在燃烧么?正如他在《岁暮的武汉》中所说:"看看日本人,他们是忽然间遗落在我们后面了,我们还不该赶快图强吗?"这句话似乎可以解释许多问题,包括诗人为何在美留学期间苦学俄语[2],坚持回国并且那样努力地"改造自己"。因为穆旦始终有参与国家建设的愿望与热情。

穆旦对于《春》的几次修改,细致而清晰地呈现出诗人精神变化的痛苦历程。而这种心理转变的呈现却正是穆旦的可贵之处。《春》的最后一句似乎是诗人一生命运的写照:"痛苦着,等待伸入新的组合。"

---

[1] "据其妹查良玲回忆:抵制日货时,哥哥不允许母亲买日本进口的海带、海蜇皮……家庭中的伯父们就议论良铮是'赤色分子'"。易彬:《穆旦年谱》,中国社会科学出版社,2010 年,第 14 页。

[2] 根据穆旦在美国芝加哥大学的成绩单,穆旦五门得 A 的科目中,有三门与俄国文学有关,分别为:"INTR.TO RUSSIAN LIT.";"INTERMED. RUSSIAN";"INTERMED. RUSSIAN"。引自易彬:《穆旦年谱》,中国社会科学出版社,2010 年,第 130—131 页。

新诗史资料

ID# 爱伦堡的
《〈玛琳娜·茨维塔耶娃诗集〉序》及其他

洪子诚

一、阿赫玛托娃在 1950 年代的中国

现在被高度评价的俄国 20 世纪初的一些作家、诗人，在中国当代的五六十年代却很受冷落，他们的作品没有得到介绍，大多数人连他们的名字也没有听说过。不过，阿赫玛托娃可能是个例外。原因是 1946 年，苏联作协机关刊物《星》和《列宁格勒》，刊登了左琴科的小说和阿赫玛托娃的诗[1]，它们被认为是"无思想性"和"思想有害"的作品。这引起苏共中央的愤怒，联共（布）中央于 1946 年 8 月 14 日发布《关于〈星〉和〈列宁格勒〉两杂志》的决议，苏联作家协会主席团紧接着检查自己的错误，开除左琴科和阿赫玛托娃出作家协会，解除吉洪诺夫的作协主席职务，并改组苏联作协。随后，苏共掌管意识形态的书记日丹诺夫，9 月在列宁格勒"党积极分子会议和作家会议"上作了长篇的批判报告[2]。这些报告和文件的中译，连同 30 年代的苏联作家会议章程，

---

[1] 除《星》和《列宁格勒》刊登阿赫玛托娃的诗作外，苏联《文学报》1945 年 11 月还刊登阿赫玛托娃的访问记和照片，苏联作家协会当时还批准阿赫玛托娃在莫斯科的演说。
[2] 上述报告、决议的中文译者为曹葆华。曹葆华（1906—1978），四川乐山人。1935 年毕业于清华大学研究院，诗人、翻译家，译有梵乐希（瓦雷里）、瑞恰慈的诗论。1939 年去延安，在鲁艺和中共中央宣传部翻译处工作，50 年代后主要从事苏联政治、文学论著，以及斯大林、普列汉诺夫等的著作的翻译工作。

以及日丹诺夫在第一次苏联作家代表大会上的讲话等，收入《苏联文学艺术问题》①一书：这本书 50 年代初学习社会主义现实主义时，被中国作协列为重要参考文件，所以文学界许多人知道阿赫玛托娃的名字。

联共（布）中央的决议中，对阿赫玛托娃的创作定下的基调是：

> ……她的文学的和社会政治的面貌是早为苏联公众所知道的。阿赫玛托娃是与我国人民背道而驰的空洞的无思想的诗歌的典型代表。她的诗歌渗透着悲观和失望的情绪，表现着那停滞在资产阶级贵族的唯美主义和颓废主义……

日丹诺夫的报告对这一思想艺术倾向有具体的描述。与现在中国（俄国那边大概也是这样）对"白银时代"文学的主流看法相反，日丹诺夫的评价是：

> 高尔基在当年曾经说过，1907 到 1917 这十年，够得上称为俄国知识界历史上最可耻和最无才能的十年，从 1905 年革命之后，知识界大部分都背叛了革命，滚到了反动的神秘主义和淫秽的泥坑里，把无思想作为自己的旗帜高举起来，用下列"美丽的"词句掩盖自己的叛变："我焚毁了自己所崇拜的一切，我崇拜过我所焚毁了的一切。"……社会上出现了象征派、意象派、各种各样的颓废派，他们离弃了人民，宣布"为艺术而艺术"的提纲，宣传文学的无思想性，以追求没有内容的美丽形式来掩盖自己思想和道德的腐朽。

这个描述，经历那个年代的人相信并不陌生；而阿赫玛托娃，日丹诺夫说，她是"这种无思想的反动的文学泥坑的代表之一"——

> （她的诗的）题材是彻头彻尾个人主义的。她的诗歌是奔跑在

---

① 人民文学出版社 1953 年版。

闺房和礼拜堂之间的贵妇人的诗歌,它的范围是狭小得可怜的。她的基本情调是恋爱和色情,并且同悲哀、忧郁、死亡、神秘和宿命的情调交织着。宿命的情感,——在垂死集团的社会意识中,这种情感是可以理解的,——死前绝望的悲惨调子,一半色情的神秘体验——这就是阿赫玛托娃的精神世界,她是一去不复返的"美好的旧喀萨琳时代"①古老贵族文化世界的残渣之一。并不完全是尼姑,并不完全是荡妇,说得确切些,而是混合着淫秽和祷告的荡妇和尼姑。

因为涉及20世纪初俄国思想界和诗歌界的状况,日丹诺夫报告中也提到曼德尔施塔姆。他的名字当年译为"欧西普·曼杰里希唐"。译者曹葆华所加的注释是:"俄国阿克梅派的代表诗人,其作品十分晦涩难懂。"日丹诺夫说,阿克梅派的社会政治和文学理想,在这个集团"著名代表之——欧西普·曼杰里希唐在革命前不久"的言论中得到体现,这就是对中世纪的迷恋,"回到中世纪":"……中世纪对于我们之所以可贵,是因为它具有着高度的界限之感。""……理性与神秘性的高贵混合,世界之被当作活的平衡来感受,使我们和这个时代发生血统关系,而且鼓舞我们从大约1200年在罗马文化的基础上产生的作品中吸取力量。"日丹诺夫认为,阿赫玛托娃和欧西普·曼杰里希唐的诗,是迷恋旧时代的俄国几万古老贵族、上层人物的诗,

这些人是注定要灭亡的,他们除了怀念"美好的旧时代",就什么也没有了。喀萨琳时代的大地主庄园,以及几百年的菩提树林荫路、喷水池、雕像、石拱门、温室、供人畅叙幽情的花亭、大门上的古纹章。贵族的彼得堡、沙皇村、巴甫洛夫斯克车站与其他贵族文化遗迹。这一切都沉入永不复返的过去了!这种离弃和背叛人民

---

① 指叶卡捷琳娜二世(1729—1796)时代,她1762—1796年在位,是俄国唯一女沙皇。50年代曹葆华依德语的英语转写,翻译为喀萨琳。现在台湾、香港等华语译界仍译为凯瑟琳二世或凯瑟琳大帝。

的文化渣滓,当作某种奇迹保存到了我们的时代,除了闭门深居和生活在空想中之外,已没有什么事情可做了。"一切都被夺去了,被背叛了,被出卖了"。……

日丹诺夫对阿赫玛托娃和20世纪初俄国文学的描述,也就是中国当代"前三十年"对这段历史的基本看法。不过,80年代开始到现在,中国学界和诗歌界占主流位置的评价出现翻转,基本上被另一种观点取代。这种观点,回顾历史,或许可以追溯到时代亲历者别尔嘉耶夫[①]的描述。按照法国作家路易·阿拉贡的说法,俄国思想家别尔嘉耶夫颇为复杂:在20世纪初,他"既承认革命行动是合理的,但在意识形态上,又主张神秘主义,而反对革命行动。他和马克思主义的奠基者走了相反的道路,开头信的是他们,后来却回到费尔巴哈的立场上"[②]。这位矛盾的神秘主义者的描述,显然与日丹诺夫大相径庭,包括所谓唯美主义、颓废主义等等:

> 20世纪初俄罗斯文学没有创作与19世纪长篇小说类似的大部头长篇小说,但是却创作了非常出色的诗歌。这些诗歌对于俄罗斯意识,对于俄罗斯思潮史都有非常重要的意义。那是个象征主义的时代……(象征主义作家)他们意识到自己是新的潮流并且处在与旧文学的代表的冲突之中。索洛维约夫的影响对于象征主义的作家起了主要作用。他在自己的一首诗中这样表达象征主义的实质:
>
> 我们所看到的一切,
> 只是反光,只是阴影,
> 来自肉眼看不见的东西。

[①] 别尔嘉耶夫(1874—1948),生于基辅,20世纪俄罗斯重要思想家。1922年被驱逐出境,流亡德国、法国,在法国去世。
[②] 路易·阿拉贡《在有梦的地方做梦,或敌人……》,中译刊于《现代文艺理论译丛》1963年第1期(中国科学院文学研究所主编,人民文学出版社,1963年,内部发行)。

象征主义在所看到的这种现实的背后看到了精神的现实。……象征主义者的诗歌超出了艺术的范围之外,这也是纯粹的俄罗斯特征。在我们这里,所谓"颓废派"和唯美主义时期很快就结束了,转变为那种以为着对精神方面寻求的修正象征主义,转变为神秘主义。……世纪初的俄罗斯文学和诗歌具有精神崇拜性。诗人——象征主义作家以他们特有的敏感感觉到,俄罗斯正在跌向深渊,古老的俄罗斯终结了,应该出现一个没有过的新的俄罗斯。①

20世纪的历史最不缺乏的是裂痕,是断层的沟壑,情感、观念的急剧翻复是家常便饭。不能预见今后是否还会出现如此泾渭分明的阐释转换。值得庆幸的是,阐释所需要的材料、资讯将会较容易获取,不像中国当代"前三十年"那样,在日丹诺夫指引下曾"恶毒地"想象阿赫玛托娃,而她的诗我们读到的,只有日丹诺夫报告中所引的那三行:

可是我对着天使的乐园向你起誓
对着神奇的神像和我们的
热情的夜的陶醉向你起誓……

——阿赫玛托娃:《Anno Domini》

二、爱伦堡带来的茨维塔耶娃

到了60年代,中国少数读者知道了茨维塔耶娃,以及曼德尔斯塔姆的名字。并非翻译、出版了他们的作品;他们是爱伦堡给带来的。1962年,《世界文学》编辑部编选了作为"世界文学参考资料"的《爱伦堡论文集》。集中收入爱伦堡写于1956年的《〈玛琳娜·茨维塔耶娃

---

① 别尔嘉耶夫:《俄罗斯思想》,雷永生、丘守娟译,生活·读书·新知三联书店,1995年,第223—225页。

诗集〉序》。1963 年，作家出版社出版了爱伦堡回忆录《人，岁月，生活》①，其中谈到茨维塔耶娃等人的生活和创作。这两种书，都属于当年内部发行的"内部读物"：也就是政治和艺术"不正确"，供参考、批判的资料性读物。

爱伦堡 1967 年去世，晚年主要精力是撰写他的回忆录。《人，岁月，生活》1960 年开始在苏联的《新世界》杂志连载，很快在苏联和国外引起强烈反响和争论。据中译者说："当时的中宣部领导十分关注这一情况，要求人民文学出版社尽快将这部世人瞩目的作品译出，以内部发行的方式出版。"这就是 1963 年的"黄皮书"版。因为当时爱伦堡回忆录写作尚在进行（1964 年《新世界》才全部刊登完毕），因此这个版本只是它的前四部，待到 1999 年中译本全六部才补齐，并根据苏联的《爱伦堡文集》修订。②爱伦堡是个"奇人"，与 20 世纪的许多苏联政治、文化界的重要人物，以及西方著名左翼作家、艺术家多有交往。对于中国当代文化界来说，这部回忆录的重要价值，正如蓝英年先生说的③，把不熟悉和从未听说的名字介绍给读者（曼德尔斯塔姆、古米廖夫、阿赫玛托娃、别雷、巴别尔……），对听说过或熟知的人物则提供他们的另一面相（列宁、托洛茨基、布哈林、毕加索、斯大林、马雅可夫斯基、梅耶荷德、叶赛宁、帕斯捷尔纳克、纪德、聂鲁达、法捷耶夫……）。

讲到玛琳娜·茨维塔耶娃的部分（《人，岁月，生活》译为马琳娜·茨韦塔耶娃）在回忆录的第二部；这一部写到的作家、诗人还有勃留索夫、勃洛克、马雅可夫斯基、帕斯捷尔纳克、曼德尔施塔姆、梅耶荷德、叶赛宁。爱伦堡对他们，不仅提供了他们的许多生活细节，更可贵的是引用了他们的诗行：在那个匮乏的年代，即便是一鳞片爪也弥足

---

① 冯南江、秦顺新翻译。1979 年之后不同出版社出版的这部回忆录，翻译也均署他们的名字。
② 冯南江、秦顺新当年在人民文学出版社外国文学编辑室工作。在五六十年代，人民文学出版社和作家出版社虽是两个牌子，实际上是同一机构。参见海南出版社 1999 年版的《译后记》。
③ 蓝英年：《人，岁月，生活》序，海南出版社，1999 年。

珍贵。

从中外文化交流史角度来考察爱伦堡回忆录在中国当代文化（特别是诗歌）变革上发生的影响，80年代以来已经有不少论著涉及。就对茨维塔耶娃的介绍而言，除回忆录之外，他的《〈玛琳娜·茨维塔耶娃诗集〉序》[①]也发生一定影响。它的基本观点与回忆录是一致的，有的文字且有重叠，但更充分地讲了茨维塔耶娃的性格、诗歌的情况。现在翻成中文的外国作家有关茨维塔耶娃的评论，我读到的几篇中，爱伦堡的序言是出色者之一——另外的是约瑟夫·布罗茨基的《一首诗的脚注》（黄灿然译），伊利亚·卡明斯基为他和吉恩·瓦伦汀合作翻译的《黑暗的接骨木树枝：茨维塔耶娃的诗》所写的后记（王家新译）。这三篇文章的作者都是，或曾是俄国（苏联）人：爱伦堡、卡明斯基出生于乌克兰，茨维塔耶娃和布罗茨基出生于圣彼得堡（列宁格勒），而爱伦堡和茨维塔耶娃是同时代人，也见过面。

在50年代的苏联，如爱伦堡说的，知道茨维塔耶娃的也不多。"她死于1941年，只有少数热爱诗歌的人，才知道她的名字。"斯大林去世后的"解冻"，1956年她的诗集才得以出版。爱伦堡的序言，精彩之处是对茨维塔耶娃思想情感、诗艺的矛盾性，和对她的"极端的孤独"性格的论述。爱伦堡写道，

>……茨维塔耶娃没有向光荣表示向往，她写道："俄罗斯人认为向往生前的光荣是可鄙或可笑的"。……孤独，说得更准确一些，剥夺，好像诅咒似的，在她的头上悬了一生，但她不仅努力把这诅咒交还给别人，而且自己还把它当作最高的幸福。她在任何环境都觉得自己是亡命者，是失去往日荣华的人。她回想着种族主义的傲慢

[①] 张孟恢译，收入1962年的《爱伦堡论文集》，也收入1982年北京大学俄语系编译的爱伦堡论文集《必要的解释》，北京大学出版社，1982年。张孟恢（1922—1998），四川成都人。40年代任重庆《国民公报》编辑，重庆《商务日报》记者，上海时代出版社编译。50年代在中国作家协会主办的《译文》（后改名《世界文学》）编辑部任编辑、苏联文学组组长。

时写道:"以前和现在的诗人中哪一位不是黑人?"①

爱伦堡接着这样写:

茨维塔耶娃在一首诗里提到自己的两个女人,一个是淳朴的俄罗斯妇女,乡间牧师之妻,另一个是傲慢的波兰地主太太,旧式的礼貌与叛逆性格,对和谐的谦敬与对精神混乱的爱,极度的傲慢与极度的朴实,玛琳娜·茨维塔耶娃都兼而有之。她的一生是彻悟与错误所打成的团结。她写道:"我爱自己生活中的一切事物,但是以永别,不是以相会,是以决裂,不是以结合而爱的。"这不是纲领,不是厌世哲学,不过是自白。②

接着是读过后让我难忘的这几句:

她爱得多,正是因为她"不能"。她不在有她邻人的地方鼓掌,她独自看着放下的帷幕,在戏正演着的时候从大厅里走出去,在空寞无人的走廊里哭泣。
她的整个爱好与迷恋的历史,就是一张长长的决裂的清单……③

茨维塔耶娃的这种性格,《人、岁月,生活》中也有继续的描述④:仪态高傲,桀骜不驯,但眼神迷惘;狂妄自大又羞涩腼腆。她送给爱伦堡诗集的题词是:"您的友谊对于我比任何仇恨更珍贵,您的仇恨对于我比任何友谊更珍贵。"爱伦堡说:"她从少年时代直到去世始终是孤独

---

① 《必要的解释》,第74页。
② 同上书,第75页。
③ 同上书,第76页。
④ 由于手头没有作家出版社1963年版的《人、岁月、生活》,下面引文均据海南出版社1999年版。

的，她的这种被人遗弃同她经常脱离周围的事物有关。"这种孤独，自然与她的生活处境，与革命和政治相关，但爱伦堡指出，深层之处来自于俄国文化传统，和个人的心理、性格。

序言和回忆录里，爱伦堡还触及生活和艺术的关系——这一在19到20世纪的俄国，和20世纪中国纠缠众多诗人、作家的"毒蛇怨鬼"的"永恒主题"。"当我说俄国和艺术的题材在玛琳娜·茨维塔耶娃的创作中密切交织的时候，我首先想到的是一个最为复杂的、差不多从普希金和果戈理直到今天的一切俄国作家曾经苦心钻研的问题，——关于职责与灵感之间、生活与创作之间、艺术家的思想与他的良心之间的相互关系问题。"爱伦堡认为，"极端孤独"的茨维塔耶娃并非遁入"象牙之塔"。这种关系在她那里，不是表现为寻找终极性的答案，而是呈现为对矛盾的处理过程：

>……有时候为了辩过时代她就把自己诗歌之屋的门窗关闭起来。但是，把这看作唯美主义，蔑视生活，那也不对。1939年法西斯分子焚烧西班牙，入侵捷克斯洛伐克的时候，茨维塔耶娃第一次抛弃了生存的快乐：
>
>我拒绝在别德拉姆①
>作非人的蠢物
>我拒绝生存。
>我拒绝同广场上的狼
>一同嚎叫。
>孤岛没有了，茨维塔耶娃的生活突然悲惨地停止了。

茨维塔耶娃曾这样说到马雅可夫斯基，"作为一个人而活，作为一个诗人而死"。爱伦堡说，对茨维塔耶娃可以换一个说法："作为一个诗

---

① 序言译者原注：别德拉姆是伦敦一所疯人院的名字。此地指疯人的国家。

人而活,作为一个人而死。"事实上,生活和诗在她那里的位置始终挣扎较量,她以自身的方式处理这个难题;对这一难题的处理所呈现的"张力",其实是茨维塔耶娃诗歌动人的一个方面。爱伦堡说,"一个艺术家要为自己对艺术的酷爱付出多大的代价;但是在我的记忆中似乎还没有一个比玛琳娜更为悲惨的形象",对于她来说,生活悲惨地毁掉了,

> 她生平的一切,政治思想,批评意见,个人的悲剧——除了诗歌以外,一切都是模糊的、虚妄的。认识茨维塔耶娃的人已所存无几,但是她的诗作现在才刚刚开始为许多人所知晓。

不过,她信奉的不是我们通常理解的那种"唯美主义"。她离不开艺术,为此付出巨大代价;只是,她同时"对艺术的权力始终保持怀疑":

> 当她还使得诗和时代的暴风雨对立的那些年代,她违背自己而赞赏马雅可夫斯基。她曾经自问,诗和现实生活中的创造,哪一样重要,并回答说:"除去形形式式的寄生虫以外,一切都比我们(诗人——引者①)重要。"

今天我们读爱伦堡写于 20 世纪五六十年代的序言和回忆录的时候,会遗憾没有讲到茨维塔耶娃更具体的生活情景,她的死亡。爱伦堡的解释是,"现在讲她那艰难的生活还不是时候,因为这生活对我们太近了。"是的,即使已经"解冻"的 50 年代苏联,也还不是可以无禁忌讲述这些的年代——

> 但是我想说,茨维塔耶娃是富有良心的人,她生活得纯洁而高尚,由于鄙视生存的表面幸福,差不多经常处于穷困,她在日常生

---

① 序言译文原注,"引者"指爱伦堡。

活中很有灵感,她在眷恋和不爱上很有激情,她非常敏感。我们能责备她这种敏锐异常的感觉吗?心的甲胄对于一个作家,正如目盲对于画家或者耳聋对于作曲家一样。也许,许许多多的作家的悲惨命运,正在于这种心的袒露,这种弱点……

三、《我的诗……》和多多的《手艺》

爱伦堡的这篇序言的开头,引了茨维塔耶娃1913年20岁时写的《我的诗……》(题目据谷羽译本):

> 我写青春和死亡的诗,
> ——没有人读的诗!——
> 散乱在商店尘埃中的诗
> (谁也不来拿走它们),
> 我那像贵重的酒一样的诗,
> 它的时候已经到临。

爱伦堡只是摘引诗的后面部分。这首诗现在多种中文译本都会收入,译文自然也会不同。如:汪剑钊(也只摘引后面部分):

> 我那青春与死亡的诗歌,
> "不曾有人读过的诗行!"
>
> 被废弃在书店里,覆满尘埃,
> 不论过去和现在,都无人问津,
> 我的诗行啊,是珍贵的美酒,
> 自有鸿运高照的时辰。

爱伦堡的《〈玛琳娜·茨维塔耶娃诗集〉序》及其他

苏杭:

> 我那抒写青春和死亡的诗,——
> 那诗啊一直不曾有人歌吟!
>
> 我的诗覆满灰尘摆在书肆里,
> 从前和现在都不曾有人问津!
> 我那像琼浆玉液醉人的诗啊——
> 总有一天会交上好运。

谷羽:

> 我的诗赞美青春与死亡——
> 无人问津,无人吟唱;
>
> 散落在各家书店积满灰尘,
> 过去和现在都无人购买,
> 我的诗像珍贵的陈年佳酿,
> 总有一天会受人青睐。

与后来诸多译本最大的不同是,爱伦堡序言是"我写……诗"(张孟恢翻译),而其他的译文则为"我的……诗"。前者是一个动作,另外的是静态的陈述。不是要比较之间的高低或哪种更忠实于原文,而是提示中国当代诗人与爱伦堡带来的茨维塔耶娃曾有的联系。

距茨维塔耶娃写这首诗的 60 年后,多多写了《手艺——和玛琳娜·茨维塔耶娃》:

> 我写青春沦落的诗
> (写不贞的诗)

> 写在窄长的房间中
> 被诗人奸污
> 被咖啡馆辞退街头的诗
> 我那冷漠的
> 再无怨恨的诗
> （本身就是一个故事）
> 我那没有人读的诗
> 正如一个故事的历史
> 我那失去骄傲
> 失去爱情的
> （我那贵族的诗）
> 她，终会被农民娶走
> 她，就是我荒废的时日……

显然，多多对话的不是谷羽、汪剑钊、苏杭的，而是爱伦堡/张孟恢的茨维塔耶娃。可以推测他 70 年代不仅读过"黄皮书"的《人，岁月，生活》，也读过内部读物的《爱伦堡论文集》。假设当年多多读到的不是这篇序言，而是另一种译法，《手艺》可能会是不同的样子。这里也说明这样的事实：茨维塔耶娃影响了多多，但多多同样影响读者对茨维塔耶娃的阅读，以致我偏爱张孟恢翻译的这个片段。

多多早期诗的意象，抒情方式，可能更多来自他那个时间的阅读，而非他的"生活"；这在"白洋淀诗群"诗人中有普遍性。多多、芒克等的早期作品带有某种"异国情调"，也就是"中国诗"里的"异国性"现象，柯雷（荷兰）和李宪瑜在 90 年代的研究中已经提出[①]。"异国"在他们那里其实主要是俄国。多多诗里的一些细节，显然从阅读中得到：

[①] 参见李宪瑜《中国新诗发展的一个环节——"白洋淀诗群"研究》，《北京大学学报》1999 年第 2 期。其中有"异国情调"一节。

爱伦堡的《〈玛琳娜·茨维塔耶娃诗集〉序》及其他

白桦林，干酪，咖啡馆，开采硫黄的流放地，亚麻色的农妇[①]，无声行进的雪橇，白房子上的孤烟……更不要说作品中的那种忧郁和孤独感。都说多多是当代诗人中写"北方"的优秀者之一；但这个"北方"，可能是北纬50度以上的。"生活"是创作的源泉，没错，但书籍（广义上的，还有音乐、绘画……）也是。这有点像孤独的大岛寺信辅的"从书到现实"："他在果地耶[②]、巴尔扎克及托尔斯泰书中学到了映透阳光的耳朵及落于脸颊的睫毛影子。"[③]

在当代那个精神产品匮乏的年代，可能不是完整的诗集，只是散落在著作文章里的片断诗行，也能起到如化学反应的触媒作用。张孟恢在爱伦堡的这篇文章中，就投下了释放诗人创造能量的催化剂。除这个例子之外，还可以举1957年刊于《译文》上的路易·阿拉贡论波特莱尔的文章。沈宝基翻译，题为《比冰和铁更刺人心肠的快乐——〈恶之花〉百年纪念》[④]里，也出现若干波特莱尔诗的片断。如：

　　　　我们在路上偷来暗藏的快乐，
　　　　把它用力压挤得像只干了的橙子……

如：

　　　　太阳把蜡烛的火燃照黑了……

[①] 亚麻色是当今少女头发流行色，在多多写作的当时并没有许多人知道。推测多多的"亚麻色"，可能来自德彪西钢琴曲、雷诺阿油画《亚麻色头发的少女》。

[②] 通译为戈蒂耶，法国19世纪诗人、小说家。

[③] 芥川龙之介：《大岛寺信辅的半生——一幅精神的风景画》，《河童·某阿呆的一生》，许朝栋译，星光出版社（台北），1986年，第13页。

[④] 刊于《译文》1957年第7期，同期还刊登陈敬容选译的《恶之花》9首。文章副题的"百年"误为"百周"。沈宝基（1908—2002），浙江平湖人，曾用名金锋，笔名沈琪，翻译家、法国文学研究专家、诗人。毕业于中法大学服尔德学院，1934年获法国里昂大学文学博士学位。曾任中法大学、北平艺术专科学校教授。1951年后，历任解放军总参谋部干部学校、北京大学、长沙铁道学院教授，译有《贝朗瑞歌曲选》《巴黎公社诗选》《罗丹艺术论》《雨果诗选》等。

如：

> 啊，危险的女人，看，诱惑人的气候！
> 我是不是也爱你们的霜雪和浓雾？
> 我能不能从严寒的冬季里，
> 取得一些比冰和铁更刺人的快乐？

以及：

> 我独自一人锻炼奇异的剑术，
> 在各个角落里寻找偶然的韵脚，

陈敬容译的九首波特莱尔，和阿拉贡论文中沈宝基翻译的《恶之花》的零星诗行，根据相关的回忆文字，70年代在北岛、柏桦、多多、陈建华等青年诗人那里都曾引起惊喜，产生震动。在各种各样资讯泛滥的当今，这种震动变得稀罕；我们在蜂群的包围、刺蛰下，感官已经趋于麻木。

四、诗选如何塑造诗人形象

茨维塔耶娃诗的中译者很多，单独、而非合集的诗选也已经出版多部，如汪剑钊的《茨维塔耶娃文集·诗歌》(东方出版社，2003年，2011年版改名《茨维塔耶娃诗集》)、苏杭的《致一百年以后的你——茨维塔耶娃诗选》(广西师范大学出版社，2012年)、谷羽的《我是凤凰，只在烈火中歌唱——茨维塔耶娃诗选》(上海译文出版社，2014年)等。

谷羽[①]译本在大陆出版之前的 2013 年，有台湾的繁体字版，书名

[①] 谷羽，1940年生，河北宁晋人。南开大学外国语学院教授，俄罗斯文学翻译家。翻译有普希金、莱蒙托夫、克雷洛夫、契诃夫等俄国诗人、小说家的作品，主持编写《俄罗斯白银时代文学史》

是《接骨木与花楸树——茨维塔耶娃诗选》(台北，人间出版社)。由于大陆这边出版环节的繁冗，虽然台版在前，估计也不是编了台湾版，才编大陆版。这两个本子出自同一译者之手，收入的诗数量大体相同，都是180余首（大陆版略多几首），不过编排方式却有很大差异。

大陆版是以写作时间先后来处理诗作，划分为"早期创作（1909—1915）""动荡岁月（1916—1918）""超越苦难（1919—1922.5）""捷克乡间（1922.5—1925.11）""巴黎郊外（1926—1939.6）""重陷绝境（1939.6—1941.8）。这个分类法虽然不很"科学"，这也是勉为其难吧。书后有《茨维塔耶娃生平与创作年表》的附录，以及译者的《艰难跋涉，苦中有乐》的"代后记"，和江弱水的《那接骨木，那花楸树》的"代跋"。

台湾的人间版则是另一种编法；推测主要不是谷羽先生的创意。它打乱写作时间，分别以"爱情篇""恋情篇""亲情篇""友情篇""乡亲篇""诗情篇""悲情篇""愁情篇""风情篇"来分配。在每一部分之前有导读。借助这一编排，诗选显示茨维塔耶娃生活、性格、诗歌的几个重要方面，引领着读者对诗人的把握的方向。"恋情篇：我是大海瞬息万变的浪花"的导读是：

> 有人说，茨维塔耶娃"丈夫只有一个，情人遍地开花"，诗人并不忌讳这一点，她承认：自己"是大海瞬息万变的浪花！"她说道："我能够同时跟十个人保持关系（良好的'关系'！），发自内心地对每个人说，他是我唯一钟爱的人。"她有同性恋女友，爱老年人，爱同龄人，更喜欢爱比她年轻的人。情人当中有演员、画家、编辑、大学生、评论家、作家，但是更多的是诗人，其中最著名的是帕斯捷尔纳克和里尔克，三个诗人之间的通信成了诗坛佳话。她跟罗泽维奇的恋爱痴迷而疯狂。值得指出的是，很多时候她跟心目中的恋人并未见面，只是情书来往，可谓纸上风流。恋爱经历都成了她创作诗歌的素材。欧洲很多大诗人，情感丰富，极其浪漫，歌德、普

希金都有许多情人,他们的浪漫史为后世读者津津乐道。因此,茨维塔耶娃的情诗也会拥有自己的读者。这里选译了她50首恋情诗供读者欣赏。

这里提及的"本事"大概都是真的。不过,将茨维塔耶娃塑造为风情万种的浪漫诗人,不能让人信服。即使是"爱",那也如茨维塔耶娃的自白,"贯穿着爱,因爱而受惩罚"。还是爱伦堡的评论比较靠谱:

> 有一些诗人,受到不是作为一种文学派别,而是作为一种思潮的19世纪前半叶的浪漫主义的引诱,他们模仿查尔德·哈罗尔德甚于模仿拜伦,模仿毕乔林甚于模仿莱蒙托夫。玛琳娜·茨维塔耶娃从来没有把自己打扮成浪漫主义时代的英雄,由于自己的孤独,自己的矛盾,自己的迷茫,她成了他们的亲戚。……茨维塔耶娃不是生于1792年,像雪莱那样,而是整整一百年以后……

五、茨维塔耶娃与多多、张枣

说到"亲戚",多多、张枣和茨维塔耶娃也许可以说是"远亲";尽管他们之间的不同比相似要多得多。

多多、张枣都写过关于这位俄国诗人的诗。张枣这样单向的、情深意切的"对话",这样"无论隔着多远"的寻求情感、精神上的联系,读罢让人感慨:

> 东方既白,经典的一幕正收场:
> 俩知音正一左一右,亦人亦鬼,
> 谈心的橘子荡漾着言说的芬芳,
> 深处是爱,恬静和肉体的玫瑰。
> 手艺是触摸,无论你隔着多远;

爱伦堡的《〈玛琳娜·茨维塔耶娃诗集〉序》及其他

> 你的住址名叫不可能的可能——
> 你轻轻说着这些,当我祈愿
> 在晨风中送你到你焚烧的家门;
> ……①

  他们年纪轻轻,就爱谈论死亡②。都高傲,也都有不同性质、程度的怯懦③。诗艺桀骜不驯,一意孤行,将相异甚至对立的经验在语言"暴力"的方式中链接,但有坚实的内在温情平衡、支撑。诗中有心灵,也有肉体的"情色"意象。都否认词语能代替思想,韵律能取代感情,却看重"手艺"的地位。如爱伦堡所说,茨维塔耶娃"鄙视写诗匠,但她深知没有技巧就没有灵感",把手艺看得很高,"以苛求的艺术家的不信任来检验灵感"。他们相信诗、语言的力量,也清醒于它的限度(多多:"语言开始/而生命离去")。④茨维塔耶娃写道:

> 为自己找寻轻信的,
> 不能改正数字奇迹的侣伴。
> 我知道维纳斯是手的作品,
> 一个匠人,我知道手艺。⑤

---

① 张枣:《跟茨维塔耶娃的对话》(十四行组诗),写于1994年。
② 茨维塔耶娃说:"我爱十字架、丝绸、盔形帽,/我的心倍加珍惜瞬间的遗迹……/你赐给我童年,美好的童话,/就让我死去吧,死在十七!"(谷羽译《祈祷》。张枣说,"死亡猜你的年纪/认为你这时还年轻"(《死亡的比喻》)。
③ 茨维塔耶娃:"高傲与怯懦——是对亲姐妹,她们在摇篮边友好地相会。"
④ 这个问题,相信是许多杰出的诗人都感受到的。布罗茨基在谈到阿赫玛托娃的时候说,"面对她的被囚禁的儿子,她的痛苦是真诚的。而在写作时,她却感到虚假,就因为她不得不将她的感情塑造成型。形式利用情感的状态达到它自己的目的,并使情感寄生于它,就像是它的一部分。见切斯拉夫·米沃什:《关于布罗茨基的笔记》,程一身译,《上海文化》2011年第5期。
⑤ 根据张孟恢中译的爱伦堡序言的译文。

多多和张枣也接续了这一"话题"。

> 要是语言的制作来自厨房，
> 内心就是卧室，
> 要是内心是卧室，
> 妄想，就是卧室的主人
>
> ——多多：《语言的制作来自厨房》

> 诗，干着活儿，如手艺，其结果
> 是一件件静物，对称于人之境
> 或许可用？但其分寸不会超过
> 两端影子恋爱的括弧……
>
> ——张枣：《与茨维塔耶娃的对话》

他们都一定程度"游离"于社会/诗歌界的派别、潮流之外。虽说对多多、张枣有"朦胧诗派""四川五君子""新生代"分类，那也只是批评家和诗歌史写作者（我也算一个）因为智慧有限，也为了省力制造的名目。他们基于性格，或许是基于某种诗歌目标，都习惯或费力地拒绝"纳入公转"，而保持"强烈的自转"（多多）的孤独状态；"不群居，不侣行，清风飘远"（张枣）。因各自不同的原因，一度或长期移居国外（或侨居，如果用"流亡"这个词，就需要多费口舌来解释）时，写了他们动人的怀恋"故土"的诗章，诗里便布满记忆中的物件和情调：卡鲁加的白桦树，接骨木树林中凄凉的灯火、教堂的钟声、巨大眼睛的马、笑歪了脸的梨子、丝绸锦缎，绣花荷包、"桐影多姿，青凤啄食吐香的珠粒"……但也因此遭遇到那难以摆脱的困境：

> 我们的睫毛，为何在异乡跳跃？
> 慌惑，溃散，难以投入形象。
> 母语之舟撇弃在汪洋的边界，

> 登岸,我徒步在我之外,信箱
> 打开如特洛伊木马,空白之词
> 蜂拥,给清晨蒙上萧杀的寒霜;
> ……①

多多更为愤激、悲哀:

> 是我的翅膀使我出名,是英格兰
> 使我到达我被失去的地点
> 记忆,但不再留下犁沟
>
> 耻辱,那是我的地址
> 整个英格兰,没有一个女人不会亲嘴
> 整个英格兰,容不下我的骄傲②

茨维塔耶娃虽然能用德文和法文写作,但在异邦,同样会遇到这样的困境:

> 远方像与生俱来的疼痛,
> ……
> 难怪会梦见蓝色的河
> 我让远方紧贴着前额
> 你,砍掉这只手甚至双臂,
> 砍不掉我与故土的联系。③

而且,他们的写作理想——如果用中国传统诗学的概念,是近似于那种寻找少数人的"知音诗学"。写"没有人读的",但陈年佳酿的贵重

---

① 张枣:《跟茨维塔耶娃的对话(十四行组诗)》。
② 多多:《在英格兰》。
③ 茨维塔耶娃:《祖国》,谷羽译。

的诗——这是茨维塔耶娃的自白。张枣的自述则是:"我将被几个佼佼者阅读。"多多也是相似的意向。佼佼者的知音能否在当世出现?他们对此犹豫狐疑。茨维塔耶娃这才写了《寄一百年后的你》:

> 今晚,
> 尾随西沉的太阳,长途跋涉,
> 就为了终于能够跟你相见——
> 我穿越了整整一百年。①

而张枣却将时间推至一千年后,甚至更长:

> 一百年后我又等待一千年;几千年
> 过去了,海面仍漂泛我无力的诺言②

但是,这样的估计显然过于悲观。正如爱伦堡在《〈玛琳娜·茨维塔耶娃诗集〉序》的最后,引了茨维塔耶娃喜欢的俄国诗人诺肯其·安宁斯基的诗说的:

> 琴弓理解一切,他已静息,
> 而这一切还留在提琴上……
> 对于他是苦难,对人们却成了音乐。

自然,倾心于他们的读者不会很多,但他们原本也无意做一个"大众诗人"。

2016 年 10 月

---

① 据谷羽译本。
② 张枣:《海底被囚的魔王》。

本辑作者简介

夏可君 1969年生,哲学博士。曾留学于德国弗莱堡大学与法国斯特拉斯堡大学哲学系,现任教于中国人民大学文学院。已经出版个人著作近十部。

周伟驰 1969年生于湖南常德,先后在中山大学和北京大学学习,哲学博士,现为中国社会科学院世界宗教研究所研究员。出版有诗集《避雷针让闪电从身上经过》《微景和远象》、《蜃景》(合著),诗论集《小回答》《旅人的良夜》,译诗集《第二空间》《沃伦诗选》《梅利尔诗选》《英美十人诗选》。另有学术著译数本。

姜 涛 1970年生于天津,北京大学中文系副教授,著有《公寓里的塔:1920年代中国的文学与青年》《巴枯宁的手》《新诗集与中国新诗的发生》等专著。

冷 霜 1973年生,北京大学文学博士,现任教于中央民族大学文学与新闻传播学院,主要从事新诗和中国当代文学、文化的研究,著有批评文集《分叉的想象》。

张定浩 1976年生于安徽,现居上海,就职于《上海文化》杂志。出版文论随笔集《既见君子:过去时代的诗与人》《批评的准备》《爱欲与哀矜》,诗集《我喜爱一切不彻底的事物》等。

王立秋　北京大学国际关系学院比较政治学专业博士研究生。

一　行　原名王凌云，1979年生于江西湖口。现为云南大学哲学系副教授，主要研究方向为西方思想史、现象学、政治哲学和诗学。已出版诗学著作《论诗教》（北京师范大学出版社，2010年）和《词的伦理》（上海书店，2007年），译著有汉娜·阿伦特《黑暗时代的人们》（江苏教育出版社，2006年）等。

张伟栋　1979年生于黑龙江，文学博士，现为海南师范大学文学院副教授，著有论著《李泽厚与现代文学史的重写》、诗集《没有墓园的城市》。

吴　昊　首都师范大学文学院博士研究生。

王辰龙　中央民族大学文学与新闻传播学院博士研究生。

周俊锋　华中科技大学中文系博士研究生。

戈　麦　原名褚福军，祖籍山东巨野，1967年生于黑龙江省萝北县宝泉岭农场，1985年考入北京大学中文系，毕业后就职于《中国文学》杂志社，1991年逝世于北京。出版诗集《彗星》（漓江出版社，1993年）、《戈麦诗全编》（上海三联书店，1999年）、《戈麦的诗》（人民文学出版社，2012年）。

郑慧如　生于台湾台北，台湾政治大学中国文学系博士。曾任《台湾诗学》学刊主编，现任台湾逢甲大学中国文学系教授。著有《身体诗论》《台湾当代诗的诗艺展示》等多部学术论著，曾获第二届"教育部名栏·现当代诗学研究奖"。

杨宗翰　台湾台北人，博士，现为台湾淡江大学中国文学系助理教授。

王静怡　复旦大学中文系硕士研究生。

周小琳　首都师范大学文学院硕士研究生。

包　晗　1992年生于江苏盐城，毕业于上海师范大学中文系，现供职于上海市宝山区某政府机关。

洪子诚　1939年生，广东揭阳人。北京大学中文系教授、博士生导师。出版有《当代中国文学的艺术问题》《作家的姿态与自我意识》《1956：百花时代》《中国当代文学史》《中国当代新诗史》《问题与方法——中国当代文学史讲稿》《材料与注释》等。

编后记

在最近几辑《新诗评论》的编辑过程中，同仁们逐渐形成了一种共识：应该多关注或者参与当下诗歌现场。其实，数年前开辟的"问题与事件"栏目的出发点即在于此，力图跟踪或拓展一些被谈论较多的话题，使之更具学理深度和问题辐射力。本辑该栏目围绕"成为同时代人"这个话题展开讨论，它是由一群年轻诗人发起的北京青年诗会所设置的一个议题，受意大利哲学家阿甘本的论文《什么是同时代人》（亦译为《什么是当代》）所激发。在当时的现场讨论中，夏可君提出了"心的同时代性"，希冀以此抵达一种"精神共通体"；周伟驰更强调"中国诗人们彼此之间的阅读和批评"；姜涛留意到了"同时代"话题中"不合时宜的个人形象"，认为应警惕个人与时代或社会之间的某种"对抗性的二元关系"；冷霜从"当代性"入手，表达了"辨明自身写作的处境"的"迫切感"；张定浩感受到"同时代"概念导致的"精神撕扯"，指明了"次要"诗人的同等重要；《什么是同时代人》的译者王立秋分析了"同时代人"包含的多个向度，并论及视野扩展的必要性。一行的论文《从"异质时间"到"同时代人"》结合数位诗人的作品，剖析了"成为同时代人"命题中隐含的时间或历史性维度。张伟栋的论文《有关诗歌的"当代性"问题》着眼于诗歌的"当代性"，由此反思所谓"诗歌体制"的幻象，提出了诗歌的"拯救维度"。诚如黄子平在评析阿甘本关于"同时代人"的三种界定后，直截了当地提出："批评总是同时代人的批评。"（见《文艺争鸣》2016年第10期）相信围绕这个话题，后续会有更具针对性的讨论。

今年是诗人戈麦辞世25周年，本刊特地编发一组论文和戈麦本人的遗稿《异端的火焰——北岛研究》。戈麦的遗稿完成于1988年，是其篇幅最长的批评文章，足以体现其早熟的批评才能。在该文中，戈麦分析了北岛的心态历程和诗艺转变，探讨了北岛诗歌和第三代诗的隐秘关系，指出后者的反崇高、反文化、平民意识等特征其实已经隐含于北岛后来的创作中。这些看法对于今天全面认识北岛诗歌仍不乏启示。此文的意义还在于，戈麦对北岛心态历程、诗艺和思维特征的分析，也为研究者考察戈麦自身的生命状态、诗学观念和诗艺取向提供了难得的第一手文献。收入研究专辑的三篇论文，作者均为博士生，显示了新一代读者对戈麦的理解，其中吴昊的论文考察了戈麦诗歌创作展开于其间的1980年代中后期到1990年代初中国社会和高校的场域特征，以及戈麦所代表的一代青年在这一场域中所经历的意义危机和精神裂变；王辰龙的论文分析了戈麦诗歌"冷"的情调特征，诠释了作为戈麦诗歌之重要节点的"孤悬的此刻"具有的时间特性及其背后的社会和心理机制；周俊锋的论文分析了戈麦的语言实验、意象生成和集成方式的特征和得失，指出了它们所指向的现实生存困境和内在精神冲突。三位研究者的文章呈现了戈麦诗歌的不同面相，彰显了戈麦创作的丰富性、复杂性和开放的阐释空间。

《新诗评论》向来重视当代台湾新诗的研究，曾多次参与海峡两岸的诗学互动，并刊发过数个研究专辑。本辑登载的两篇论文各有特色，一篇基于微观分析，一篇注重宏观把握：郑慧如的《论杨牧〈十二星象练习曲〉，兼及现代性》对台湾诗人杨牧创作于1970年的小长诗《十二星象练习曲》做了堪称精细的分析（新诗细读法的绝佳示范），并借此凸现了其间包孕的现代性质素；杨宗翰的《试论台湾新诗史回归期（1972—1983）的特征、成因与起点》对处于"回归期"的台湾新诗的主要特征进行了描述，同时结合代表诗人、重要诗歌事件及历史语境，梳理了这些特征得以形成的诗内诗外原因。在"诗人研究"栏目中，三位年轻的作者分别就废名新诗理论中的新诗本体及语言问题、吴兴华诗论的想象力要素和穆旦诗作《春》的版本问题，做了细致而颇有新意的论析，令人对他们未来的研究充满期待。

对新诗史料的挖掘整理，也是本刊着力推进的研究方向之一。在前几年已有的史料汇编（穆旦专辑、吴兴华专辑等）基础上，本刊设立"新诗史资料"栏目，亦有引起研究者重视资料收集、研究的意图。资料的整理需要功夫，也需要视野，其实并不容易。虽说不是材料越多就越好（目前也存在这一偏向），但不重视材料也不好。"现代"诗歌资料整理，包括现象和诗人研究，已经取得较大成果。而"当代"诗歌尽管经过了六十余年的发展，却总是被当作"当下"处理，这对提升这个时期诗歌研究会造成障碍。即使是理论问题，倘不回顾历史，会把旧问题当成新问题一再重复。本辑刊发的洪子诚先生的《爱伦堡的〈《玛琳娜·茨维塔耶娃诗集》序〉及其他》，通过展示1950—1960年代爱伦堡等评价茨维塔耶娃的翔实史料，以文本对照的方式，阐述了多多、张枣等中国当代诗人的阅读与写作，同茨维塔耶娃诗歌的丝缕联系，全文兼具史料带入的历史感和文本比照所敞开的问题意识。这个栏目也呼应了近年来研究界关于现当代文学史料学的倡吁，新诗研究在这方面可做的工作应该不少，但愿有更多的同仁加入。

2016 年 11 月